丰子恺

愿你一生清澈明朗

丰子恺 著

中国出版集团
现代出版社

图书在版编目（CIP）数据

丰子恺愿你一生清澈明朗 / 丰子恺著. — 北京 :
现代出版社, 2017.4
ISBN 978-7-5143-5780-6

Ⅰ. ①丰… Ⅱ. ①丰… Ⅲ. ①散文集－中国－现代
Ⅳ. ①I266

中国版本图书馆CIP数据核字（2017）第043609号

丰子恺愿你一生清澈明朗

作　　者　丰子恺
责任编辑　张　霆　魏　巍　王志标
出版发行　现代出版社
地　　址　北京市安定门外安华里504号
邮政编码　100011
电　　话　010-64267325 64245264（传真）
网　　址　www.1980xd.com
电子邮箱　xiandai@vip.sina.com
印　　刷　北京瑞禾彩色印刷有限公司
开　　本　890mm×1240mm 1/32
印　　张　7.5　　**字　　数**　167千字
版　　次　2017年5月第1版　2018年10月第6次印刷
书　　号　ISBN 978-7-5143-5780-6
定　　价　39.80元

流光容易把人抛

小楼西角断虹明

目录

第一章　人间有味是清欢

第二章　聆听万物之美

第五章 无宠不惊过一生

儿童未解供耕织

第一章 人间有味是清欢

寒食近也且住为佳

私塾生活

我的学童时代，就是六十年前的时代。那时候，我国还没有学校，儿童上学，进的是私塾。什么叫作私塾呢？就是一个先生在自己家里开办一个学堂，让亲戚、朋友、邻居家的小孩子来上学。有的只有七八个学生，有的十几个，至多也不过二三十个，不能再多了。因为家里屋子有限，先生只有一人。这位先生大都是想考官还没有考取的人，或者一辈子考不取的老人。那时候要做官，必须去考。小考一年一次，大考三年一次。考不取的，就在家里开私塾，教学生。学生每逢过年，送几块银洋给先生，作为学费，称为“修敬”。每逢端午、中秋，也必须送些礼物给先生，例如鱼、肉、粽子、月饼之类。私塾没有星期天，也没有暑假，只有年假，放一个多月。倘先生有事，随时可以放假。

私塾里不讲时间，因为那时绝大多数人家没有自鸣钟。学生早上入学，中午“放饭学”，下午再入学，傍晚“放夜学”，这些时间都没有一定，全看先生的生活情况。先生起得迟的，学生早上不妨迟到。先生有了事情，晚上就早点“放夜学”。学生早上入学，先生大都尚未起身，学生夹了书包走进学堂，先双手捧了书包向堂前的孔夫子牌位拜三拜，然后坐在规定的座位里。倘先生已经起来了，坐在学堂里，那么学生拜过孔夫子之后，须得再向先生拜一拜，然后归座。座位并不是课桌，就是先生家里的普通桌子，或者是自己家里搬来的桌子。座位并不排成一列，零零星星地安排，就同普通人家的房间布置一样。课堂里没有黑板，实际上也用不到黑板。因为先生教书是一个一个教的。先生叫声“张三”，张三便拿了书走到先生的书桌旁边，站着听先生教。教毕，先生再叫“李四”，李四便也拿了书走过去受教……每天每人教多少时间，教多少书，没有一定，全看先生高兴。他高兴时，多教点；不高兴时，少教点。这些先生家里大都是穷的，有的全靠学生年终送的“修敬”过日子。因此做教书先生，人们称为“坐冷板凳”，意思是说这种职业是很清苦的。因此先生家里柴米成问题的时候，先生就不高兴，教书也很懒。

还有，私塾先生大都是吸鸦片的。小朋友们，你们知道什么叫作鸦片吗？待我告诉你们：鸦片是一种烟，是躺在床上吸的。吸得久了，天天非吸几次不可，不吸就要打呵欠、流鼻涕，头晕眼花，同生病一样。这叫作“鸦片上瘾”。上了瘾的人很苦：又费钱，又费时间，又伤身体。那么你要问：他们为什么要吸呢？只因那时外国帝国主义欺侮我们中国人，贩进这种毒品来教大家吃，好让中国一天一天弱起来。那时中国政府怕外国人，不爱人民，就让大家去吸，便害了许多人。而读书人受害的最多。因为吸了鸦片，精神一时很好，读得进书，但不吸就读不进。因此不少读书人都上了当。

私塾没有课程表。但大都有个规定：早上“习字”，上午“背旧书”，下午“上新书”，放夜学之前“对课”。

私塾里读的书只有一种，是语文。像现在学校里的算术、图画、音乐、体操……那时一概没有。语文之外，只有两种小课，即“习字”和“对课”。而这两种小课都是和语文有关的，只算是语文中的一部分。而所谓“语文”，也并不是现在那种教科书，却是一种古代的文言文章，那书名叫作《大学》《中庸》《论语》《孟子》……这种书都很难读，就是现在的青年人、壮年人，也不容易懂得，何况小朋友。但先生不管小朋友懂不懂，硬要他们读，而且必须读熟，能背。小朋友读的时候很苦，不懂得意思，照先生教的念，好比教不懂外国语的人说外国语。然而那时的小朋友苦得很，非硬记、硬读、硬背不可。因为背不出先生要用“戒尺”打手心，或者打后脑。戒尺就是一尺长的一条方木棍。

上午，先生起来了，捧了水烟管走进学堂里，学生便一齐大声念书，比小菜场里还要嘈杂。因为就要“背旧书”了，大家便临时“抱佛脚”。先生坐下来，叫声“张三”，张三就拿了书走到先生书桌面前，把书放在桌上了，背转身子，一摇一摆地背诵昨天、前天和大前天读过的书。倘背错了，或者背不下去了，先生就用戒尺在他后脑上打一下，然后把书丢在地上。这个张三只得摸摸后脑，拾了书，回到座位里去再读，明天再背。于是先生再叫“李四”……一个一个地来背旧书。背旧书时，多数人挨打，但是也有背不出而不挨打的，那是先生自己的儿子或者亲戚。背好旧书，一个上午差不多了，就放饭学，学生大家回家吃饭。

下午，先生倘是吸鸦片的，要三点多钟才进学堂来。“上新

书”也是一个一个上的。上的办法：先生教你读两遍或三遍，即先生读一句，你顺一句。教过之后，要你自己当场读一遍给先生听。但那些书是很难读的，难字很多，先生完全不讲解意义，只是教你跟了他“唱”。所以唱过二三遍之后，自己不一定读得出。越是读不出，后脑上挨打越多；后脑上打得越多，越是读不出。先生书桌前的地上，眼泪是经常不干的！因此有的学生，上一天晚上请父亲或哥哥等先把明天的生书教会，免得挨打。

新书上完后，将近放学，先生把早上交来的习字簿用红笔加批，发给学生。批有两种：写得好的，圈一圈；写得不好的，直一直；写错的，打个叉。直的叫作“吃烂木头”，叉的叫作“吃洋钢叉”。有的学生，家长发给零用钱，以习字簿为标准：一圈一个铜钱；一个烂木头抵消一个铜钱；一个洋钢叉抵消两个铜钱。

发完习字簿，最后一件事是“对课”。先生昨天在你的“课簿”上写两个或三个字，你拿回家去，对他两个或三个字，第二天早上交在先生桌上。此时先生逐一翻开来看，对得好的，圈一圈；对得不好的，他替你改一改。然后再出一个新课，让你拿回去对好了，明天来交卷。什么叫对课呢？譬如先生的“红花”两字，你对“绿叶”；先生出“春风”，你对“秋雨”，先生出“明月夜”，你对“艳阳天”……对课要讲词性，要讲平仄（什么叫作词性和平仄，说来话多，我暂时不讲了）。这算是私塾里最有兴味的一课。然而对得太坏，也不免挨打手心。对过课之后，先生喊一声：“去！”学生就打好书包，向孔夫子牌位拜三拜，再向先生拜一拜，一缕烟跑出学堂去了。这时候个个学生很开心，一路上手挽着手，跳跳蹦蹦，乱叫乱嚷，欢天喜地地回家去，犹如牢狱里释放的犯人一般。

今天讲得太多了。下次有机会再和小朋友谈旧话吧。

一九六二年

中举人

我的父亲是清朝光绪年间最后一科的举人。他中举人时我只四岁，隐约记得一些，听人传说一些情况，写这篇笔记。话须得从头说起：

我家在明末清初就住在石门湾。上代已不可知，只晓得我的祖父名小康，行八，在这里开一爿染坊店，叫作丰同裕。这店到了抗日战争开始时才烧毁。祖父早死，祖母沈氏，生下一女一男，即我的姑母和父亲。祖母读书识字，常躺在鸦片灯边看《缀白裘》等书。打瞌睡时，往往烧破书角。我童年时还看到过这些烧残的书。她又爱好行乐。镇上演戏文时，她总到场，先叫人搬一只高椅子去，大家都认识这是丰八娘娘的椅子。她又请了会吹弹的人，在家里教我的姑母和父亲学唱戏。邻近沈家的四相公常在背后批评她："丰八老太婆发昏了，教儿子女儿唱徽调。"因为那时唱戏是下等人的事。但我祖母听到了满不在乎。我后来读《浮生六记》，觉得我的祖母颇有些像那芸娘。

父亲名鐄，字斛泉，廿六七岁时就参与大比。大比者，就是考举人，三年一次，在杭州贡院中举行，时间总在秋天。那时没有火车，便坐船去。运河直通杭州，约八九十里。在船中一宿，次日便到。于是在贡院附近租一个“下处”，等候进场。祖母临行叮嘱他：“斛泉，到了杭州，勿再埋头用功，先去玩玩西湖。胸襟开朗，文章自然生色。”但我父亲总是忧心忡忡，因为祖母一方面旷达，一方面非常好强。曾经对人说：“坟上不立旗杆，我是不去的。”那时定例：中了举人，祖坟上可以立两个旗杆。中了举人，不但家族亲戚都体面，连已死的祖宗也光荣。祖母定要立了旗杆才到坟上，就是定要我父亲在她生前中举人。我推想父亲当时的心情多么沉重，哪有兴致玩西湖呢？

每次考毕回家，在家静候福音。过了中秋消息沉沉，便确定这次没有考中，只得再在家里饮酒，看书，吸鸦片，进修三年，再去大比。这样地过了三次，即九年，祖母日渐年老，经常卧病。我推想当时父亲的心里多么焦灼！但到了他三十六岁那年，果然考中了。那时我年方四岁，奶妈抱了我挤在人丛中看他拜北阙，情景隐约在目。那时的情况是这样：

父亲考毕回家，天天闷闷不乐，早眠晏起，茶饭无心。祖母躺在床上，请医吃药。有一天，中秋过后，正是发榜的时候，染店里的管账先生，即我的堂房伯伯，名叫亚卿，大家叫他“麻子三大伯”的，早晨到店，心血来潮，说要到南高桥头去等“报事船”。大家笑他发呆，他不顾管，径自去了。他的儿子名叫乐生，是个顽皮孩子（关于此人，我另有记录），跟了他去。父子两人在南高桥上站了一会，看见一只快船驶来，锣声噹噹不绝。他就问：“谁中了？”船上人说：“丰鐄，丰鐄！”乐生先逃，麻子三大伯跟着他跑。旁人不知就里，都说：“乐生又闯了祸了，他老子在抓他呢。”

麻子三大伯跑回来，闯进店里，口中大喊：“斛泉中了！斛泉中了！”父亲正在蒙被而卧。麻子大伯喊到他床前，父亲讨厌他，回说：“你不要瞎说，是四哥，不是我！”四哥者，是我的一个堂伯，名叫丰锦，字浣江，那年和父亲一同去大比的。但过了不久，报事船已经转进后河，锣声敲到我家里来了。“丰镄接诰封！丰镄接诰封！”一大群人跟了进来。我父亲这才披衣起床，到楼下去盥洗。祖母闻讯，也扶病起床。

我家房子是向东的，于是在厅上向北设张桌子，点起香烛，等候新老爷来拜北阙。麻子三大伯跑到市里，看见团子、粽子就拿，拿回来招待报事人。那些卖团子、粽子的人，绝不同他计较。因为他们都想同新贵的人家结点缘。但后来总是付清价钱的。父亲戴了红缨帽，穿了外套走出来，向北三跪九叩，然后开诰封。祖母头上拔下一支金挖耳来，将诰封挑开，这金挖耳就归报事人获得。报事人取出“金花”来，插在父亲头上，又插在母亲和祖母头上。这金花是纸做的，轻巧得很。据说皇帝发下的时候，是真金的，经过人手，换了银花，再换了铜花，最后换了纸花。但不拘怎样，总之是光荣。表演这一套的时候，我家里挤满了人。因为数十年来石门湾不曾出过举人，所以这一次特别希奇。我年方四岁，由奶妈抱着，挤在人丛中看热闹，虽然莫明其妙，但到现在还保留着模糊的印象。

两个报事人留着，住在店楼上写“报单”。报单用红纸，写宋体字：“喜报贵府老爷丰镄高中庚子辛丑恩政并科第八十七名举人。”自己家里挂四张，亲戚每家送两张。这“恩政并科”便是最后一科，此后就废科举，办学堂了。本来，中了举人之后，再到北京“会试”，便可中进士，做官。举人叫作金门槛，很不容易跨进；一跨进之后，会试就很容易，因为人数很少，大都录取。但我的父亲考中的是最后一科，所以不得会试，没有官做，只得在家里设塾授徒，坐冷板凳了。这是后话。且说写报单的人回去之后，我家就举行“开贺”。房子狭窄，把灶头拆掉，全部粉饰，挂灯，结彩。附近各县知事，以及远近亲友都来贺喜，并送贺仪。这贺仪倒是一笔收入。有些人要“高攀”，特别送得重。客人进门时，外面放炮三声，里面乐人吹打。客人叩头，主人还礼。礼毕，请客吃“跑马桌”。跑马桌者，不拘什么时候，请他吃一桌酒。这样，免得大排筵席，倒是又简便又隆重的办法。开贺三天，祖母天天扶病下楼来看，病也似乎好了一点。父亲应酬辛劳，全靠鸦片借力。但祖母经过这番兴奋，终于病势日渐沉重起来。父亲连忙在祖坟上立旗杆。不多久，祖母病危了。弥留时问父亲：“坟上旗杆立好了吗？”父亲回答：“立好了。”祖母含笑而逝。于是开吊，出丧，又是一番闹热，不亚于开贺的时候。大家说：“这老太太真好福气！”我还记得祖母躺在尸床上时，父亲拿一叠纸照在她紧闭的眼前，含泪说道：“妈，我还没有把文章给你看过。”其声呜咽，闻者下泪。后来我知道，这是父亲考中举人的文章的稿子。那时已不用八股文而用策论，题目是《汉宣帝信赏必罚，综核名实论》和《唐太宗盟突厥于便桥，宋真宗盟契丹于澶州论》。

父亲三十六岁中举人，四十二岁就死于肺病。这五六年中，他的生活实在很寂寥。每天除授徒外，只是饮酒看书吸鸦片。他不吃肥肉，难得吃些极精的火腿。秋天爱吃蟹，向市上买了许多，养在缸里，每天晚酌吃一只。逢到七夕、中秋、重阳佳节，我们姐妹四五人也都得吃。下午放学后，他总在附近沈子庄开的鸦片馆里度过。晚酌后，在家吸鸦片，直到更深，再吃夜饭。我的三个姐姐陪着他吃。吃的是一个皮蛋，一碗冬菜。皮蛋切成三份，父亲吃一份，姐姐们分食两份。我年幼早睡，是没有资格参与的。父亲的生活不得不如此清苦。因为染坊店收入有限，束脩更为微薄，加上两爿大商店（油车、当铺）的“出官”[1]每年送一二百元外，别无进账。父亲自己过着清苦的生活，他的族人和亲戚却沾光不少。凡是同他并辈的亲族，都称老爷奶奶，下一辈的都称少爷小姐。利用这地位而作威作福的，颇不乏人。我是嫡派的少爷。常来当差的褚老五，带了我上街去，街上的人都起敬，糕店送我糕，果店送我果，总是满载而归。但这一点荣华也难久居，我九岁上，父亲死去，我们就变成孤儿寡妇之家了。

[1] 古代称由京官调任地方官为出官。

家

廿六（1937）年冬，我仓皇弃家，徒手出奔。所有图书器物，与缘缘堂同归于尽。卅五（1946）年秋胜利还乡，凭吊故居，但见一片草原，上有野生树木高数丈矣。忽有乡亲持一箱来，曰：此缘缘堂被毁前夕代为冒险抢出者，今以归还物主。启视之，书籍、函牍、书稿、文稿，乱杂残缺，半属废物；惟中有原稿一篇题名为“家”者依然完好。读之，十年前事，憬然在目。稿末无年月；但料是“八一三”左右所作，未及发表，委弃于堂中者。此虎口余生，亦足珍惜。遂为加序，付杂志发表。卅六（1947）年六月十日记。

从南京的朋友家里回到南京的旅馆里，又从南京的旅馆里回到杭州的别寓里，又从杭州的别寓里回到石门湾的缘缘堂本宅里，每次起一种感想，逐记如下。

当在南京的朋友家里的时候，我很高兴。因为主人是我的老朋友。我们在少年时代曾经共数晨夕。后来为生活而劳燕分飞，虽然大家形骸老了些，心情冷了些，态度板了些，说话空了些，然而心底里的一点灵火大家还保存着，常在谈话之中互相露示。这使得我们的会晤异常亲热。加之主人的物质生活程度的高低同我的相仿佛，家庭设备也同我的相类似。我平日所需要的：一毛大洋（当时角币有大洋小洋之分：一毛大洋合30个铜板，一毛小洋合25个铜板）一两的茶叶，听头的大美丽香烟，有人供给开水的热水壶，随手可取的牙签，适体的藤椅，光度恰好的小窗，他家里都有，使我坐在他的书房里感觉同坐在自己的书房里相似。加之他的夫人善于招待，对于客人表示真诚的殷勤，而绝无优待的虐待。优待的虐待，是我在作客中常常受到而顶顶可怕的。例如拿了不到半寸长的火柴来为我点香烟，弄得大家仓皇失措，我的胡须几被烧去；把我所不欢喜吃的菜蔬堆在我的饭碗上，使我无法下箸；强夺我的饭碗去添饭，使我吃得停食；藏过我的行囊，使我不得告辞。这种招待，即使出于诚意，在我认为是逐客令，统称之为优待的虐待。这回我所住的人家的夫人，全无此种恶习，但把不缺乏的香烟自来火放在你能自由取得的地方而并不用自来火烧你的胡须；但把精致的菜蔬摆在你能自由夹取的地方，饭桶摆在你能自由添取的地方，而并不勉强你吃；但在你告辞的时光表示诚意的挽留，而并不监禁。这在我认为是最诚意的优待。这使得我非常高兴。英语称勿客气曰at home（原义：像在家里一样）。我在这主人家里作客，真同at home一样，所以非常高兴。

然而这究竟不是我的home，饭后谈了一会，我惦记起我的旅馆来。我在旅馆，可以自由行住坐卧，可以自由差使我的茶房，可以凭法币之力而自由满足我的要求。比较起受主人家款待的作客生活来，究竟更为自由。我在旅馆要住四五天，比较起一饭就告别的作客生活来，究竟更为永久。因此，主人的书房的屋里虽然布置妥帖，主人的招待虽然殷勤周至，但在我总觉得不安心。所谓“凉亭虽好，不是久居之所”。饭后谈了一会，我就告别回家。这所谓“家”，就是我的旅馆。

当我从朋友家回到了旅馆里的时候，觉得很适意。因为这旅馆在各点上是称我心的。第一，它的价钱还便宜，没有大规模的笨相，像形式丑恶而不适坐卧的红木椅，花样难看而火气十足的铜床，工本浩大而不合实用、不堪入目的工艺品，我统称之为大规模的笨相。造出这种笨相来的人，头脑和眼光很短小，而法币很多。像暴发的富翁，无知的巨商，升官发财的军阀，即是其例。要看这种笨相，可以访问他们的家。我的旅馆价既便宜，其设备当然不丰。即使也有笨相——像家具形式的丑恶，房间布置的不妥，壁上装饰的唐突，茶壶茶杯的不可爱——都是小规模的笨相，比较起大规模的笨相来，犹似五十步比百步，终究差好些，至少不使人感觉暴殄天物，冤哉枉也。第二，我的茶房很老实，我回旅馆时不给我脱外衣，我洗面时不给我绞手巾，我吸香烟时不给我擦自来火，我叫他做事时不喊“是——是——”，这使我觉得很自由，起居生活同在家里相差不多。因为我家里也有这么老实的一位男工，我就不妨把茶房当作自己的工人。第三，住在旅馆里没有人招待，一切行动都随我意。出门不必对人鞠躬说“再会”，归来也没有人同我寒暄。早晨起来不必向人道“早安”，晚上就寝的迟早也不受别人的牵累。在朋友家作客，虽然也很安乐，总不及住旅馆的自由：看见他家里的人，总得想出几句话来说说，不好不去睬他。脸孔上即使不必硬作笑容，也总要装得和悦一点，不好对他们板脸孔。板脸孔，好像是一种凶相。但我觉得是最自在最舒服的一种表情。我自己觉得，平日独自闭居在家里的房间里读书、写作的时候，脸孔的表情总

春在卖花声里

是严肃的，极难得有独笑或独乐的时光。若拿这种独居时的表情移用在交际应酬的座上，别人一定当我有所不快，在板脸孔。据我推想，这一定不止我一人如此。最漂亮的交际家，巧言令色之徒，回到自己家里，或房间里，甚或眠床里，也许要用双手揉一揉脸孔，恢复颜面上的表情筋肉的疲劳，然后板着脸孔皱着眉头回想日间的事，考虑明日的战略。可知无论何人，交际应酬中的脸孔多少总有些不自然，其表情筋肉多少总有些儿吃力。最自然，最舒服的，只有板着脸孔独居的时候。所以，我在孤癖发作的时候，觉得住旅馆比在朋友家作客更自在而舒服。

然而，旅馆究竟不是我的家，住了几天，我惦记起我杭州的别寓来。

在那里有我自己的什用器物，有我自己的书籍文具，还有我自己雇请着的工人。比较起借用旅馆的器物，对付旅馆的茶房来，究竟更为自由；比较起小住四五天就离去的旅馆生活来，究竟更为永久。因此，我睡在旅馆的眠床上似觉有些浮动；坐在旅馆的椅子上似觉有些不稳；用旅馆的毛巾似觉有些隔膜。虽然这房间的主权完全属我，我的心底里总有些儿不安。住了四五天，我就算账回家。这所谓家，就是我的别寓。

当我从南京的旅馆回到了杭州的别寓里的时候，觉得很自在。我年来在故乡的家里蛰居太久，环境看得厌了，趣味枯乏，心情郁结。就到离家乡还近而花样较多的杭州来暂作一下寓公，借此改换环境，调节趣味。趣味，在我是生活上一种重要的养料，其重要几近于面包。别人都在为了获得面包而牺牲趣味，或者为了堆积法币而抑制趣味。我现在幸而没有走上这两种行径，还可省下半只面包来换得一点趣味。

因此，这寓所犹似我的第二的家。在这里没有作客时的拘束，也没有住旅馆时的不安心。我可以吩咐我的工人做点我所喜欢的家常素菜，夜饭时同放学归来的一子一女共吃。我可以叫我的工人相帮我，把房间的布置改过一下，新一新气象。饭后睡前，我可以开一开蓄音机（唱机），听听新买来的几张蓄音片（唱片）。窗前灯下，我可以在自己的书桌上读我所爱读的书，写我所愿写的稿。月底虽然也要付房钱，但价目远不似旅馆这么贵，买卖式远不及旅馆这么明显。虽然也可以合算每天房钱几角几分。但因每月一付，相隔时间太长，住房子同付房钱就好像不相联关的两件事，或者房钱仿佛白付，而房子仿佛白住。因有此种种情形，我从旅馆回到寓中觉得非常自然。

然而，寓所究竟不是我的本宅。每逢起了倦游的心情的时候，我便惦记起故乡的缘缘堂来。在那里有我故乡的环境，有我关切的亲友，有我自己的房子，有我自己的书斋，有我手种的芭蕉、樱桃和葡萄。比较起租别人的房子，使用简单的器具来，究竟更为自由；比较起暂作借住，随时可以解租的寓公生活来，究竟更为永久。我在寓中每逢要在房屋上略加装修，就觉得要考虑；每逢要在庭中种些植物，也觉得不安心，因而思念起故乡的家来。牺牲这些装修和植物，倒还在其次；能否长久享用这些设备，却是我所顾虑的。我睡在寓中的床上虽然没有感觉像旅馆里那样浮动，坐在寓中的椅上虽然没有感觉像旅馆里那样不稳，但觉得这些家具在寓中只是摆在地板上的，没有像家里的东西那样固定得同生根一般。这种倦游的心情强盛起来，我就离寓返家。这所谓家，才是我的本宅。

当我从别寓回到了本宅的时候，觉得很安心。主人回来了，芭蕉鞠躬，樱桃点头，葡萄棚上特地飘下几张叶子来表示欢迎。两个小儿女跑来牵我的衣，老仆忙着打扫房间。老妻忙着烧素菜，故乡的臭豆腐干，故乡的冬菜，故乡的红米饭。窗外有故乡的天空，门外有打着石门湾土白的行人，这些行人差不多个个是认识的。还有各种负贩的叫卖声，这些叫卖声在我统统是稔熟的。我仿佛从飘摇的舟中登上了陆，如今脚踏实地了。这里是我的最自由、最永久的本宅，我的归宿之处，我的家。我从寓中回到家中，觉得非常安心。

但到了夜深人静，我躺在床上回味上述的种种感想的时候，又不安心起来。我觉得这里仍不是我的真的本宅，仍不是我的真的归宿之处，仍不是我的真的家。四大的暂时结合而形成我这身体，无始以来种种因缘相凑合而使我诞生在这地方。偶然的呢？还是非偶然的？若是偶然的，我又何恋恋于这虚幻的身和地？若是非偶然的，谁是造物主呢？我须得寻着了他，向他那里去找求我的真的本宅，真的归宿之处，真的家。这样一想，我现在是负着四大暂时结合的躯壳，而在无始以来种种因缘凑合而成的地方暂住，我是无“家”可归的。既然无“家”可归，就不妨到处为“家”。上述的屡次的不安心，都是我的妄念所生。想到那里，我很安心地睡着了。

廿五（1936）年十月廿八日

颜 面

我小时候从李叔同先生学习弹琴，每弹错了一处，李先生回头向我一看。我对于这一看比什么都害怕。当时也不自知其理由，只觉得有一种不可当力，使我难于消受。现在回想起来，方知他这一看的颜面表情中历历表出着对于音乐艺术的尊敬，对于教育使命的严重，和对于我的疏忽的惩诫，实在比校长先生的一番训话更可使我感动。古人有故意误拂琴弦，以求周郎的一顾的；我当时实在怕见李先生的一顾，总是预先练得很熟，然后到他面前去还琴。

但是现在，李先生那种严肃的慈祥的脸色已不易再见，却在世间看饱了各种各样的奇异的脸色。——当作雕刻或纸脸具看时，倒也很有兴味。

在人们谈话议论的座中，与其听他们的言辞的意义，不如看他们的颜面的变化，兴味好得多，且在实际上，也可以更深切地了解各人的心理。因为感情的复杂深刻的部分，往往为理义的言说所不能表出，而在“造形的”（plastic）脸色上历历地披露着。不但如此，尽有口上说“是”而脸上明明表出“非”的怪事。聪明的对手也能不听其言辞而但窥其脸色，正确地会得其心理。然而我并不想做这种聪明的对手，我最欢喜当作雕刻或纸脸具看人的脸孔。

看惯了脸，以为脸当然如此。但仔细凝视，就觉得颜面是很奇怪的一种形象。同是两眼、两眉、一口、一鼻排列在一个面中，而有万人各不相同的形式。同一颜面中，又有喜、怒、哀、乐、嫉妒、同情、冷淡、阴险、仓皇、忸怩等千万种表情。凡词典内所有的一切感情的形容词，在颜面上都可表演，正如自然界一切种类的线具足于裸体中一样。推究其差别的原因，不外乎这数寸宽广的浮雕板中的形状与色彩的变化而已。

就五官而论，耳朵在表情上全然无用。记得某文学家说，耳朵的形状最表出人类的兽相。我从前曾经取一大张纸，在其中央剪出一洞，套在一个朋友的耳朵上，而单独地观看耳朵的姿态，久之不认识其为耳朵，而越觉得可怕。这大概是为了耳朵一向躲在鬓边，素不登颜面表情的舞台的原故。只有日本文学家芥川龙之介对于中国女子的耳朵表示敬意，说玲珑而洁白像贝壳。然耳朵无论如何美好，也不过像鬓边的玉兰花一类的装饰物而已，与表情全无关系。实际，耳朵位在脸的边上，只能当作这浮雕板的两个环子，不入浮雕范围之内。

在浮雕的版图内，鼻可说是颜面中的北辰，固定在中央。眉、眼、口，均以它为中心而活动，而作出各种表情。眉位在上方，形态简单；然与眼有表里的关系，处于眼的伴奏者的地位。演奏“颜面表情”的主要旋律的，是眼与口。二者的性质又不相同：照顾恺之的意见，“传神写照，正在阿堵之中”，故其画人常数年不点睛，说“点睛便欲飞去”，则眼是最富于表情的。然而口也不差：肖像画的似否，口的关系居多；试用粉笔在黑板上任意画一颜面，而仅变更其口的形状、大小、厚薄、弯度、方向、地位，可得各种完全不同的表情。故我以为眼与口在颜面表情上同样重要，眼是“色的”；口是“形的”。眼不能移动位置，但有青眼白眼等种种眼色；口虽没有色，但形状与位置的变动在五官中最为剧烈。倘把颜面看作一个家庭，则口是男性的，眼是女性的，两者常常协力而作出这家庭生活中的诸相。

然更进一步，我就要想到颜面构造的本质的问题。神造人的时候，颜面的创作是根据某种定理的，抑任意造出的？即颜面中的五官的形状与位置的排法是必然的，抑偶然的？从生理上说来，也许是合于实用的原则的，例如眉生在眼上，可以保护眼；鼻生在口上，可以帮助味觉。但从造形上说来，不必一定，苟有别种便于实用的排列法，我们也可同样地承认其为颜面，而看出其中的表情。各种动物的颜面，便得按照别种实用的原则而变更其形状与位置的。我们在动物的颜面中，一样可以看出表情，不过其脸上的筋肉不动，远不及人面的表情的丰富而已。试仔细辨察狗的颜面，可知各狗的相貌也各不相同。我们平常往往以“狗”的一个概念抹杀各狗的差别，难得有人尊重狗的个性，而费心辨察它们的相貌。这犹之我小时候初到上海，第一次看见西洋人，觉得面孔个个一样，红头巡捕尤其如此。——我的母亲每年来上海一二次，看见西洋人总说“这个人又来了”。——实则西洋人与印度人看我们，恐怕也是这样。这全是黄白异种的原故，我们看日本人和朝鲜人就没有这种感觉。这异种的范围推广起来，及于禽兽的时候，即可辨识禽兽的相貌。所以照我想来，人的颜面的形状与位置不一定要照现在的排法，不过偶然排成这样而已。倘变换一种排法，同样地有表情。只因我们久已看惯了现在状态的颜面，故对于这种颜面的表情，辨识力特别丰富又精细而已。

至于眼睛有特殊训练的艺术家，尤其是画家，就能推广其对于颜面表情的辨识力，而在自然界一切生物无生物中看出种种的表情。“拟人化”（personification）的看法即由此而生。在桃花中看出笑颜，在莲花中看出粉脸，又如德国理想派画家Bocklin（勃克林），其描写波涛，曾画一魔王追扑一弱女，以象征大波的吞没小浪，这可谓拟人化的极致了。就是非画家的普通人，倘能应用其对于颜面的看法于一切自然界，也可看到物象表情。有一个小孩子曾经发见开盖的洋琴（钢琴）（piano）的相貌好像露出一口整齐而洁白的牙齿的某先生，Waterman的墨水瓶姿态像邻家的肥胖的妇人。我叹佩这孩子的造形的敏感。孩子比大人，概念弱而直观强，故所见更多拟人的印象，容易看见物象的真相。艺术家就是学习孩子们这种看法的。艺术家要在自然中看出生命，要在一草一木中发见自己，故必推广其同情心，普及于一切自然，有情化一切自然。

这样说来，不但颜面有表情而已；无名的形状，无意义的排列，在明者的眼中都有表情，与颜面表情一样地明显而复杂。中国的书法便是其一例。西洋现代的立体派等新兴美术又是其一例吧?

一九二八年耶稣圣诞前十日在江湾缘缘堂

（原载1929年2月10日《小说月报》第20卷第2号）

阿婆三五少年时

我的苦学经验

我于一九一九年，二十二岁的时候，毕业于杭州的浙江省立第一师范学校。这学校是初级师范。我在故乡的高等小学毕业，考入这学校，在那里肄业五年而毕业。故这学校的程度，相当于现在的中学校，不过是以养成小学教师为目的的。

但我于暑假时在这初级师范毕业后，既不作小学教师，也不升学，却就在同年的秋季，来上海创办专门学校，而作专门科的教师了。这种事情，现在我自己回想想也觉得可笑。但当时自有种种的因缘，使我走到这条路上。因缘者何？因为我是偶然入师范学校的，并不是抱了作小学教师的目的而入师范学校的。（关于我的偶然入师范，现在属于题外话，不便详述。异日拟另写一文，以供青年们投考的参考。）故我在校中只是埋头攻学，并不注意于教育。在四年级的时候，我的兴味忽然集中在图画上了。甚至抛弃其他一切课业而专习图画，或托事请假而到西湖上去作风景写生。所以我在校的前几年，学期考试的成绩屡列第一名，而毕业时已降至第二十名。因此毕业之后，当然无意于作小学教师，而希望发挥自己所热衷的图画。但我的家境不许我升学而专修绘画。正在踌躇之际，恰好有同校的高等师范图画手工专修科毕业的吴梦非君，和新从日本研究音乐而归国的旧同学刘质平君，计议在上海创办一个养成图画音乐手工教员的学校，名曰专科师范学校。他们正在招求同人。刘君知道我热衷于图画而又无法升学，就来拉我去帮办。我也不自量力，贸然地答允了他。于是我就做了专科师范的创办人之一，而在这学校之中教授西洋画等课了。这当然是很勉强的事。我所有关于绘画的学识，不过在初级师范时偷闲画了几幅木炭石膏模型写生，又在晚上请校内的先生教些日本文，自己向师范学校的藏书楼中借得一部日本明治年间出版的《正则洋画讲义》，从其中窥得一些陈腐的绘画知识而已。我犹记得，这时候我因为自己只有一点对于石膏模型写生的兴味，故竭力主张“忠实写生”的画法，以为绘画以忠实模写自然为第一要义。又向学生演说，谓中国画的不忠于写实，为其最大的缺点；自然中含有无穷的美，唯能忠实于自然模写者，方能发见其美。就拿自己在师范学校时放弃了晚间的自修课而私下在图画教室中费了十七小时而描成的Venus（维纳斯）头像的木炭画揭示学生，以鼓励他们的忠实写生。当一九二〇年的时代，而我在上海的绘画专门学校中厉行这样的画风，现在回想起来，真是闭门造车。然而当时的环境，颇能容纳我这种教法。因为当时中国宣传西洋画的机关绝少，上海只有一所美术专门学校，专科师范是第二个兴起者。当时社会上人士，大半尚未知道西洋画为何物，或以为美女月份牌就是西洋画的代表，或以为香烟牌子就是西洋画的代表。所以在世界上看来我虽然是闭门造车，但在中国之内，我这种教法大可卖野人头呢。但野人头终于不能常卖，后来我渐渐觉得自己的教法陈腐而有破绽了，因为上海宣传西洋画的机关日渐多起来，从东西洋留学归国的西洋画家也时有所闻了。我又在上海的日本书店内购得了几册美术杂志，从中窥知了一些最近西洋画界的消息，以及日本美术界的盛况，觉得从前在《正则洋画讲义》中所得的西洋画知识，实在太陈腐而狭小了。虽然别的绘画学校并不见有比我更新的教法，归国的美术家也并没有什么发表，但我对于自己的信用已渐渐丧失，不敢再在教室中扬眉瞬目而卖野人头了。我懊悔自己冒昧地当了这教师。我在布置静物写生标本的时候，曾为了一只青皮的橘子而起自伤之念，以为我自己犹似一只半生半熟的橘子，现在带着青皮卖掉，给人家当作习画标本了。我想窥见西洋画的全豹，我也想到东西洋去留学，做了美术家而归国。但是我的境遇不许我留学。况且我这时候已经有了妻子。做教师所得的钱，赡养家庭尚且不够，哪里来留学的钱呢？经过了许久烦恼的日月，终于决定非赴日本不可。我在专科师范中当了一年半的教师，在一九二一年的早春，向我的姐丈周印池君借了四百块钱（这笔钱我才于二三年前还他。我很感谢他第一个惠我的同情），就抛弃了家庭，独自冒险地到东京去了。得去且去，以后的问题以后再说。至少，我用完了这四百块钱而回国，总得看一看东京美术界的状况了。

但到了东京之后，就有许多关切的亲戚朋友，设法接济我的经济。我的岳父给我约了一个一千元的会，按期寄洋钱给我，专科师范的同人吴刘二君，亦各以金钱相遗赠，结果我一共得了约二千块钱，在东京维持了足足十个月的用度，到了同年的冬季，金尽而返国。这一去称为留学嫌太短，称为旅行嫌太长，成了“三不像”的东西。同时我的生活也是“三不像”的。我在这十个月内，前五个月是上午到洋画研究会中去习画，下午读日本文。后五个月废止了日本文，而每日下午到音乐研究会中去学提琴，晚上又去学英文。然而各科都常常请假，拿请假的时间来参观展览会，听音乐会，访图书馆，看opera（歌剧）以及游玩名胜，钻旧书店，跑夜摊（yomise）。因为这时候我已觉悟了各种学问的深广，我只有区区十个月的求学时间，决不济事。不如走马看花，吸呼一些东京艺术界的空气而回国吧。幸而我对于日本文，在国内时已约略懂得一点，会话也早已学得了几声。到东京后，旅舍中唤茶、商店中买物等事，勉强能够对付。我初到东京的时候，随了众同国人入东亚预备学校学习日语，嫌其程度太低，教法太慢，读了几个礼拜就辍学。自己异想天开，为了学习日本语的目的，向一个英语学校的初级班报名，每日去听讲两小时。他们是从A boy，A dog（一个男孩，一只狗）教起的，所用的英文教本与开明第一英文读本程度相同。对于英文我已完全懂得，我的目的是要听这位日本先生怎样地用日本语来解说我所已懂得的英文，便在这时候偷取日本语会话的诀窍，这异想天开的办法果然成功了。我在那英语学校里听了一个月讲，果然于日语会话及听讲上获得了很多的进步。同时看书的能力也进步起来。本来我只能看《正则洋画讲义》一类的刻板的叙述体文字，现在连《不如归》和《金色夜叉》（日本旧时很著名的两部小说）都会读了。我的对于文学的兴味，是从这时候开始的。以后我就为了学习英语的目的而另入一英语学校。我报名入最高的一班，他们教我读伊尔文的*Sketch Book*。这时候我方才知道英文中有这许多难记的生字（我在师范学校毕业时只读到《天方夜谭》）。兴味一浓，我便嫌先生教得太慢。后来在旧书店里找到了一册*Sketch Book*讲义录，内有详细的注解和日译文，我确信这可以自修，便辍了学，每晚伏在东京的旅舍中自修*Sketch Book*。我自己限定于几个礼拜之内把此书中所有一切生字抄写在一张图画纸上，把每字剪成一块块的纸牌，放在一只匣子中。每天晚上，像摸数算命一般地向匣子中探摸纸牌，温习生字。不久生字都记诵，*Sketch Book*全部都会读，而读起别的英语小说来也很自由了。路上遇见英语学校的同学，询知道他们只教了全书的几分之一，我心中觉得非常得意。从此我对于学问相信用机械的方法而下苦功。知识这样东西，要其能够于应用，分量原是有限的。我们要获得一种知识，可以先定一个范围，立一个预算，每日学习若干，则若干日可以学毕，然后每日切实地实行，非大故不准间断，如同吃饭一样。照我当时的求学的勇气预算起来，要得各种学问都不难：东西洋知名的几册文学大作品，我可以克日读完；德文法文等，我都可以依赖各种自修书而在最短时期内学得读书的能力；提琴教则本*Homahnn*（《霍曼》）五册，我能每日练习四小时而在一年之内学毕；除了绘画不能硬要进步以外，其余的学问，在我都可以用机械的用功方法来探求其门径。然而这都是梦想，我的正式求学的时间只有十个月，能学得几许的学问呢？我回国之后，回想在东京所得的，只是描了十个月的木炭画，拉完了三本*Homahnn*，此外又带了一些读日本文和读英文的能力而回国。回国之后，我为了生活和还债，非操职业不可。没有别的职业可操。只得仍旧做教师。一直做到了今年的秋季。十年来我不断地在各处的学校中做图画音乐或艺术理论的教师。一场重大的伤寒病令我停止了教师的生活。现在蛰居在嘉兴的穷巷老屋中，伴着了药炉茶灶而写这篇稿子。

故我出了中学以后，正式求学的时期只有可怜的十个月。此后都是非正式的求学，即在教课的余暇读几册书而已。但我的绘画音乐的技术，从此日渐荒废了。因为技术不比别的学问，需要种种的设备，又需要每日不断的练习时间。研究绘画须有画室，研究音乐须有乐器，设备不周就无从用功。停止了几天，笔法就生疏，手指就僵硬。做教师的人，居处无定，时间又无定，教课准备又忙碌，虽有利用课余以研究艺术的梦想，但每每不能实行。日久荒废更甚。我的油画箱和提琴，久已高搁在书橱的最高层，其上积着寸多厚的灰尘了。手痒的时候，拿毛笔在废纸上涂抹，偶然成了那种漫画。口痒的时候，在口琴上吹奏简单的旋律，令家里的孩子们和着了唱歌，聊以慰藉我对于音乐的嗜好。世间与我境遇相似而酷嗜艺术的青年们，听了我的自述，恐要寒心吧！

但我幸而还有一种可以自慰的事，这便是读书。我的正式求学的十个月，给了我一些阅读外国文的能力。读书不像研究绘画音乐地需要设备，也不像研究绘画音乐地需要每日不断的练习。只要有钱买书，空的时候便可阅读。我因此得在十年的非正式求学期中读了几册关于绘画、音乐艺术等的书籍，知道了世间的一些些事。我在教课的时候，常把自己所读过的书译述出来，给学生们做讲义。后来有朋友开书店，我乘机把这些讲义稿子交他刊印为书籍。不期地走到了译著的一条路上。现在我还是以读书和译著为生活。回顾我的正式求学时代，初级师范的五年只给我一个学业的基础，东京的十个月间的绘画音乐的技术练习已付诸东流。独有非正式求学时代的读书，十年来一直随伴着我，慰藉我的寂寥，扶持我的生活。这真是以前所梦想不到的偶然的结果。我的一生都是偶然的，偶然入师范学校，偶然欢喜绘画音乐，偶然读书，偶然译著，此后正不知还要逢到何种偶然的机缘呢。

读我这篇自述的青年诸君！你们也许以为我的读书生活是幸运而快乐的；其实不然，我的读书是很苦的。你们都是正式求学，正式求学可以堂堂皇皇地读书，这才是幸运而快乐的。但我是非正式求学，我只能伺候教课的余暇而偷偷隐隐地读书。做教师的人，上课的时候当然不能读书，开议会的时候不能读书，监督自修的时候也不能读书，学生课外来问难的时候又不能读书，要预备明天的教授的时候又不能读书。担任了它一小时的功课，便是这学校的先生，便有参加议会、监督自修、解答问难、预备教授的义务；不复为自由的身体，不能随了读书的兴味而读书了。我们读书常被教务所打断，常被教务所分心，决不能像正式求学的诸君的专一。所以我的读书，不得不用机械的方法而下苦功，我的用功都是硬做的。

我在学校中，每每看见用功的青年们，闲坐在校园里的青草地上，或桃花树下，伴着了蜂蜂蝶蝶、燕燕莺莺，手执一卷而用功。我羡慕他们，真像潇洒的林下之士！又有用功的青年们，拥着棉被高枕而卧在寝室里的眠床中，手执一卷而用功。我也羡慕他们，真像耽书的大学问家！有时我走近他们去，借问他们所读为何书，原来是英文数学或史地理化，他们是在预备明天的考试。这使我更加要羡慕煞了。他们能用这样轻快闲适的态度而研究这类知识科学的书，岂真有所谓“过目不忘”的神力么？要是我读这种书，我非吃苦不可。我须得埋头在案上，行种种机械的方法而用笨功，以硬求记诵。诸君倘要听我的笨活，我愿把我的笨法子一一说给你们听。

在我，只有诗歌、小说、文艺，可以闲坐在草上花下或偃卧在眠床中阅读。要我读外国语或知识学科的书，我必须用笨功。请就这两种分述之。

第一，我以为要通一国的国语，须学得三种要素，即构成其国语的材料、方法，以及其语言的腔调。材料就是“单语”，方法就是“文法”，腔调就是“会话”。我要学得这三种要素，都非行机械的方法而用笨功不可。

“单语”是一国语的根底。任凭你有何等的聪明力，不记单语决不能读外国文的书，学生们对于学科要求伴着趣味，但谙记生字极少有趣味可伴，只得劳你费点心了。我的笨法子即如前所述，要读*Sketch Book*，先把*Sketch Book*中所有的生字写成纸牌，放在匣中，每天摸出来记诵一遍。记牢了的纸牌放在一边，记不牢的纸牌放在另一边，以便明天再记。每天温习已经记牢的字，勿使忘记。等到全部记诵了，然后读书，那时候便觉得痛快流畅，其趣味颇足以抵偿摸纸牌时的辛苦。我想熟读英文字典，曾统计字典上的字数，预算每天记诵二十个字，若干时日可以记完。但终于未曾实行。倘能假我数年正式求学的日月，我一定已经实行这计划了。因为我曾仔细考虑过，要自由阅读一切的英语书籍，只有熟读字典是最根本的善法。后来我向日本购买一册《和英根底一万语》，假如其中一半是我所已知的，则每天记二十个字，不到一年就可记完，但这计划实行之后，终于半途而废。阻碍我的实行的，都是教课。记诵《和英根底一万语》的计划，现在我还保留在心中，等候实行的机会呢。我的学习日本语，也是用机械的硬记法。在师范学校时，就在晚上请校中的先生教日语。后来我买了一厚册的《日语完璧》，把后面所附的分类单语，用前述的方法一一记诵。当时只是硬记，不能应用，且发音也不正确；后来我到了日本，从日本人的口中听到我以前所硬记的单语，实证之后，我脑际的印象便特别鲜明，不易忘记。这时候的愉快也很可以抵偿我在国内硬记时的辛苦。这种愉快使我甘心消受硬记的辛苦，又使我始终确信硬记单语是学外国语的最根本的善法。

关于学习“文法”，我也用机械的笨法子。我不读文法教科书，我的机械的方法是“对读”。例如拿一册英文圣书和一册中文圣书并列在案头，一句一句地对读。积起经验来，便可实际理解英语的构造和各种词句的腔调。圣书之外，他种英文名著和名译，我亦常拿来对读。日本有种种英和对译丛书，左页是英文，右页是日译，下方附以注解。我曾从这种丛书得到不少的便利。文法原是本于论理的，只要论理的观念明白，便不学文法，不分noun（名词）与verb（动词）亦可以读通英文。但对读的态度当然是要非常认真。须要一句一字地对勘，不解的地方不可轻轻通过，必须明白了全句的组织，然后前进。我相信认真地对读几部名作，其功效足可抵得学校中数年英文教科。——这也可说是无福享受正式求学的人的自慰的话；能入学校中受先生教导，当然比自修更为幸福。我也知道入学是幸福的，但我真犯贱，嫌它过于幸福了。自己不费钻研而袖手听讲，由先生拖长了时日而慢慢地教去。幸福固然幸福了，但求学心切的人怎能耐烦呢？求学的兴味怎能不被打断呢？学一种外国语要拖长许久的时日，我们的人生有几回可供拖长呢？语言文字，不过是求学问的一种工具，不是学问的本身。学些工具都要拖长许久的时日，此生还来得及研究几许学问呢？拖长了时日而学外国语，真是俗语所谓：“拉得被头直，天亮了！”我固然无福消受入校正式求学的幸福；但因了这个理由，我也不愿消受这种幸福，而宁愿独自来用笨功。

关于“会话”，即关于言语的腔调的学习，我又喜用笨法子。学外国语必须通会话。与外国人对晤当然须通会话，但自己读书也非通会话不可。因为不通会话，不能体会语言的腔调；腔调是语言的神情所寄托的地方，不能体会腔调，便不能彻底理解诗歌小说戏剧等文学作品的精神。故学外国语必须通会话。能与外国人共处，当然最便于学会话。但我不幸而没有这种机会，我未曾到过西洋，我又是未到东京时先在国内自习会话的。我的学习会话，也用笨法子，其法就是“熟读”。我选定了一册良好而完全的会话书，每日熟读一课，克期读完。熟读的方法更笨，说来也许要惹人笑。我每天自己上一课新书，规定读十遍。计算遍数，用选举开票的方法，每读一遍，用铅笔在书的下端画一笔，便凑成一个字。不过所凑成的不是选举开票用的“正”字，而是一个“讀”字。例如第一天读第一课，读十遍，每读一遍画一笔，便在第一课下面画了一个“言”字旁和一个“士”字头。第二天读第二课，亦读十遍，亦在第二课下面画一个“言”字和一个“士”字，继续又把昨天所读的第一课温习五遍，即在第一课的下面加了一个“四”字。第三天在第三课下画一“言”字和“士”字，继续温习昨日的第二课，在第二课下面加一“四”字，又继续温习前日的第一课，在第一课下面再加了一个“目”字。第四天在第四课下面画一“言”字和一“士”字，继续在第三课下加一“四”字，第二课下加一“目”字，第一课下加一“八”字，到了第四天而第一课下面的“讀”字方始完成。这样下去，每课下面的“讀”字，逐一完成。“讀”字共有二十二笔，故每课共读二十二遍，即生书读十遍，第二天温五遍，第三天又温五遍，第四天再温二遍。故我的旧书中，都有铅笔画成的“讀”字，每课下面有了一个完全的“讀”字，即表示已经熟读了。这办法有些好处：分四天温习，屡次反复，容易读熟。我完全信托这机械的方法，每天像和尚念经一般地笨读。但如法读下去，前面的各课自会逐渐地从我的唇间背诵出来，这在我又感得一种愉快，这愉快也足可抵偿笨读的辛苦，使我始终好笨而不迁。会话熟读的效果，我于英语尚未得到实证的机会，但于日本语我已经实证了。我在国内时只是笨读，虽然发音和语调都不正确，但会话的资料已经完备了。故一听了日本人的说话，就不难就自己所已有的资料而改正其发音和语调，比较到了日本而从头学起来的，进步快速得多。不但会话，我又常从对读的名著中选择几篇自己所最爱读的短文，把它分为数段，而用前述的笨法子按日熟读。例如Stevenson（史蒂文森）和夏目漱石的作品，是我所最喜熟读的材料。我的对于外国语的理解，和对于文学作品的理解，都因了这熟读的方法而增进一些。这益使我始终好笨而不迁了。——以上是我对于外国语的学习法。

第二，对于知识学科的书的读法，我也有一种见地：知识学科的书，其目的主要在于事实的报告；我们读史地理化等书，亦无非欲知道事实。凡一种事实，必有一个系统。分门别类，源源本本，然后成为一册知识学科的书。读这种书的第一要点，是把握其事实的系统。即读者也须源源本本地暗记其事实的系统，却不可从局部着手。例如研究地理，必须源源本本地探求世界共分几大洲，每大洲有几国，每国有何种山川形胜等。则读毕之后，你的头脑中就摄取了地理的全部学问的梗概，虽然未曾详知各国各地的细情，但地理是什么样一种学问，我们已经知道了。反之，若不从大处着眼，而孜孜从事于局部的记忆，即使你能背诵喜马拉雅山高几尺，尼罗河长几里，也只算一种零星的知识，却不是研究地理。故把握系统，是读知识学科的书籍的第一要点。头脑清楚而记忆力强大的人，凡读一书，能处处注意其系统，而在自己的头脑中分门别类，作成井然的条理；虽未看到书中详叙细事的地方，亦能知道这详叙位在全系统中哪一门哪一类哪一条之下，及其在全部中重要程度如何。这仿佛在读者的头脑中画出全书的一览表，我认为这是知识书籍的最良的读法。

但我的头脑没有这样清楚，我的记忆力没有这样强大。我的头脑中地位狭窄，画不起一览表来。倘教我闲坐在草上花下或偃卧在眠床中而读知识学科的书，我读到后面便忘记前面。终于弄得条理不分，心烦意乱，而读书的趣味完全灭杀了。所以我又不得不用笨法子。我可用一本note book（笔记本）来代替我的头脑，在note book中画出全书的一览表。所以我读书非常吃苦，我必须准备了note book和笔，埋头在案上阅读。读到纲领的地方，就在note book上列表，读到重要的地方，就在note book上摘要。读到后面，又须时时翻阅前面的摘记，以明此章此节在全体中的位置。读完之后，我便抛开书籍，把note book上的一览表温习数次。再从这一览表中摘要，而在自己的头脑中画出一个极简单的一览表。于是这部书总算读过了。我凡读知识学科的书，必须用note book摘录其内容的一览表。所以十年以来，积了许多的note book，经过了几次迁居损失之后，现在的废书架上还留剩着半尺多高的一堆note book呢。

我没有正式求学的福分，我所知道于世间的一些些事，都是从自己读书而得来的；而我的读书，都须用上述的机械的笨法子。所以看见闲坐在青草地上，桃花树下，伴着了蜂蜂蝶蝶、燕燕莺莺而读英文数学教科书的青年学生，或拥着棉被高枕而卧在眠床中读史地理化教科书的青年学生，我羡慕得真要怀疑！

一九三〇年十一月十三日嘉兴

新生

车厢社会

我第一次乘火车，是在十六七岁时，即距今二十余年前。虽然火车在其前早已通行，但吾乡离车站有三十里之遥，平时我但闻其名，却没有机会去看火车或乘火车。十六七岁时，我毕业于本乡小学，到杭州去投考中等学校，方才第一次看到又乘到火车。以前听人说："火车厉害得很，走在铁路上的人，一不小心，身体就被碾做两段。"又听人说："火车快得邪气，坐在车中，望见窗外的电线木如同栅栏一样。"我听了这些话而想象火车，以为这大概是炮弹流星似的凶猛唐突的东西，觉得可怕。但后来看到了，乘到了，原来不过尔尔。天下事往往如此。

自从这一回乘了火车之后，二十余年中，我对火车不断地发生关系。至少每年乘三四次，有时每月乘三四次，至多每日乘三四次（不过这是从江湾到上海的小火车）。一直到现在，乘火车的次数已经不可胜计了。每乘一次火车，总有种种感想。倘得每次下车后就把乘车时的感想记录出来，记到现在恐怕不止数百万言，可以出一大部乘火车全集了。然而我哪有工夫和能力来记录这种感想呢？只是回想过去乘火车时的心境，觉得可分三个时期，现在记录出来，半为自娱，半为世间有乘火车的经验的读者谈谈，不知他们在火车中是否作如是想的？

第一个时期，是初乘火车的时期。那时候乘火车这件事在我觉得非常新奇而有趣。自己的身体被装在一个大木箱中，而用机械拖了这大木箱狂奔，这种经验是我向来所没有的，怎不教我感到新奇而有趣呢？那时我买了车票，热烈地盼望车子快到。上了车，总要拣个靠窗的好位置坐。因此可以眺望窗外旋转不息的远景，瞬息万变的近景，和大大小小的车站。一年四季住在看惯了的屋中，一旦看到这广大而变化无穷的世间，觉得兴味无穷。我巴不得乘火车的时间延长，常常嫌它到得太快，下车时觉得可惜。我欢喜乘长途火车，可以长久享乐。最好是乘慢车，在车中的时间最长，而且各站都停，可以让我尽情观赏。我看见同车的旅客个个同我一样地愉快，仿佛个个是无目的地在那里享乐乘火车的新生活的。我看见各车站都美丽，仿佛个个是桃源仙境的入口。其中汗流满背地扛行李的人，喘息狂奔的赶火车的人，急急忙忙地背着箱笼下车的人，拿着红绿旗子指挥开车的人，在我看来仿佛都干着有兴味的游戏，或者在那里演剧。世间真是一大欢乐场，乘火车真是一件愉快不过的乐事！可惜这时期很短促，不久乐事就变为苦事。

第二个时期，是老乘火车的时期。一切都看厌了，乘火车在我就变成了一桩讨厌的事。以前买了车票热烈地盼望车子快到。现在也盼望车子快到，但不是热烈地而是焦灼地。意思是要它快些来载我赴目的地。以前上车总要拣个靠窗的好位置，现在不拘，但求有得坐。以前在车中不绝地观赏窗内窗外的人物景色，现在都不要看了，一上车就拿出一册书来，不顾环境的动静，只管埋头在书中，直到目的地的到达。为的是老乘火车，一切都已见惯，觉得这

些千篇一律的状态没有什么看头。不如利用这冗长无聊的时间来用些功。但并非欢喜用功，而是无可奈何似的用功。每当看书疲倦起来，就埋怨火车行得太慢，看了许多书才走得两站！这时候似觉一切乘车的人都同我一样，大家焦灼地坐在车厢中等候到达。看到凭在车窗上指点谈笑的小孩子，我鄙视他们，觉得这班初出茅庐的人少见多怪，其浅薄可笑。有时窗外有飞机驶过，同车的人大家立起来观望，我也不屑从众，回头一看立刻埋头在书中。总之，那时我在形式上乘火车，而在精神上仿佛遗世独立，依旧笼闭在自己的书斋中。那时候我觉得世间一切枯燥无味，无可享乐，只有沉闷、疲倦，和苦痛，正同乘火车一样。这时期相当地延长，直到我深入中年时候而截止。

第三个时期，可说是惯乘火车的时期。乘得太多了，讨嫌不得许多，还是逆来顺受吧。心境一变，以前看厌了的东西也会重新有起意义来，仿佛“温故而知新”似的。最初乘火车是乐事，后来变成苦事，最后又变成乐事，仿佛“返老还童”似的。最初乘火车欢喜看景物，后来埋头看书，最后又不看书而欢喜看景物了。不过这回的欢喜与最初的欢喜性状不同：前者所见都是可喜的，后者所见却大多数是可惊的、可笑的、可悲的。不过在可惊可笑可悲的发见上，感到一种比埋头看书更多的兴味而已。故前者的欢喜是真的“欢喜”，若译英语可用happy或merry。后者却只是like或fond of，不是真心的欢乐。实际，这原是比较而来的；因为看书实在没有许多好书可以使我集中兴味而忘却乘火车的沉闷。而这车厢社会里的种种人间相倒是一部活的好书，会时时向我展出新颖的page（篇页）来。惯乘火车的人，大概对我这话多少有些儿同感的吧！

不说车厢社会里的琐碎的事，但看各人的坐位，已够使人惊叹了。同是买一张票的，有的人老实不客气地躺着，一人占有了五六个人的位置。看见找寻座位的人来了，把头向着里，故作鼾声，或者装作病人，或者举手指点那边，对他们说：“前面很空，前面很空。”和平谦虚的乡下人大概会听信他的话，让他安睡，背着行李向他所指点的前面去另找“很空”的位置。有的人教行李分占了自己左右的两个位置，当作自己的卫队。若是方皮箱，又可当作自己的茶几。看见找坐位的人来了，拼命埋头看报。对方倘不客气地向他提出：“对不起，先生，请你的箱子放在上面了，大家坐坐！”他会指着远处打官话拒绝他：“那边也好坐，你为什么一定要坐在这里?”说过管自看报了。和平谦虚的乡下人大概不再请求，让他坐在行李的护卫中看报，抱着孩子向他指点的那边去另找“好坐”的地方了。有的人没有行李，把身子扭转来，教一个屁股和一支大腿占据了两个人的座位，而悠闲地凭在窗中吸烟。他把大乌龟壳似的一个背部向着他的右邻，而用一支横置的左大腿来拒远他的左邻。这大腿上面的空间完全归他所有，可在其中从容地抽烟，看报。逢到找寻座位的人来了，把报纸堆在大腿上，把头钻出窗外，只作不闻不见。还有一种人，不取大腿的策略，而用一册书和一个帽子放在自己身旁的座位上。找座位的人倘来请他拿开，就回答他说“这里有人”。和平谦虚的乡下人大概会听信他，留这空位给他那“人”坐，扶着老人向别处去另找座位了。找不到座位时，他们就把行李放在门口，自己坐在行李上，或者抱了小孩，扶了老人站在W.C.的门口。查票的来了，不干涉躺着的人，以及用大腿或帽子占座位的人，却埋怨坐在行李上的人和抱了小孩扶了老人站在W.C.门口的人阻碍了走路，把他们骂脱几声。

我看到这种车厢社会里的状态，觉得可惊，又觉得可笑，可悲。可惊者，大家出同样的钱，购同样的票，明明是一律平等的乘客，为什么会演出这般不平等的状态?可笑者，那些强占座位的人，不惜装腔，撒谎，以图一己的苟安，而后来终得舍去他的好位置。可悲者，在这乘火车的期间中，苦了那些和平谦虚的乘客，他们始终只得坐在门口的行李上，或者抱了小孩，扶了老人站在W.C.的门口，还要被查票者骂脱几声。

在车厢社会里，但看座位这一点，已足使我惊叹了。何况其他种种的花样。总之，凡人间社会里所有的现状，在车厢社会中都有其缩图。故我们乘火车不必看书，但把车厢看作人间世的模型，足够消遣了。

回想自己乘火车的三时期的心境，也觉得可惊、可笑，又可悲。可惊者，从初乘火车经过老乘火车，而至于惯乘火车，时序的递变太快！可笑者，乘火车原来也是一件平常的事。幼时认为“电线木同栅栏一样”，车站同桃源一样，固然可笑，后来那样地厌恶它而埋头于书中，也一样地可笑。可悲者，我对于乘火车不复感到昔日的欢喜，而以观察车厢社会里的怪状为消遣，实在不是我所愿为之事。

于是我憧憬于过去在外国时所乘的火车。记得那车厢中很有秩序，全无现今所见的怪状。那时我们在车厢中不解众苦，只觉旅行之乐。但这原是过去已久的事，在现今的世间恐怕不会再见这种车厢社会了。前天同一位朋友从火车下来，出车站后他对我说了几句新诗似的东西，我记忆着。现在抄在这里当作结尾：

人生好比乘车：
有的早上早下，
有的迟上迟下，
有的早上迟下，
有的迟上早下。
上了车纷争座位，
下了车各自回家。
在车厢中留心保管你的车票，
下车时把车票原物还他。

二十四（1935）年三月二十六日

白发镊不尽

给我的孩子们

我的孩子们！我憧憬于你们的生活，每天不止一次！我想委曲地说出来，使你们自己晓得。可惜到你们懂得我的话的意思的时候，你们将不复是可以使我憧憬的人了。这是何等可悲哀的事啊！

瞻瞻！你尤其可佩服。你是身心全部公开的真人。你什么事体都像拼命地用全副精力去对付。小小的失意，像花生米翻落地了，自己嚼了舌头了，小猫不肯吃糕了，你都要哭得嘴唇翻白，昏去一两分钟。外婆去普陀烧香买回来给你的泥人，你何等鞠躬尽瘁地抱他，喂他；有一天你自己失手把他打破了，你的号哭的悲哀，比大人们的破产，失恋，broken heart（心碎），丧考妣，全军覆没的悲哀都要真切。两把芭蕉扇做的脚踏车，麻雀牌堆成的火车、汽车，你何等认真地看待，挺直了嗓子叫“汪——”“咕咕咕……”，来代替汽笛。宝姐姐讲故事给你听，说到“月亮姐姐挂下一只篮来，宝姐姐坐在篮里吊了上去，瞻瞻在下面看”的时候，你何等激昂地同她争，说“瞻瞻要上去，宝姐姐在下面看！”甚至哭到漫姑面前去求审判。我每次剃了头，你真心地疑我变了和尚，好几时不要我抱。最是今年夏天，你坐在我膝上发见了我腋下的长毛，当作黄鼠狼的时候，你何等伤心，你立刻从我身上爬下去，起初眼瞪瞪地对我端相，继而大失所望地号哭，看看，哭哭，如同对被判定了死罪的亲友一样。你要我抱你到车站里去，多多益善地要买香蕉，满满地擒了两手回来，回到门口时你已经熟睡在我的肩上，手里的香蕉不知落在哪里去了。这是何等可佩服的真率、自然，与热情！大人间的所谓“沉默”“含蓄”“深刻”的美德，比起你来，全是不自然的、病的、伪的！

你们每天做火车，做汽车，办酒，请菩萨，堆六面画，唱歌，全是自动的、创造创作的生活。大人们的呼号“归自然！”“生活的艺术化！”“劳动的艺术化！”在你们面前真是出丑得很了！依样画几笔画，写几篇文的人称为艺术家，创作家，对你们更要愧死！

你们的创作力，比大人真是强盛得多哩：瞻瞻！你的身体不及椅子的一半，却常常要搬动它，与它一同翻倒在地上；你又要把一杯茶横转来藏在抽斗里，要皮球停在壁上，要拉住火车的尾巴，要月亮出来，要天停止下雨。在这等小小的事件中，明明表示着你们的小弱的体力与智力不足以应付强盛的创作欲、表现欲的驱使，因而遭逢失败。然而你们是不受大自然的支配，不受人类社会的束缚的创造者，所以你的遭逢失败，例如火车尾巴拉不住，月亮呼不出来的时候，你们决不承认是事实的不可能，总以为是爹爹妈妈不肯帮你们办到，同不许你们弄自鸣钟同例，所以愤愤地哭了，你们的世界何等广大！

你们一定想：终天无聊地伏在案上弄笔的爸爸，终天闷闷地坐在窗下弄引线的妈妈，是何等无气性的奇怪的动物！你们所视为奇怪动物的我与你们的母亲，有时确实难为了你们，摧残了你们，回想起来，真是不安心得很！

阿宝！有一晚你拿软软的新鞋子，和自己脚上脱下来的鞋子，给凳子的脚穿了，划袜立在地上，得意地叫“阿宝两只脚，凳子四只脚”的时候，你母亲喊着“龌龊了袜子！”立刻擒你到藤榻上，动手毁坏你的创作。当你蹲在榻上注视你母亲动手毁坏的时候，你的小心里一定感到“母亲这种人，何等杀风景而野蛮”吧！

瞻瞻！有一天开明书店送了几册新出版的毛边的《音乐入门》来。我用小刀把书页一张一张地裁开来，你侧着头，站在桌边默默地看。后来我从学校回来，你已经在我的书架上拿了一本连史纸印的中国装的《楚辞》，把它裁破了十几页，得意地对我说：“爸爸！瞻瞻也会裁了！”瞻瞻！这在你原是何等成功的欢喜，何等得意的作品！却被我一个惊骇的“哼！”字喊得你哭了。那时候你也一定抱怨“爸爸何等不明”吧！

软软！你常常要弄我的长锋羊毫，我看见了总是无情地夺脱你。现在你一定轻视我，想道：“你终于要我画你的画集的封面！”

最不安心的，是有时我还要拉一个你们所最怕的陆露沙医生来，教他用他的大手来摸你们的肚子，甚至用刀来在你们臂上割几下，还要教妈妈和漫姑擒住了你们的手脚，捏住了你们的鼻子，把很苦的水灌到你们的嘴里去。这在你们一定认为是太无人道的野蛮举动吧！

孩子们！你们果真抱怨我，我倒欢喜；到你们的抱怨变为感谢的时候，我的悲哀来了！

我在世间，永没有逢到像你们样出肺肝相示的人。世间的人群结合，永没有像你们样的彻底地真实而纯洁。最是我到上海去干了无聊的所谓“事”回来，或者去同不相干的人们做了叫作“上课”的一种把戏回来，你们在门口或车站旁等我的时候，我心中何等惭愧又欢喜！惭愧我为什么去做这等无聊的事，欢喜我又得暂时放怀一切地加入你们的真生活的团体。

但是，你们的黄金时代有限，现实终于要暴露的。这是我经验过来的情形，也是大人们谁也经验过的情形。我眼看见儿时的伴侣中的英雄，好汉，一个个退缩、顺从、妥协、屈服起来，到像绵羊的地步。我自己也是如此。“后之视今，亦犹今之视昔”，你们不久也要走这条路呢！

我的孩子们！憧憬于你们的生活的我，痴心要为你们永远挽留这黄金时代在这册子里。然这真不过像“蜘蛛网落花”略微保留一点春的痕迹而已。且到你们懂得我这片心情的时候，你们早已不是这样的人，我的画在世间已无可印证了！这是何等可悲哀的事啊！

《子恺画集》代序，一九二六年耶诞节作

图画与人生

我今天所要讲的，是“图画与人生”。就是图画对人有什么用处，就是做人为什么要描图画，就是图画同人生有什么关系。

这问题其实很容易解说：图画是给人看看的。人为了要看看，所以描图画。图画同人生的关系，就只是“看看”。“看看”，好像是很不重要的一件事，其实同衣食住行四大事一样重要。这不是我在这里说大话，你只要问你自己的眼睛，便知道。眼睛这件东西，实在很奇怪：看来好像不要吃饭，不要穿衣，不要住房子，不要乘火车，其实对于衣食住行四大事，他都有份，都要干涉。人皆以为嘴巴要吃，身体要穿，人生为衣食而奔走，其实眼睛也要吃，也要穿，还有种种要求，比嘴巴和身体更难服侍呢。

所以要讲图画同人生的关系，先要知道眼睛的脾气。我们可拿眼睛来同嘴巴比较：眼睛和嘴巴，有相同的地方，有相异的地方，又有相关联的地方。

相同的地方在哪里呢？我们用嘴巴吃食物，可以营养肉体；我们用眼睛看美景，可以营养精神。——营养这一点是相同的。譬如看见一片美丽的风景，心里觉得愉快；看见一张美丽的图画，心里觉得欢喜。这都是营养精神的。所以我们可以说：嘴巴是肉体的嘴巴，眼睛是精神的嘴巴——二者同是吸收养料的器官。

相异的地方在哪里呢？嘴巴的辨别滋味，不必练习。无论哪一个人，只要是生嘴巴的，都能知道滋味的好坏，不必请先生教。所以学校里没有“吃东西”这一项科目。反之，眼睛的辨别美丑，即眼睛的美术鉴赏力，必须经过练习，方才能够进步。所以学校里要特设“图画”这一项科目，用以训练学生的眼睛。眼睛和嘴巴的相异，就在要练习和不要练习这一点上。譬如现在有一桌好菜，都是山珍海味，请一位大艺术家和一位小学生同吃。他们一样地晓得好吃。反之，倘看一幅名画，请大艺术家看，他能完全懂得它的好处。请小学生看，就不能完全懂得，或者莫名其妙。可见嘴巴不要练习，而眼睛必须练习。所以嘴巴的味觉，称为“下等感觉”。眼睛的视觉，称为“高等感觉”。

相关联的地方在哪里呢？原来我们吃东西，不仅用嘴巴，同时又兼用眼睛。所以烧一碗菜，油盐酱醋要配得好吃，同时这碗菜的样子也要装得好看。倘使乱七八糟地装一下，即使滋味没有变，但是我们看了心中不快，吃起来滋味也就差一点。反转来说，食物的滋味并不很好，倘使装潢得好看，我们见了，心中先起快感，吃起来滋味也就好一点。学校里的厨房司务很懂得这个道理。他们做饭菜要偷工减料，常把形式装得很好看。风吹得动的几片肉，盖在白菜面上，排成图案形。两三个铜板一斤的萝卜，切成几何形体，装在高脚碗里，看去好像一盘金刚石。学生走到饭厅，先用眼睛来吃，觉得很好。随后用嘴巴来吃，也就觉得还好。倘使厨房司务不懂得装菜的办法，各地的学校恐怕天天要闹一次饭厅呢。外国人尤其精通这个方法。洋式的糖果，作种种形式，又用五色纸、金银纸来包裹。拿这种糖请盲子吃，味道一定很平常。但请亮子吃，味道就好得多。因为眼睛帮嘴巴在那里吃，故形式好看的，滋味也就觉得好些。

眼睛不但和嘴巴相关联，又和其他一切感觉相关联。譬如衣服。原来是为了身体温暖而穿的，但同时又求其质料和形式的美观。譬如房子，原来是为了遮蔽风雨而造的，但同时又求其建筑和布置的美观。可知人生不但用眼睛吃东西，又用眼睛穿衣服用眼睛住房子。古人说："人之所以异于禽兽者，几希。"我想，这"几希"恐怕就在眼睛里头。

人因为有这样的一双眼睛，所以人的一切生活，实用之外又必讲求趣味。一切东西，好用之外又求其好看。一匣自来火，一只螺旋钉，也在好用之外力求其好看。这是人类的特性。人类在很早的时代就具有这个特性。在上古，穴居野处，茹毛饮血的时代，人们早已懂得装饰。他们在山洞的壁上描写野兽的模样，在打猎用的石刀的柄上雕刻图案的花纹，又在自己的身体上施以种种装饰，表示他们要好看；这种心理和行为发达起来，进步起来，就成为"美术"。故美术是为了眼睛的要求而产生的一种文化。故人生的衣食住行，从表面看来好像和眼睛都没有关系，其实件件都同眼睛有关。越是文明进步的人，眼睛的要求越是大。

人人都说"面包问题"是人生的大事。其实人生不单要吃，又要看；不单为嘴巴，又为眼睛；不单靠面包，又靠美术。面包是肉体的食粮，美术是精神的食粮。没有了面包，人的肉体要死。没有了美术，人的精神也要死——人就同禽兽一样。

上面所说的，总而言之，人为了有眼睛，故必须有美术。现

此造物者之无尽藏也

在我要继续告诉你们：一切美术，以图画为本位，所以人人应该学习图画。原来美术共有四种，即建筑、雕塑、图画和工艺。建筑就是造房子之类，雕塑就是塑铜像之类，图画不必说明，工艺就是制造什用器具之类。这四种美术，可用两种方法来给它们分类。第一种，依照美术的形式而分类，则建筑、雕刻、工艺，在立体上表现的，叫作“立体美术”。图画，在平面上表现的，叫作“平面美术”。第二种，依照美术的用途而分类，则建筑、雕塑、工艺，大多数除了看看之外又有实用的（譬如住宅供人居住，铜像供人瞻拜，茶壶供人泡茶），叫作“实用美术”。图画，大多数只给人看看，别无实用的，叫作“欣赏美术”。这样看来，图画是平面美术，又是欣赏美术。为什么这是一切美术的本位呢？其理由有二：第一，因为图画能在平面上作立体的表现，故兼有平面与立体的效果。这是很明显的事，平面的画纸上描一只桌子，望去四只脚有远近。描一条走廊，望去有好几丈长。描一条铁路，望去有好几里远。因为图画有两种方法，能在平面上假装出立体来，其方法叫作“远近法”和“阴影法”。用了远近法，一寸长的线可以看成好几里路。用了阴影法，平面的可以看成凌空。故图画虽是平面的表现，却包括立体的研究。所以学建筑、学雕塑的人，必须先从学图画入手。美术学校里的建筑科、雕塑科，第一年的课程仍是图画，以后亦常常用图画为辅助。反之，学图画的人，就不必兼学建筑或雕塑。

第二，因为图画的欣赏可以应用在实际生活上，故图画兼有欣赏与实用的效果。譬如画一只苹果，一朵花，这些画本身原只能看看，毫无实用。但研究了苹果的色彩，可以应用在装饰图案上；

研究了花瓣的线条，可以应用在磁器的形式上。所以欣赏不是无用的娱乐，乃是间接的实用。所以学校里的图画科，尽管画苹果、香蕉、花瓶、茶壶等没有用处的画，但由此所得的眼睛的练习，却受用无穷。

因了这两个理由——图画在平面中包括立体，在欣赏中包括实用——所以图画是一切美术的本位。我们要有美术的修养，只要练习图画就是。但如何练习，倒是一件重要的事，要请大家注意。上面说过，图画兼有欣赏与实用两种效果。欣赏是美的，实用是真的，故图画练习必要兼顾“真”和“美”这两个条件。具体地说：譬如描一瓶花，要仔细观察花、叶、瓶的形状、大小、方向、色彩，不使描错。这是“真”的方面的功夫。同时又须巧妙地配合，巧妙地布置，使它妥帖。这是“美”的方面的功夫。换句话说，我们要把这瓶花描得像真物一样，同时又要描得美观。再换一句话说，我们要模仿花、叶、瓶的形状色彩，同时又要创造这幅画的构图。总而言之，图画要兼重描写和配置、肖似和美观、模仿和创作，即兼有真和美。偏废一方面的，就不是正当的练习法。

在中国，图画观念错误的人很多。其错误就由于上述的真和美的偏废而来，故有两种。

第一种偏废美的，把图画看作照相，以为描画的目的但求描得细致，描得像真的东西一样。

称赞一幅画好，就说“描得很像”。批评一幅画坏，就说“描得不像”。这就是求真而不求美，但顾实用而不顾欣赏，是错误的。图画并非不要描得像，但像之外又要它美。没有美而只有像，顶多只抵得一张照相。现在照相机很便宜，三五块钱也可以买一只。我们又何苦费许多宝贵的钟头来把自己的头脑造成一架只值三五块钱的照相机呢？这是偏废了美的错误。

第二种，偏废真的，把图画看作“琴棋书画”的画。以为“画画儿”，是一种娱乐，是一种游戏，是消遣的。于是上图画课的时候，不肯出力，只思享乐。形状还描不正确，就要讲画意。颜料还不会调，就想制作品。这都是把图画看作“琴棋书画”的画的缘故。原来弹琴、写字、描画，都是高深的艺术。不知那一个古人，把“下棋”这种玩意儿凑在里头，于是琴、书、画三者都带了娱乐的、游戏的、消遣的性质，降低了它们的地位，这实在是亵渎艺术！“下棋”这一件事，原也很难；但其效用也不过像叉麻雀，消磨光阴，排遣无聊而已，不能同音乐、绘画、书法排在一起。倘使下棋可算是艺术，叉麻雀也变成艺术，学校里不妨添设一科“麻雀”了。但我国有许多人，的确把音乐、图画看成与麻雀相近的东西。这正是“琴棋书画”四个字的流弊。现代的青年，非改正这观念不可。

图画为什么和下棋、叉麻雀不同呢？就是为了图画有一种精神——图画的精神，可以陶冶我们的心。这就是拿描图画一样的真又美的精神来应用在人的生活上。怎样应用呢？我们可拿数学来作比方：数学的四则问题中，有龟鹤问题：龟鹤同住在一个笼里，一共几个头，几只脚，求龟鹤各几只？又有年龄问题：几年前父年为子年的几倍，几年后父年为子年的几倍？这种问题中所讲的事实，在人生中难得逢到。有谁高兴真个把乌龟同鹤关在一只笼子里，教人猜呢？又有谁真个要算父年为子年的几倍呢？这原不过是要借这种奇奇怪怪的问题来训练人的头脑，使头脑精密起来。然后拿这精密的头脑来应用在人的一切生活上。我们又可拿体育来比方，体育中有跳高、跳远、掷铁球、掷铁饼等武艺。这在我们的日常生活中也很少用处。有谁常要跳高、跳远，有谁常要掷铁球、铁饼呢？这原不过是要借这种武艺来训练人的体格，使体格强健起来。然后拿这强健的体格去做人生一切的事业。图画就同数学和体育一样。人生不一定要画苹果、香蕉、花瓶、茶壶。原不过要借这种研究来训练人的眼睛，使眼睛正确而又敏感，真而又美。然后拿这真和美来应用在人的物质生活上，使衣食住行都美化起来；应用在人的精神生活上，使人生的趣味丰富起来。这就是所谓“艺术的陶冶”。图画原不过是“看看”的。但因为眼睛是精神的嘴巴，美术是精神的粮食，图画是美术的本位，故“看看”这件事在人生竟有了这般重大的意义。今天在收音机旁听我讲演的人，一定大家是有一双眼睛的，请各自体验一下，看我的话有没有说错。

散抛残食饲神鸦

第二章

聆听万物之美

青山不识我姓氏

爆炒米花

楼窗外面“砰”的一响，好像放炮，又好像轮胎爆裂。推窗一望，原来是“爆炒米花”。

这东西我小时候似乎不曾见过，不知是什么时候开始有的。这个名称我也不敢确定，因为那人的叫声中音乐的成分太多，字眼听不清楚。问问别人，都说“爆炒米花吧”。然而爆而又炒，语法欠佳，恐非正确。但这姑且不论，总之，这是用高热度把米粒放大的一种工作。这工作的工具是一个有柄的铁球，一只炭炉，一只风箱，一只麻袋和一张小凳。爆炒米花者把人家托他爆的米放进铁球里，密封起来，把铁球架在炭炉上；然后坐在小凳上了，右手扯风箱，左手握住铁球的柄，把它摇动，使铁球在炭炉上不绝地旋转，旋到相当的时候，他把铁球从炭炉上卸下，放进麻袋里，然后启封——这时候发出“砰”的一响，同时米粒从铁球中迸出，落在麻袋里，颗颗同黄豆一般大了！爆炒米花者就拿起麻袋来，把这些米花倒在请托者拿来的篮子里，然后向他收取若干报酬。请托者大都笑嘻嘻地看看篮子里黄豆一般大的米花，带着孩子，拿着篮子回去了。这原是孩子们的闲食，是一种又滋养、又卫生、又经济的闲食。

我家的劳动大姐主张不用米粒，而用年糕来托他爆。把水磨年糕切成小拇指大的片子放在太阳里晒干，然后拿去托他爆。爆出来的真好看：小拇指大的年糕片，都变得同十支香烟簏子一般大了！爆的时候加入些糖，吃起来略带甜味，不但孩子们爱吃，大人们也都喜欢，因为它质地很松，容易消化，多吃些也不会伤胃。“空隆空隆”地嚼了好久，而实际上吃下去的不过小拇指大的一片年糕。

我吃的时候曾经作如是想：倘使不爆，要人吃小拇指大的几片硬年糕，恐怕不见得大家都要吃。因为硬年糕虽然营养丰富，但是质地太致密，不容易嚼碎，不容易消化。只有胃健的人，消化力强大的人，例如每餐“斗米十肉”的古代人，才能吃硬年糕；普通人大都是没有这胃口的吧。而同是这硬年糕，一经爆过，一经放松，普通人就也能吃，并且爱吃，即使是胃弱的人也消化得了。这一爆的作用就在于此。

想到这里，恍然若有所感。似乎觉得这东西象征着另一种东西。我回想起了三十年前，我初作《缘缘堂随笔》时的一件事。

《缘缘堂随笔》结集成册，在开明书店出版了。那时候我已经辞去教师和编辑之职，从上海迁回故乡石门湾，住在老屋后面的平屋里。我故乡有一位前辈先生，姓杨名梦江，是我父亲的好友，我两三岁的时候，父亲教我认他为义父，我们就变成了亲戚。我迁回故乡的时候，我父亲早已故世，但我常常同这位义父往来。他是前清秀才，诗书满腹。有一次，我把新出版的《缘缘堂随笔》送他一册，请他指教。过了几天他来看我，谈到了这册随笔，我敬求批评。他对那时正在提倡的白话文向来抱反对态度，我料他的批评一定是否定的。果然，他起初就局部略微称赞几句，后来的结论说：

“不过，这种文章，教我们做起来，每篇只要二十八个字——一首七绝；或者二十个字——一首五绝。”

我初听到这话，未能信受。继而一想，觉得大有道理！古人作文，的确言简意繁，辞约义丰，不像我们的白话文那么噜里噜苏。回想古人的七绝和五绝，的确每首都可以作为一篇随笔的题材。例如最周知的唐诗：“去年今日此门中，人面桃花相映红。人面不知何处去，桃花依旧笑东风。”“少小离家老大回，乡音无改鬓毛衰。儿童相见不相识，笑问客从何处来?”这两个题材，倘使教我来表达，我得写每篇两三千字的两篇抒情随笔。“昨日入城市，归来泪满巾。遍身罗绮者，不是养蚕人。”“长安买花者，一枝值万钱。道旁有饥人，一钱不肯捐。”这两个题材，倘教我来表达，我也许要写成——倘使我会写的话——两篇讽喻短篇小说呢！于是我佩服这位老前辈的话，表示衷心地接受批评。

三十年前这位老前辈对我说的话，我一直保存在心中，不料今天同窗外的“爆炒米花”相结合了，我想：原来我的随笔都好比是爆过、放松过的年糕！

一九五七年一月二十日作于上海

（本文系作者生前未发表过的手稿，作者去世后载于1980年南京师范学院《文教资料简报》总第105、106期）

惜春

不多天之前我在这里赞颂垂条的杨柳。现在柳条早已婆娑委地，杨花也已开始飘荡，春光将尽，我又来这里谈惜春的话了。

“惜春”这个题目何等风雅！古人的诗词里以此为题的不可胜计；今人也还在那里为此赋诗填词。绿肥红瘦、柳昏花冥、杜鹃啼血、流水飘红，再加上羁人、泪眼、伤心、断肠、离愁、酒病……惜春这件事主客观两方面应有的雅词，已经被前人反复说尽，我已无可再说了。现在为什么取这个题目来作文呢？也不过应应时，在五月号的杂志里写一个及时的题目，表面上好看些。这好比编小学教科书：秋季始业的，前几课讲月亮、蟋蟀、桂花、果实、农人割稻，以及双十节。后几课讲棉衣、火炉、做糕、落雪，以及贺年。春季始业的，前几课讲菜花、桃花、蝌蚪，种牛痘，以及总理忌辰，后几课讲杀苍蝇，灭蚊虫，吃瓜，乘凉，以及热天的卫生。似乎那些小学生个个是一年生的动物，在秋天不知有春，在春天不知有秋，所以非讲目前的情状不可的。我的读者不是小学生，其实不一定要讲目前的情状。但是随笔总得随我的笔，我的笔总得随我的近感。我握笔为这杂志写这篇随笔的时候，但念不多天之前刚刚写了一篇赞颂初生的杨柳的文章，现在柳条早已婆娑委地，杨花也早已开始飘荡，觉得时光的过去真快得可惊！这其间一个多月的时光，我不知干了些什么？这一点近感便是我得这篇随笔的本意。题目不妨写作“惜时光”。但现在的时光是春天，也不妨写作“惜春”。

去年的春天，我曾在杂志里谈过春天的冷暖不匀，晴雨不定，以及种种不舒服。故春去我不觉得足惜。所可惜者，只是时光的一去不返，不可挽留。我们好比乘坐火车，自己似觉静静地坐着，不曾走动一步，车子却载了你在那里飞奔。不知不觉之间，时时刻刻在那里减短你的前程。我曾经立意要不花钱，一天到晚坐在屋里，果然一钱也不花。我曾经立意要不费力，一天到晚躺在床里，果然一些力也不费。我曾经立意要不费电，晚上不开电灯，果然一度电也不费。我曾经立意要不费时间，躲在床角里不动。然而壁上的时辰钟“的格的格”地告诉我，时间管自在那里耗费。于是我想，做了人真像“骑虎之势”，无法退缩或停留，只有努力地惜时光，积极地向前奋斗，直到时间的大限的来到。

生活上的苦闷和不幸，有时能使人对于时光觉得不可惜而可嫌，盼望它快些过去的。然而这是例外。人生总希望快乐。快乐的时间总希望其不要过得太快。回忆自己的学生时代，最快乐的时间是假期。星期六，星期日和纪念日小快乐，春假，年假和暑假大快乐。这也是世间一件矛盾的怪事：平常出了钱总希望多得几分货；只有读书，出了学费只希望少上几天课。试看假期前晚的学生们的狂喜，似觉他们所希望的最好是只缴学费而永不上课。于此足见读书这件事不是平常的买卖。不然，这件事正像史蒂芬生（史蒂文森）的《自杀俱乐部》中的青年的行为：一面缴了四十镑的会费而做自杀俱乐部会员，一面又在抽签时热望自己永不抽着当死的签。试看星期一早上躺在床上的学生的尴尬脸孔，或暑假开学前一天的学生的没精打采，似觉他们对于赴校上课这件事看得真同赴死一样可怕。其实原是他们自己来寻死的。

我幼时在暑假的前几天感觉非常欢喜，好像有期徒刑的囚犯将被开释似的。又怀抱着莫大的希望，忙里偷闲地打算假期中的生活，整理假期中所要看的书籍。我想象五六十天的假期，似觉时光非常悠长，有无数的事件好干，无数的书可读，有无数时光可以和弟弟共戏，还有无数的闲余可和邻家的小朋友玩耍。本学期中欠熟达的功课，满望在这悠长的假期中习得完全精通。平日所希望修习而无暇阅读的书籍，在假期前都特地买好，满望在这悠长的假期中完全读毕。还有在教科书里看到的种种科学玩意儿，在校因没有时间和工具而未曾试作的，也都挑选出来，抄写在笔记簿上，满望在悠长的假期中完全做成，和弟弟们畅快地玩耍。五六十天的假期，在我望去好像一只宽紧带结成的袋子，不拘多少东西，尽管装得进去。

放假的一天，我背了这只宽紧带结成的无形大袋子而欣然地回家。回到半年不见的家里，觉得样样新鲜，暂把这无形的大袋搁一搁再说。初到的几天因为路途风霜，当然完全休息。后来多时不见的姑母来做客了，母亲热诚地招待她，假期中的我当然奉陪，闲谈几天。后来姑母邀请我去做客，母亲说我年年出门求学，难得放假回家，至亲至眷应该去访问访问，我一去就是四五天乃至六七天。回家又应该休息几天。后来，天气太热，中了暑发些轻痧，竹榻上一困又是几天。病起又休息几天。本镇有戏文，当然去看几天。戏文场上遇见几位小学时代的同学，多时不见，留着款待几天。送往了同学，迎来了一年不见的二姐、姐丈和外甥们，于是杀鸡置酒，大家欢聚半个月乃至二十天。二姐回家时带了我去，我这回做客一去又是四五天乃至六七天。回家当然又是休息几天。屈指一算，离暑假开学已经只有十来天了。横竖如此，这十来天索性闲玩过去吧。到了开学的前一天，我整理行装，看见于假前所记录着的一纸假期工作表，所准备着的一束假期应读的书，所选定着的假期中拟制之玩具的说明图，都照携回家时的原样放置在网篮里，搁置在书桌旁的两只长凳上，上面积着厚厚的一层灰尘。蹉跎的懊恼和乐尽的悲哀交混在我的心头，使我感到一种不可名状的不快。次日带了这种不快而辞家到校，重新开始那囚犯似的学校生活。

第二次假期前几天，我仍是那样地欢喜，再结起一只宽紧带的大袋子来，又把预定的假期工作多多益善地装进去，背了它欣然地回家。我的意思以为第一次没有经验，安排得不好，以致蹉跎过去；这回我定要好好地安排：客人不必多应酬，或竟不见；做客少住几天，或竟不去；戏不应该看；病不应该生。这样安排，一定有许多书好看，许多事可做。然而回到家里，不知怎样一来，又同第一次一样，这里几天，那里几天，距开学又只十来天了。于是再带了蹉跎的懊恼和乐尽的悲哀所混成的一种不可名状的不快而整理行装，离家到校。

这样的经验反复了数次，我方才悟到预期的不可靠与事实的无可奈何，于是停止这种如意算盘。青年人少不更事，往往向美丽的未来中打很大的如意算盘。他们以为假期有五六十天的悠长的日月，看薄薄的几册书，算什么呢？然而日子自己会很快地过去，而书的page〔页〕不会自动地翻过。宽紧带的袋子看似可以无限地装得进去，但毕竟是硬装的，原来的容量其实很小。我经验了几次如意算盘的失败之后，才知道凡事须靠现在努力工作。现在工作一小时，得益一小时；工作二小时，得益二小时。与其费心于未来的预期，不如现在拿这点工夫来用功。以后每逢假期，我不再准备假期工作。遵守西洋格言Work while work，play while play的教训，我预备玩过一暑假。却不意在暑假中也看完了几部小说。开学时回顾，好像得了一笔意外的收入，格外愉快。

青年们在校时不用功，往往预期出校后自行补修；或者在就业后抽闲补习。他们打定了这个如意算盘之后，在校时索性不用功了。他们想：出校后岁月悠长，无拘无束，横竖要从头补修过！现在索性放弃吧。但是，据我所见，他们这预期往往同我的假期工作的预期同一运命，总是不会实践的。他们没有预计到出校后的种种繁忙，同我没有预计到假期回家后的种种应酬一样。职业，生计，恋爱，婚姻，子女……种种人事拥挤在他们出校后的日月中，使他们没有工夫补修在校时未了的课业。试看社会上就业的成人们的学问知识，恐怕十人中有九人所有的只是青年时代在学校中所收得的一点。靠出校后自己补修而增进学识的，十人中不过一人而已。可知青年求学时代所获得的一点学识，是人生教养的基本。后来的见闻虽然也使你增进些知识，但只是枝叶，人生修养的基本只限于青年求学时代所得的一点。

我自己青年时代没有好好地受教育，年长后常感知识不全之苦。几何三角的问题我不会解，物理化学的公式我看不懂，专门科学的书我都读不下去。屡次希望补修，至今不能实践。古人云：

“看来四十犹如此，便到百年已可知。”我离四十只有两年，大概此生不会有能解三角几何问题，能懂物理化学公式，能读专门科学书籍的日子了！人生倘有来世，我的来世倘能投人，投了人倘能记忆这篇文章，我定要好好地度送我的青年时代，多收得些学识，造成一个人生的巩固的基础。我此生中的青年已经过去，无法挽回，只有借了惜春的题目，在这里痛惜一下算了。假如这些话能给正在青年期的读者一些警励，那便似以前在假期中看完了几部小说，好像得了一笔意外的收入，格外愉快。

一九三五年四月八日为《中学生》作

云霓

天童寺忆雪舟

春到江南，百花齐放。我动了游兴，就在三月中风和日暖的一天，乘轮船到宁波去作旅行写生了。

宁波是我旧游之地，然而一别已有二十多年，走入市区，但觉面目一新，完全不可复识了。从前的木造老江桥现在已变成钢架大桥，从前的小屋现已变成层楼，从前的石子路现已变成柏油马路……街上车水马龙，商店百货山积。二十多年不见，这老朋友已经返老还童了！

我是来作旅行写生的，希望看看风景，首先想起有名的天童寺。这千年古刹除风景优胜之外，对我还有一点吸引力；这是日本有名的画僧雪舟等杨驻锡之处，因此“天童”二字带着美术的香气。我看过宁波市区后，次日即驱车赴天童寺。

天童寺离市区约五十里，小汽车一小时即到。将近寺院，一路上长松夹道，荫蔽天日；松风之声，有如海潮。走进山门，但见殿宇巍峨，金碧辉煌；庄严七宝，香气氤氲。寺屋大小不下数百间，都布置得清楚齐整，了无纤尘。寺址在山坡上，层层而上，从最高的罗汉堂中可以望见寺院全景。我凭栏俯瞰，想象五百年前曾有一位日本高僧兼大画家住在这里，不知哪一个房间是他的起居坐卧作画之处。古人云：“登高望远，令人心悲。”我现在是登高怀古，不胜憧憬！

在寺吃素斋后，与同游诸人及僧众闲谈，始知此寺已有千余年历史，其间两次遭大火，一次遭山洪，因此文物损失殆尽，现在已经没有雪舟的纪念物了。但同游诸人都知道雪舟之名，因为一九五六年雪舟逝世四百五十年纪念，上海曾经开过雪舟遗作展览会，我曾经作文在报上介绍。我们就闲谈雪舟的往事。僧众听了，都很高兴，庆幸他们远古时具有这一段美术胜缘。

我所知道的雪舟是这样：雪舟姓小田，名等杨，是十五世纪日本有名画僧，是日本“宋元水墨画派”的代表作家。日本人所宗奉的中国水墨画家，是宋朝的马远与夏圭。雪舟要探访这画派的发源地，曾随日本的遣唐使来华，其时正是明朝宪宗年间。明朝宫廷办有画院，画家都封官职。明代名画家戴文进、倪端、李在、王谔等，都是画院里的人。李在是马远、夏圭的嫡派，雪舟一到北京，就拜李在为师，专心学习水墨画。他一方面临摹古画，一方面自己创作。经过若干时之后，他忽然悟到：作画不能专看古人及别人之作，必须师法大自然，从现实中汲取画材。于是离开北京，遍游中国名山大川。后来到了浙江宁波，看见这天童寺地势佳胜，风景优美，就在这寺里当了和尚。僧众尊崇他，称他为“天童第一座”。他在天童寺一面礼佛，一面研究绘画，若干时之后，画道大进。明宪宗闻知了，就召他进宫，请他为礼部院作壁画。这壁画画得极好，见者无不赞叹。于是求雪舟作画的人越来越多，使得他应接不暇。他在中国住了约四年，然后回国。他在这四年间与中国人结了不少翰墨因缘。

我又想起了雪舟的两种逸话，乘兴也讲给大家听。

有一个中国人求雪舟一幅画，要求他画日本风景。雪舟就画日本田之浦地方的清见寺的风景，其中有个宝塔，亭亭独立，非常美观。后来雪舟返国，来到田之浦，一看，清见寺旁边并没有宝塔。大约是原来有塔，后来坍倒了。雪舟想起了在中国应嘱所写的那幅画，觉得不符现实，很不称心。他就自己拿出钱来，在清见寺旁边新造一个宝塔，使实景和他的画相符合。于此可见他作画非常注重反映现实。

雪舟十二三岁就做和尚。但他不喜诵经念佛，专爱描画。他的师父命令他诵经，他等师父去了，便把经书丢开，偷偷地拿出画具来描画。有一次他正在描画，师父忽然来了。师父大怒，拉住他的耳朵，到大殿里，用绳子把他绑在柱子上，不许他行动和吃饭。雪舟很苦痛，呜咽地哭泣，眼泪滴在面前的地上。滴得多了，形状约略像个动物。雪舟便用脚趾蘸眼泪作画，画一只老鼠。即将画成的时候，师父悄悄地走来了。他站在雪舟背后，看见地上一只老鼠正在咬雪舟的脚趾。仔细一看，原来是画。因为画得很好，师父以为是真的老鼠。这时候师父才认识了他的绘画天才，便释放他，从此任凭他自由学画。这便是这大画家发迹的第一步。

我们谈了许多旧话之后，就由寺僧引导，攀登寺旁的玲珑岩，欣赏松涛。那里有老松千百株，郁郁苍苍，犹似一片绿海。松风之声，时起时伏，亦与海涛相似。有亭翼然，署曰“听涛”，是我所手书的。寺僧告我，某树是宋代之物，某树是元代之物。我想：某些树一定是曾经见过雪舟，可惜它们不肯说话，不然，关于这位画僧我们可以得知更多的史实。

一九六三年三月于上海

（原载1963年4月24日香港《新晚报》）

西湖春游

我住在上海，离开杭州西湖很近，火车五六小时可到，每天火车有好几班。因此，我每年有游西湖的机会，而时间大都是春天。因为春天是西湖最美丽的季节。我很小的时候在家乡从乳母口中听到西湖的赞美歌："西湖景致六条桥，间株杨柳间株桃。……"就觉得神往。长大后曾经在西湖旁边求学，在西湖上作客，经过数十寒暑，觉得西湖上的春天真正可爱，无怪远离西湖的穷乡僻壤的人都会唱西湖的赞美歌了。

然而西湖的最美丽的姿态，直到解放之后方才充分地表现出来。解放后每年春天到西湖，觉得它一年美丽一年，一年漂亮一年，一年可爱一年。到了新中国成立第九年的春天，就是现在，它一定长得十分美丽，十分漂亮，十分可爱。可惜我刚从病院出来，不能随众人到西湖去游春；但在这里和读者作笔谈，亦是"画饼充饥"，聊胜于无。

西湖的最美丽的姿态，为什么直到解放后才充分表现出来呢？这是因为旧时代的西湖，只能看表面（山水风景），不能想内容（人事社会）。换言之，旧时代西湖的美只是形式美丽，而内容是丑恶不堪设想的。

譬如说，你悠闲地坐在西湖船里，远望湖边楼台亭阁，或者精巧玲珑，或者金碧辉煌，掩映出没于杨柳桃花之中，青山绿水之间。这光景多么美丽，真好比“海上仙山”！然而你只能用眼睛来看，却切不可用嘴巴来问，或者用头脑来想。你倘使问船老大“这是什么建筑？”“这是谁的别庄？”因而想起了它们的主人，那么你一定大感不快，你一定会叹气或愤怒，你眼前的“美”不但完全消失，竟变成了“丑”！因为这些楼台亭阁的所有者，不是军阀，就是财阀；建造这些楼台亭阁的钱，不是贪污来的，便是敲诈来的，剥削来的！于是你坐在船里远远地望去，就会隐约地看见这些楼台亭阁上都有血迹！隐约地听见这些楼台亭阁上都有被压迫者的呻吟声——这真是大杀风景！这样的西湖有什么美?这样的西湖不值得游！西湖游春，谁能仅用眼睛看看而完全不想呢?

旧时代的好人真可怜！他们为了要欣赏西湖的美，只得勉强屏除一切思想，而仅看西湖的表面，仿佛麻醉了自己，聊以满足自己的美欲。记得古人有诗句云：“小亭闲可坐，不必问谁家。”我初读这诗句时，认为这位诗人过于浪漫疏狂。后来仔细想想，觉得他也许怀着一片苦心：如果问起这小亭是谁家的，说不定这主人是个坏蛋，因而引起诗人的恶感，不屑坐他的亭子。旧时代的人欣赏西湖，就用这诗人的办法，不问谁家，但享美景。我小时候的音乐老师李叔同先生曾经为西湖作一首歌曲。且不说音乐，光就歌词而论，描写得真是美丽动人！让我抄录些在这里：

看明湖一碧，六桥锁烟水。

塔影参差，有画船自来去。
垂杨柳两行，绿染长堤。
飏晴风，又笛韵悠扬起。
看青山四围，高峰南北齐。
山色自空濛，有竹木媚幽姿。
探古洞烟霞，翠扑须眉。
霅暮雨，又钟声林外起。
大好湖山如此，独擅天然美。
明湖碧，又青山绿作堆。
漾晴光潋滟，带雨色幽奇。
靓妆比西子，尽浓淡总相宜。

这歌曲全部，刊载在最近出版的《李叔同歌曲集》中。我小时候求学于杭州西湖边的师范学校时，曾经在李先生亲自指挥之下唱这歌曲的高音部（这歌曲是四部合唱）。当时我年幼无知，只觉得这歌词描写西湖景致，曲尽其美，唱起来比看图画更美，比实地游玩更美。现在重唱一遍，回味一下，才感到前人的一片苦心：李先生在这长长的歌曲中，几乎全部是描写风景，绝不提及人事。因为那时候西湖上盘踞着许多贪官污吏，市侩流氓；风景最好的地位都被这些人的私人公馆、别庄所占据。所以倘使提及人事，这西湖的美景势必完全消失，而变成种种丑恶的印象。所以李先生作这歌词的时候，掩住了耳朵，停止了思索，而单用眼睛来观看，仅仅描写眼睛所看见的部分。这样，六桥烟水、塔影垂杨、竹木幽姿、古洞烟霞、晴光雨色，就形成一种美丽的姿态，好比靓妆的西施活美人了。这仿佛是自己麻醉，自己欺骗。采用这种办法，虽然是李先生的一片苦心，但在今天看来，实在是不足为训的！

然而李先生在这歌曲中，不能说绝不提及人事。其中有两处不免与人事有关：即“有画船自来去”“笛韵悠扬起”。坐在这画船里面的是何等样人？吹出这悠扬的笛声的是何等样人？这不可穷究了。李先生只能主观地假定坐在画船里的是一群同他一样风流潇洒的艺术家，吹笛的是同他一样知音善感的音乐家；或者坐在画船里的是一群天真烂漫的游客，吹笛的是一位冰清玉洁的美人。这样，才可以符合主观的意旨，才可以增加西湖的美丽。然而说起画船和笛，在我回忆中的印象很不好。记得有一次我和几个朋友买舟游湖。天朗气清，山明水秀，心情十分舒适。忽然邻近的一只船上吹起笛来，声音悠扬悦耳，使得我们满船的人都停止了说话而倾听笛韵。后来这只船载着笛声远去，消失在烟波云水之间了。我们都不胜惋惜。船老大告诉我们：这船里载着的是上海来的某阔少和本地的某闻人，他们都会弄丝弦，都会唱戏，他们天天在湖上游玩……原来这些阔少和闻人，都是我们所“久闻大名”的。我听到这些人的“大名”，觉得眼前这“独擅天然美”的“大好湖山”忽然减色；而那笛声忽然难听起来，丑恶起来，终于变成了恶魔的啸嗷声。这笛声亵渎了这“大好湖山”，污辱了我的耳朵！我用手撩起些西湖水来洗一洗我的耳朵。——这是我回忆旧时代西湖上的“画船”和“笛韵”时所得的印象。

我疏忽了，李先生的西湖歌中涉及人事的，不止上述两处，还有一处呢，即“又钟声林外起”。打钟的是谁?在李先生的主观中大约是一位大慈大悲、大智大慧的高僧，或者面壁十年的苦行头陀，或者三戒具足的比丘。然而事实上恐怕不见得如此。在那时候，上述的那些高僧、头陀和比丘极少住在西湖上的寺院里。撞钟的可能是以做和尚为业的和尚，或者是公然不守清规的和尚。

丰子恺漫画选（1934年）

李先生作那首西湖歌时，这些人事社会的内情是不想的，是不敢想的。因为一想就破坏西湖风景的美，一想就杀风景。李先生只得屏绝了思索和分辨，而仅用眼睛来看；不谈西湖的内容情状，而仅仅赞美西湖的表面形式。我同情李先生的苦心。我想，如果李先生迟生三十年，能够躬逢解放后的新时代，能够看到人民的西湖，那么他所作的西湖歌一定还要动人得多！

在这里我不免要讲几句题外的话：我记得资本主义社会的美学中，有一个术语叫作“绝缘”，英文是isolation。所谓绝缘，就是说看到一个物象的时候，断绝了这物象对外界（人事社会）的一切关系，而孤零零地欣赏这物象本身的姿态（形状色彩）。他们认为“美感”是由于“绝缘”而发生的。他们认为：看见一个物象时，倘使想起这物象的内容意义，想起这物象对人类社会的关系、作用和意义，就看不清楚物象本身的姿态，就看不到物象的“美”。必须完全不想物象对人类社会的关系、作用和意义，而仅用视觉来欣赏它的形状和色彩，这才能够从物象获得“美感”。——这种美学学说的由来，现在我明白了：只因为在旧社会中，追究起事物的内容意义来，大都是卑鄙齷龊、不堪闻问的，因此有些御用的学者就造出这种学说来，教人屏绝思索，不论好坏，不分皂白，一味欣赏事物的外表，聊以满足美欲，这实在是可笑、可怜的美学！

闲话少说，言归本题。旧时代的西湖春游，还有一种更切身的苦痛呢。上述那种苦痛还可以用主观强调、自己麻醉等方法来暂时避免，而另有一种苦痛则直接袭击过来，使你身心不安，伤情扫兴，游兴大打折扣。这便是西湖上的社会秩序的混乱。游西湖的主要交通工具是游船，即杭州人所谓“划子”。这种划子一向入诗、入词、入画，真是风雅不过的东西；从红尘万丈的都市里来的人，坐在这种划子里荡漾湖中，真有“春水船如天上坐”的胜概。于是划划子的人就奇货可居，即杭州人所谓“刨黄瓜儿”。你要坐划子游西湖，先得鼓起勇气来，同划划子的人作一场斗争，然后怀着余怒坐到划子里去“欣赏”西湖景致。划划子的人本来都是清白的劳动者，但因受当时环境的压迫和恶劣作风的影响，一时不得不如此以求生存了。上船之后，照例是在各名胜古迹地点停船：平湖秋月、中山公园、西泠印社、岳坟、三潭印月、雷峰夕照、刘庄、汪庄……这些名胜古迹的确是环肥燕瘦，各有其美，然而往往不能畅游，不能放心地欣赏。因为这些地方的管理者都特别“客气”，一看到游客，立刻端出茶盘来；倘使看到派头阔绰的游客，就端出果盒来。这种“盛情”，最初领受一二，也还可以；然而再而三，三而四，甚至而五、而六、而七……游客便受宠若惊，看见茶盘连忙逃走，不管后面传来奚落的、讥讽的叫声。若是陪着老年人游玩，处处要坐下来休息，而且逃不快，那就是他们所最欢迎的游客了，便是最倒霉的游客了。

游西湖要会斗争，会逃走——这是我数十年来的“宝贵”经验。直到最近几年，解放后几年，这“宝贵”经验忽然失却了效用。新中国成立后有一年我到杭州，突然觉得西湖有些异样：湖滨栏杆旁边那些馋涎欲滴的划子手忽然不见了，讨价还价的斗争也没有了，只看见秩序井然的买票处和和颜悦色的舟子。名胜古迹中逐客的茶盘也不见了，到处明山秀水，任你逍遥盘桓。这一次我才十足地享受了西湖春游的快美之感！

“西子蒙不洁，则人皆掩鼻而过之。”新中国成立前数十年间，我每逢游湖，就想起这两句话。路过湖滨的船埠头时，那种乌烟瘴气竟可使人“掩鼻”。解放之后，这西子“斋戒沐浴”过了。“大好湖山如此”，不但“独擅天然美”，又独擅“人事美”，真可谓尽善尽美了！写到这里，我的心已经飞驰到六桥三竺之间，神游于山明水秀、桃红柳绿之乡，不能再写下去了。

一九五八年春日作

（原载1958年《旅行家》杂志第4期）

扬州梦

在格致中学高中三年级肄业的新枚患了不很重的肺病，遵医嘱停学在家疗养。生活寂寞，自己发心乘此机会读些诗词，我就做了他的教师，替他讲解《唐诗三百首》和《白香词谱》，每星期一二次。暮春有一天，我教他读姜白石的《扬州慢》：

淮左名都，竹西佳处，解鞍少驻初程。过春风十里，尽荠麦青青。自胡马窥江去后，废池乔木，犹厌言兵。渐黄昏，清角吹寒，都在空城。

杜郎俊赏，算而今，重到须惊。纵豆蔻词工，青楼梦好，难赋深情。二十四桥仍在，波心荡冷月无声。念桥边红药，年年知为谁生。

这孩子兴味在于词律，一味讲究平平仄仄。我却怀古多情，神游于古代的维扬胜地，缅想当年烟花三月，十里春风之盛。念到“二十四桥仍在”，我忽然发心游览久闻大名而无缘拜识的扬州，立刻收拾《白香词谱》，叫他到八仙桥去买明天到镇江的火车票，傍晚他拿了三张火车票回来。同去的是他和他的姐姐一吟。当夜各自准备行囊。

第二天下午，一行三人到达镇江。我们在镇江投宿，下午游览了焦山寺，认识了镇江的市容。下一天上午在江边搭轮船，渡江换乘公共汽车，不消两小时已经到达扬州。向车站里的人问询，他们介绍我们一所新开的公园旅馆。我们乘车投奔这旅馆，果然看见一所新造房子，里面的家具和被褥都是新的。盥洗既毕，斟一杯茶，坐下来休息一下。定神一想：现在我身已在扬州，然而我在一路上所见和在旅馆中所感，全然没有一点古色，但觉这是一个精小的近代都市，清静整洁，男女老幼熙攘往来，怡然操作，悉如他处，其中并无李白、张祜、杜牧、郑板桥、金冬心之类的面影。旅馆的招待员介绍我们到富春去吃中饭。富春是扬州有名的茶点酒菜馆，深藏在巷子里，而入门豁然开朗，范围甚广。点心和肴馔都极精美，虽然大都是荤的，我只能用眼睛来欣赏，但素菜也做得很好，别有风味。我觉得扬州只是一个小上海、小杭州，并无特殊之处。这在我似乎觉得有些失望，我决定下午去访大名鼎鼎的二十四桥。我预期这二十四桥能够满足我的怀古欲。

到大街上雇车子，说“到二十四桥”。然而年青的驾车人都不知道，摇摇头。有一个年纪较大的人表示知道，然而他忠告我们：“这地方很远，而且很荒凉，你们去做什么？”我不好说“去凭吊”，只得撒一个谎，说“去看朋友”。那人笑着说：“那边不大有人家呢！”我很狼狈，支吾地回答：“不瞒你说，我们就想看看那个桥。”驾车的人都笑起来。这时候旁边的铺子里走出一位老者来，笑着对驾车人说：“你们拉他们去吗，在西门外，他们是来看看这小桥的。”又转向我说：“这条桥从前很有名，可是现在荒凉了，附近没有什么东西。”我料想这位老者是读过唐诗，知道“二十四桥明月夜”的。他的笑容很特别，隐隐地表示着：“这些傻瓜！”

车子走了半小时以上，方才停息在田野中间跨在一条沟渠似的小河上的一爿小桥边。驾车人说：“到了，这是二十四桥。”我们下车，大家表示大失所望的样子，除了“啊哟！”以外没有别的话。一吟就拿出照相机来准备摄影。驾车的人看见了，打着土白交谈：“来照相的。”“要修桥吧？”“要开河吗？”我不辩解，我就冒充了工程师，倒是省事。驾车人到树荫下去休息吸烟了。我有些不放心：这小桥到底是否二十四桥。为欲考证确实，我跑到附近田野里一位正在工作的农人那里，向他叩问：“同志，这是什么桥？”他回答说：“二十四桥。”我还不放心，又跑到桥旁一间小屋子门口，望见里面一位白头老婆婆坐着做针线，我又问：“请问老婆婆，这是什么桥？”老婆婆干脆地说：“廿四桥。”这才放心，我们就替二十四桥拍照。桥下水涸，最狭处不过七八尺，新枚跨了过去，嘴里念着“波心荡冷月无声”，大家不觉失笑。

车子背着夕阳回城去的时候，我耽于冥想了。我首先想到李白“烟花三月下扬州”的名句，觉得正是这个时候。接着想起杜牧的诗：“青山隐隐水迢迢，秋尽江南草未凋；二十四桥明月夜，玉人何处教吹箫？”“落魄江湖载酒行，楚腰纤细掌中轻。十年一觉扬州梦，赢得青楼薄幸名。”“娉娉袅袅十三余，豆蔻梢头二月初；春风十里扬州路，卷上珠帘总不如。”又想起徐凝的诗句：“天下三分明月夜，二分无赖是扬州。”又想起王建的诗句：“夜市千灯照碧云，高楼红袖客纷纷。”又想起张祜的诗：“十里长街市井连，月明桥上看神仙；人生只合扬州死，禅智山光好墓田。”我在吟哦之下，梦见唐朝时候扬州的繁华。我又想起清人所作的《扬州画舫录》，这书中记述着乾隆年间扬州的繁盛景象，十分详尽。我又记起清朝的所谓“扬州八怪”，想象郑板桥、金冬心、罗聘、李方膺、汪士慎、高翔、黄慎、李鱓等潇洒不羁的文人画家寓居扬州时的风流韵事，最后想到描写清兵屠城的《扬州十日记》，打一个寒噤，不再想下去了。

回到旅馆里，询问账房先生，知道扬州有素菜馆。我们就去吃夜饭。这素菜馆名叫小觉林，位在电影院对面。我们在一个小楼上占据了一个雅座。一吟和新枚吃饱了饭，到对面看电影去了。我在小楼中独酌，凭窗闲眺，“十里长街”“夜市千灯”，却全无一点古风。只见许多穿人民装的男男女女，熙攘往来，怡然共乐，比较起上海的市街来，特别富有节日的欢乐气象。这是什么原故呢？我想了好久，恍然大悟：原来扬州市内晚上没有汽车，马路上很安全，所有的行人都在马路中央幢幢往来，和上海节日电车停驶时的光景相似，所以在我看来特别富有欢乐的气象。我一方面觉得高兴，一方面略感失望。因为我抱着怀古之情而到这淮左名都来巡礼，所见的却是一个普通的现代化城市。

晚餐后我独自在街上徜徉了一会，回到旅馆已经九点多钟。舟车劳顿，观感纷忙，心身略觉疲倦，倒身在床，立刻睡去。忽然听见有人敲门。拭目起床，披衣开门，但见一个端庄而壮健的中年妇人站在门口，满面笑容，打起道地扬州白说：“扰你清梦，非常抱歉！”我说：“请进来坐，请教贵姓大名。”她从容地走进房间来，在桌子旁边坐下，侃侃而言：“我姓扬名州，号广陵，字邗江，别号江都，是本地人氏。知道你老人家特地来访问我，所以前来答拜。我今天曾经到火车站迎接你，又陪伴你赴二十四桥，陪伴你上酒楼，不过没有让你察觉，你的一言一动，一思一想，我都知道。我觉得你对我有些误解，所以特地来向你表白。你不远千里而枉驾惠临，想必乐于听取我的自述吧？”我说：“久慕大名，极愿领教！”她从容地自述如下：

“你憧憬于唐朝时代、清朝时代的我，神往于‘烟花三月’‘十里春风’的‘繁华’景象，企慕‘扬州八怪’的‘风流韵事’，认为这些是我过去的光荣幸福，你完全误解了！我老实告诉你：在1949年以前，一千多年的长时间里，我不断地被人虐待，受尽折磨，备尝苦楚，经常是身患痼疾，体无完肤，畸形发育，半身不遂；古人所赞美我的，都是虚伪的幸福、耻辱的光荣、忍痛的欢笑、病态的繁荣。你却信以为真，心悦神往地吟赏他们的诗句，真心诚意地想象古昔的盛况，不远千里地跑来凭吊过去的遗迹，不堪回首地痛惜往事的飘零。你真大上其当了！我告诉你：过去千余年间，我吃尽苦头。他们压迫我，毒害我，用残酷的手段把我周身的血液集中在我的脸面上，又给我涂上脂粉，加上装饰，使得我面子上绚焕灿烂，富丽堂皇，而内部和别的部分百病丛生，残废瘫痪，贫血折骨，臃肿腐烂。你该知道：士大夫们在二十四桥明月下听玉人吹箫，在明桥上看神仙，干风流韵事，其代价是我全身的多少血汗！

“我忍受苦楚，直到1949年方才翻身。人民解除了我的桎梏，医治我的创伤，疗养我的疾病，替我沐浴，给我营养，使我全身正常发育，恢复健康。我有生以来不曾有过这样快乐的生活，这才是我的真正的光荣幸福！你在酒楼上看见我富有节日的欢乐气象，的确，七八年来我天天在过节日似的欢乐生活，所以现在我的身体这么壮健，精神这么愉快，生活这么幸福！你以前没有和我会面，没有看到过我的不幸时代，你也是幸福的人！欢迎你多留几天，我们多多叙晤，你会更了解我的光荣幸福，欢喜满足地回上海去，这才不负你此行的跋涉之劳呢！时候不早，你该休息了。我来扰你清梦，很对不起！”她说着就站起身来告辞。

我听了她的一番话，恍然大悟，正想慰问她，感谢她，她已经夺门而出，回头对我说一声“明天会！”就在门外消失了。

我走出门去送她，不料在门槛上绊了一下，跌了一跤，猛然醒悟，原来身在旅馆里的簇新的床铺上簇新的被窝里！啊，原来是一个“扬州梦”！这梦比元人乔梦符的《扬州梦》和清人嵇留山的《扬州梦》有意思得多，不可以不记。

努力惜春华

标题音乐

“雨是哪里落下来的?”

窗外一个孩子的话声牵惹了我的注意。我放下手中的书，侧着耳朵，静听下文。

“雨？雨是天上菩萨[1]落下来的呀！”

李家大妈用竹丝扫帚“沙沙”地扫着天井里的梅雨的积水，有口无心地回答四岁的一宁[2]的质问。一宁把“天上菩萨”这个名词反复说了三遍，似乎对它颇感兴味的。但继续又是疑问：

“天上菩萨面盆里倒出来的吗，天上菩萨?”

她大约是要练习这刚才学来的新名词“天上菩萨”，所以尽量地应用，开头用一个，末脚再用一个。

“嗳！勿错！天上菩萨！乖官官[3]，真聪明！”

李家大妈把说话合上了“沙沙”的拍子，有口无心地，断断续续地回答。

我听了发生兴味，抛弃手中的书，立起身来，准备开门去参

[1] 在作者家乡，“天上菩萨”一般指的是老天爷的意思。

[2] 作者最小的子女，后改名为一吟。

[3] 作者家乡一带对孩子的称呼。

加他们的说话。但又立刻缩回开门的手，仍旧坐下来，侧着耳朵静听。因为我忽然悟到，我似乎没有参与她们那种说话的资格。

“面盆呢？面盆在哪里？”

这回一宁的话声比前响亮得多。我想见她正在仰起头向空中找寻面盆，朝天喊着。但李家大妈只管拼命地“沙沙”，置之不答，恐怕是没有听见她的话的。她接连问了几遍，带着哭声了。李家大妈这才停止了“沙沙”，而专任对付她：

“什么了，什么了？”

“面盆呢！你为啥勿响？”

“面盆？”李家大妈惊奇地反问，“要面盆做什么？面盆水弄勿得，弄湿了衣裳姆妈要骂。”

“勿是！”一宁顿着脚，恨恨地喊，“喏：落雨呀，面盆呢？面盆在哪里？”

“落雨世界[1]，面盆水弄勿得，弄湿了衣裳姆妈要骂。”李家大妈说过，便开始“沙沙”地扫到大门口去了。

一宁在阶沿上顿着足，连叫“勿是！勿是！勿是！”但李家大妈愈扫愈远，渐渐扫到门外去了。一宁便开始盛气地号哭。

我隔着窗子静听，明知道她是被误解而受冤屈了。那老太婆真是糊涂透顶！我恨不得把自己的灵魂钻进一宁的身体中，帮她表白，但立刻知道无须。因为我静听她的哭声，觉得其抑扬顿挫的音节中已雄辩地详尽地发泄着她心中的愤懑了。现在我试把这片洋洋的哭声翻译为言语：

“你这老太婆该死！我刚才问你‘雨是否天上菩萨从面盆里倒

[1] 作者家乡方言，称天气为世界。

出来的’，你不是说过‘勿错’，又赞我‘聪明’吗？既然我的话是‘勿错’的，现在我就请你把天上菩萨的面盆指出来给我看！怎么你又诬我想弄面盆水呢？既然你称赞我‘聪明’，我这质问正是‘聪明’的进步，怎么你反拿‘姆妈要骂’这等话来坍我的台呢？你所答非所问，你无端污人清白！你这老太婆该死！”

我因此联想到近代的“标题音乐”（program music）——用音描写事象或心情的音乐，换言之，含有文学的内容的音乐。裴德芬〔贝多芬〕（Beethoven）以来世间所盛行的标题音乐，就是从我家的一宁的哭声进步而成的。

一九三三年六月二十日

（原载1933年8月1日《文学》月刊第1卷第2号）

市街形式

在上海劳作了半个月，一旦工作告一小段落，偷闲乘通车到杭州来抽一口气。当我在城站下车，坐黄包车到达新市场时，望见这里一片平广的夜景，心头感到十分的快适。

“为什么我心头这般快适？”我这样地自问，便开始研究自己的心理状态。研究的结果，我知道这快适的成因乃主观和客观两方合成。在主观方面，我这会劳作了半个月，到这里来休息一下，自己以为是堂皇的。好比劳动者作了一天苦工，晚间到酒店的柜头上来买碗酒喝，“一升高粱！”喊的声音威严响亮，语气是命令的。在客观的方面，新市场的市街的平广的景象，容易使人看了生出快适之感。杭州还没有摩天楼出现，现有的房屋大多数是二三层的。远望市街的夜景，只见一片灯火平铺在广大的地上，好像一条灿烂的宝带。我看到这般景象时，假想它是古代神话中的光景，心头暂时感到一种快适。

上海市街的灯火，当然比杭州更多。然而没有这般快适之感，却使人感到一种压迫。这是市街形式不同的关系，上海的市街形式是直的，杭州的市街形式是横的。直的形式有严肃之感，横的形式有和平之感。只要比较观看直线和横线，便可知道形式感情的区别。直线是阶级的，横线是平等的。直线有危险性，横线则表示永久的安定。故直线比横线森严，横线比直线可亲。森林多直线，使人感到凛然；流水多横线，使人感到爽快。上海近来高层建筑日渐增多，虽然没有像森林一般密，也可谓“林立”了。我们身在高不可仰的大建筑物下面行走，觉得自己的身体在相形之下非常邈小，自然地感到一种恐怖。设想这种高大的建筑物假如坍倒下来，可使许多人粉身碎骨，好像大皮鞋落在蚂蚁队伍上一样。

高层建筑是现代艺术的主要的题材，这正在世界各资本主义的大都市中蓬勃地发展着。世间的建筑家，多数正在尽心竭力地从事于摩天阁建造法的研究。他们想把向来的横的市街改造为直的，想把向来的和平可亲的市街改造为危险可怕的。

上海分明已经受着这种改造，杭州还不会。因此我觉得杭州可爱；但可爱的也只是杭州的形式而已。

二十三〔1934〕年十二月十七日于石门湾缘缘堂

（原载1935年1月25日《新中华》第3卷第2期）

三杯不记主人谁

梧桐树

寓楼的窗前有好几株梧桐树。这些都是邻家院子里的东西，但在形式上是我所有的。因为它们和我隔着适当的距离，好像是专门种给我看的。它们的主人，对于它们的局部状态也许比我看得清楚；但是对于它们的全体容貌，恐怕始终没看清楚呢。因为这必须隔着相当的距离方才看见。唐人诗云：“山远始为容。”我以为树亦如此。自初夏至今，这几株梧桐树在我面前浓妆淡抹，显出了种种的容貌。

当春尽夏初，我眼看见新桐初乳的光景。那些嫩黄的小叶子一簇簇地顶在秃枝头上，好像一堂树灯[1]。又好像小学生的剪贴图案，布置均匀而带幼稚气。植物的生叶，也有种种技巧：有的新陈代谢，瞒过了人的眼睛而在暗中偷换青黄。有的微乎其微，渐乎其渐，使人不觉察其由秃枝变成绿叶。只有梧桐树的生叶，技巧最为拙劣，但态度最为坦白。它们的枝头疏而粗，它们的叶子平而大。叶子一生，全树显然变容。

在夏天，我又眼看见绿叶成阴的光景。那些团扇大的叶片，长得密密层层，望去不留一线空隙，好像一个大绿障，又好像图案

[1] 树灯是一种点着很多油灯的树形灯架。

画中的一座青山。在我所常见的庭院植物中，叶子之大，除了芭蕉以外，恐怕无过于梧桐了。芭蕉叶形状虽大，数目不多，那丁香结要过好几天才展开一张叶子来，全树的叶子寥寥可数。梧桐叶虽不及它大，可是数目繁多。那猪耳朵一般的东西，重重叠叠地挂着，一直从低枝上挂到树顶。窗前摆了几枝梧桐，我觉得绿意实在太多了。古人说“芭蕉分绿上窗纱”，眼光未免太低，只是阶前窗下的所见而已。若登楼眺望，芭蕉便落在眼底，应见“梧桐分绿上窗纱”了。

一个月以来，我又眼看见梧桐叶落的光景。样子真凄惨呢！最初绿色黑暗起来，变成墨绿；后来又由墨绿转成焦黄；北风一吹，它们大惊小怪地闹将起来，大大的黄叶便开始辞枝——起初突然地落脱一两张来，后来成群地飞下一大批来，好像谁从高楼上丢下来的东西。枝头渐渐地虚空了，露出树后面的房屋来，终于只剩几根枝条，回复了春初的面目。这几天它们空手站在我的窗前，好像曾经娶妻生子而家破人亡了的光棍，样子怪可怜的！我想起了古人的诗：“高高山头树，风吹叶落去。一去数千里，何当还故处?”现在倘要搜集它们的一切落叶来，使它们一齐变绿，重还故枝，回复夏日的光景，即使仗了世间一切支配者的势力，尽了世间一切机械的效能，也是不可能的事了！回黄转绿世间多，但象征悲哀的莫如落叶，尤其是梧桐的落叶。落花也曾令人悲哀。但花的寿命短促，犹如婴儿初生即死，我们虽也怜惜他，但因对他关系未久，回忆不多，因之悲哀也不深。叶的寿命比花长得多，尤其是梧桐的叶，自初生至落尽，占有大半年之久，况且这般繁茂，这般盛大！眼前高厚浓重的几堆大绿，一朝化为乌有！“无常”的象征，莫大于此了！

但它们的主人，恐怕没有感到这种悲哀。因为他们虽然种植了它们，所有了它们，但都没有看见上述的种种光景。他们只是坐在窗下瞧瞧它们的根干，站在阶前仰望它们的枝叶，为它们扫扫落叶而已，何从看见它们的容貌呢？何从感到它们的象征呢？可知自然是不能被占有的。可知艺术也是不能被占有的。

二十四〔1935〕年十一月二十八日夜作

（原载1935年12月16日《宇宙风》第1卷第7期）

蜜　蜂

正在写稿的时候，耳朵近旁觉得有“嗡嗡”之声，间以“得得”之声。因为文思正畅快，只管看着笔底下，无暇抬头来探究这是什么声音。然而“嗡嗡”“得得”，也只管在我耳旁继续作声，不稍间断。过了几分钟之后，它们已把我的耳鼓刺得麻木，在我似觉这是写稿时耳旁应有的声音，或者一种天籁，无须去探究了。

等到文章告一段落，我放下自来水笔，照例伸手向罐中取香烟的时候，我才举头看见这“嗡嗡”“得得”之声的来源。原来有一只蜜蜂，向我案旁的玻璃窗上求出路，正在那里乱撞乱叫。

我以前只管自己的工作，不起来为它谋出路，任它乱撞乱叫到这许久时光，心中觉得有些抱歉。然而已经挨到现在，况且一时我也想不出怎样可以使它钻得出去的方法，也就再停一会儿，等到点着了香烟再说。

我一边点香烟，一边旁观它的乱撞乱叫。我看它每一次钻，先飞到离玻璃一二寸的地方，然后直冲过去，把它的小头在玻璃上“得得”地撞两下，然后沿着玻璃“嗡嗡”地向四处飞鸣。其意思是想在那里找一个出身的洞。也许不是找洞，为的是玻璃上很光滑，使它立脚不住，只得向四处乱舞。乱舞了一回之后，大概它悟到了此路不通，于是再飞开来，飞到离玻璃一二寸的地方，重整旗鼓，向玻璃的另一处地方直撞过去。因此“嗡嗡”“得得”，一直继续到现在。

我看了这模样，觉得非常可怜。求生活真不容易，只做一只小小的蜜蜂，为了生活也须碰到这许多钉子。我诅咒那玻璃，它一面使它清楚地看见窗外花台里含着许多蜜汁的花，以及天空中自由翱翔的同类，一面又周密地拦阻它，永远使它可望而不可即。这真是何等恶毒的东西！它又仿佛是一个骗子，把窗外的广大的天地和灿烂的春色给蜜蜂看，诱它飞来。等到它飞来了，却用一种无形的阻力拦住它，永不使它出头，或竟可使它撞死在这种阻力之下。

因了诅咒玻璃，我又羡慕起物质文明未兴时的幼年生活的诗趣来。我家祖母年年养蚕。每当蚕宝宝上山的时候，堂前装纸窗以防风。为了一双燕子常要出入，特地在纸窗上开一个碗来大的洞，当作燕子的门，那双燕子似乎通人意的，来去时自会把翼稍稍敛住，穿过这洞。这般情景，现在回想了使我何等憧憬！假如我案旁的窗不用玻璃而换了从前的纸窗，我们这蜜蜂总可钻得出去。即使撞两下，也是软软地，没有什么苦痛。求生活在从前容易得多，不但人类社会如此，连虫类社会也如此。

我点着了香烟之后就开始为它谋出路。但这是一件很不容易的事。叫它不要在这里钻，应该回头来从门里出去，它听不懂我的话。用手硬把它捉住了到门外去放，它一定误会我要害它，会用螫反害我，使我的手肿痛得不能工作。除非给它开窗；但是这扇窗不容易开，窗外堆叠着许多笨重的东西，须得先把这些东西除去，方可开窗。这些笨重的东西不是我一人之力所能除去的。

于是我起身来请同室的人帮忙，大家合力除去窗外的笨重的东西，好把窗开了，让我们这蜜蜂得到出路。但是同室的人大家不肯，他们说，“我们做工都很疲倦了，哪有余力去搬重物而救蜜蜂呢？”我顿觉自己也很疲倦，没有搬这些重物的余力。救蜜蜂的事就成了问题。

忽然门里走进一个人来和我说话。为了不能避免的事，我立刻被他拉了一同出门去，就把蜜蜂的事忘却了。等到我回来的时候，这蜜蜂已不见。不知道是飞去了，被救了，还是撞杀了。

二十四〔1935〕年三月七日于杭州

（原载1935年4月《文饭小品》第3期）

第三章

艺术的生活

山水间的生活

我家迁住白马湖上后三天，我在火车中遇见一个朋友，对我这样说：“山水间虽然清静，但物质的需要不便之外，住家不免寂寞，办学校不免闭门造车，有利亦有弊。”我当时对于这话就起一种感想，后来忙中就忘却了。

现在春晖在山水间已生活了近一年了，我的家庭在山水间已生活了一月多了。我对于山水间的生活，觉得有意义，又想起了火车中的友人的话。写出我的几种感想在下面。

我曾经住过上海，觉得上海住家，邻人都是不相往来，而且敌视的。我也曾做过上海的学校教师，觉得上海的繁华和文明，能使聪明的明白人得到暗示和觉悟，而使悟力薄弱的人收到很恶的影响。我觉得上海虽热闹，实在寂寞，山中虽冷静，实在热闹，不觉得寂寞。就是上海是骚扰的寂寞，山中是清静的热闹。

在火车里的几小时，是在这社会里四五十年的人生的缩图。座位被占，提包被偷等恐慌，就是生活恐慌的缩形。倘嫌山水间的生活的寂寞，而慕都会的热闹，犹之在只乘四五个相熟的人的火车里嫌寂寞，要望别的拥挤着的车子里去。如果有这样的人，他定是要描写拥挤的车子而去观察的小说家，否则是想图利去的pickpocket（扒手）。

我在教授图画唱歌的时候，觉得以前曾在别处学过图画唱歌的人最难教授，全然没有学过的人容易指导。同样，我觉得在社会里最感到困难的是“因袭的打破难”。许多学校风潮，许多家庭悲剧，许多恶劣的人类分子，都是“因袭的罪恶”，何尝是人间本身的不良。因袭好比遗传，永不断绝。新文化一次输入因袭旧恶的社会里，仿佛注些花露水在粪里，气味更难当。再输入一次，仿佛在这花露水和粪里再注入些香油，又变一种臭气。我觉得无论什么改造，非先除去因袭的恶弊终归越弄越坏。在山水间的学校和家庭，不拘何等孤僻，何等少见闻，何等寂寥，“因袭的传染的隔远”和“改造的容易入手”是实实在在的事实。

我从前往往听见人讲到子弟求学或职业等问题，都说：“总要出上海！”听者带着一种对于将来生活的恐慌的自警的态度默应着。把这等话的心理解剖起来，里面含着这样的几个要素：（一）上海确是文明地，冠盖之区，要路津。（二）少年应当策高足，先据这要路津。（三）这就是吾人应走的前途。所谓闭门造车，也是具有这样的内容的话。怀着这样的思想的人，是因袭的奴隶，是因袭的维持者。

闭门造车，是指说不符合门外的轨道的大小，造了不能在门外的轨道上运行的车。行车一定要在已成的轨道上吗？这已成的轨道确是引导我们走正路的吗？有了车不能造轨道的吗？在这“闭门造车”一句话里，分明表示着人们的依赖、因袭，和创造力多么薄弱。

不造则已，如果要造车，一定非闭门造不可。如果依照已成的轨道而造，所造出的车子和以前已有的车子一样，就在已成的轨道上随波逐流地去了。即使已有的车子是好的，已成的轨道是正的，造车的效力也不过加多了车，不是造车的进步。何况已有的车子或者不好，已成的轨道或者不正呢。

“好久不到都会了，好久不看报了，退步了。”这样说的人也有。实在，进步是前进的意思，进步越快，离社会越远，离社会越远，进步越深（这是厨川白村说的）。子路说道：“吾过矣，吾离群而索居，亦已久矣。”这便是子路所以为子路。

“山水间生活，有利亦有弊”，这大概是指清静、空气新鲜、生活程度低等是利。需要不便、寂寞、闭门造车等是弊。这是要计较两方的利弊长短而取舍的意思。这话的内容和“新思想并不恶、时势变更了不得已而然的。但从前的习惯一概不好，也不能说”的话同是乡愿的话。

这话的变形，就是“凡物都有明暗两方面的”。这话固然不错。但我觉得明暗是一体的。非但如此，明是因为有暗而益明的。仿佛绘画，明调子因暗调子而益美，暗调子因明调子而也美了。断不是明面好，暗面不好。如果取明而弃暗，就是Ruskin（罗斯金）所谓：“自然像日光和阴影相交一般混合着优劣两种要素，使双方相互地供给效用和势力的。所以除去阴影的画家，定要在他自己造出来的无荫的沙漠里烧死！”

爱一物，是兼爱它的阴暗两方面。否，没有暗的明是不明的，是不可爱的。我往往觉得山水间的生活，因为需要不便而菜根更香，豆腐更肥。因为寂寥而邻人更亲。

且勿论都会的生活与山水间的生活孰优孰劣，孰利孰弊。人生随处皆不满，欲图解脱，唯于艺术中求之。

一九二三，五，一四，在小杨柳屋

（原载1923年6月1日浙江上虞春晖中学校刊《春晖》第13期）

花好月圆人寿

作客者言

有一位天性真率的青年，赴亲友家作客，归家的晚上，垂头丧气地跑进我的房间来，躺在藤床上，不动亦不语。看他的样子很疲劳，好像做了一天苦工而归来似的。我便和他问答：

“你今天去作客，喝醉了酒吗？”

“不，我不喝酒，一滴儿也不喝。”

“那么为什么这般颓丧？”

“因为受了主人的异常优礼的招待。”

我惊奇地笑道：“怪了！作客而受主人优待，应该舒服且高兴，怎的反而这般颓丧？倒好像被打翻了似的。”

他苦笑地答道：“我宁愿被打一顿，但愿以后不再受这种优待。”

我知道他正在等候我去打开他的话匣子来。便放下笔，推开桌上的稿纸，把坐着的椅子转个方向，正对着他。点起一支烟来，津津有味地探问他：

“你受了怎样异常优礼的招待？来！讲点给我听听看！”

他抬起头来看看我桌上的稿件，说：“你不是忙写稿吗？我的话说来长呢！”

我说："不，我准备一黄昏听你谈话。并且设法慰劳你今天受优待的辛苦呢。"

他笑了，从藤床上坐起身来，向茶盘里端起一杯菊花茶来喝了一口，慢慢地、一五一十地把这一天赴亲友家作客而受异常优礼的招待的经过情形描摹给我听。

以下所记录的便是他的话。

我走进一个幽暗的厅堂，四周阒然无人。我故意把脚步走响些，又咳嗽几声，里面仍然没有人出来，外面的厢房里倒走进一个人来。这是一个工人，好像是管门的人。他两眼盯住我，问我有什么事。我说访问某先生。他说"片子！"我是没有名片的，回答他说："我没有带名片，我姓某名某，某先生是知道我的，烦你去通报吧。"他向我上下打量了一会，说一声"你等一等"，怀疑似的进去了。

我立着等了一会，望见主人缓步地从里面的廊下走出来。走到望得见我的时候，他的缓步忽然改为趋步，拱起双手，口中高呼"劳驾，劳驾！"一步紧一步地向我赶将过来，其势急不可当，我几乎被吓退了。因为我想，假如他口中所喊的不是"劳驾，劳驾"而换了"捉牢，捉牢"，这光景定是疑心我是窃了他家厅上的宣德香炉而赶出来提我去送公安局。幸而他赶到我身边，并不提牢我，只是连连地拱手，弯腰，几乎要拜倒在地。我也只得模仿他拱手，弯腰，弯到几乎拜倒在地，作为相当的答礼。

大家弯好了腰，主人袒开了左手，对着我说："请坐，请坐！"他的袒开的左手所照着的，是一排八仙椅子。每两只椅子夹着一只茶几，好像城头上的一排女墙。我选择最外口的一只椅子坐了。一则贪图近便。二则他家厅上光线幽暗，除了这最外口的一只椅子看得清楚以外，里面的椅子都埋在黑暗中，看不清楚；我看见最外边的椅子颇有些灰尘，恐怕里面的椅子或有更多的灰尘与龌龊，将污损我的新制的淡青灰哔叽长衫的屁股部分，弄得好像被摩登破坏团射了镪水一般。三则我是从外面来的客人，像老鼠钻洞一般地闯进人家屋里深暗的内部去坐，似乎不配。四则最外面的椅子的外边，地上放着一只痰盂，丢香烟头时也是一种方便。我选定了这个好位置，便在主人的“请，请，请”声中捷足先登地坐下了。但是主人表示反对，一定要我“请上坐”。请上坐者，就是要我坐到里面的、或许有更多的灰尘与龌龊、而近旁没有痰盂的椅子上去。我把屁股深深地埋进我所选定的椅子里，表示不肯让位。他便用力拖我的臂，一定要夺我的位置。我终于被他赶走了，而我所选定的位置就被他自己占据了。

当此夺位置的时间，我们二人在厅上发出一片相骂似的声音，演出一种打架似的举动。我无暇察看我的新位置上有否灰尘或龌龊，且以客人的身份，也不好意思俯下头去仔细察看椅子的干净与否。我不顾一切地坐下了。然而坐下之后，很不舒服。我疑心椅子板上有什么东西，一动也不敢动。我想，这椅子至少同外面的椅子一样地颇有些灰尘，我是拿我的新制的淡青灰哔叽长衫来给他揩抹了两只椅子。想少沾些龌龊，我只得使个劲儿，将屁股摆稳在椅子板上，绝不转动摩擦。宁可费些气力，扭转腰来对主人谈话。

正在谈话的时候，我觉得屁股上冷冰冰起来。我脸上强装笑容——因为这正是“应该”笑的时候——心里却在叫苦。我想用手去摸摸看，但又逡巡不敢，恐怕再污了我的手。我作种种猜想，想象这是梁上挂下来的一只蜘蛛，被我坐扁，内脏都流出来了。又想象这是一朵鼻涕，一朵带血的痰。我浑身难过起来，不敢用手去摸。后来终于偷偷地伸手去摸了。指尖触着冷冰冰的湿湿的一团，偷偷摸出来一看，色彩很复杂，有白的，有黑的，有淡黄的，有蓝的，混在一起，好像五色的牙膏。我不辨这是何物，偷偷地丢在椅子旁边的地上了。但心里疑虑得很，料想我的新制的淡青灰哔叽长衫上一定染上一块五色了。但主人并不觉察我的心事，他正在滥用各种的笑声，把他近来的得意事件讲给我听。我记念着屁股底下的东西，心中想皱眉头，然而不好意思用颦蹙之颜来听他的得意事件，只得强颜作笑。我感到这种笑很费力。硬把嘴巴两旁的筋肉吊起来，久后非常酸痛。须得乘个空隙用手将脸上的筋肉用力揉一揉，然后再装笑脸听他讲。其实我没有仔细听他所讲的话，因为我听了很久，已能料知他的下文了。我只是顺口答应着，而把眼睛偷看环境中，凭空地研究我屁股底下的究竟是什么东西。我看见他家梁上筑着燕巢，燕子飞进飞出，遗弃一朵粪在地上，其颜色正同我屁股底下的东西相似。我才知道，我新制的淡青灰哔叽长衫上已经沾染一朵燕子粪了。

外面走进来一群穿长衫的人。他们是主人的亲友和邻居。主人因为我是远客，特地邀他们来陪我。大部分的人是我所未认识的，主人便立起身来为我介绍。他的左手臂伸直，好像一把刀。他用这把刀把新来的一群人一个一个地切开来，同时口中说着：

“这位是某某先生，这位是某某君……”等到他说完的时候，我已把各人的姓名统统忘却了。因为当他介绍时，我只管在那里看他那把刀的切法，不曾用心听着。我觉得很奇怪，为什么介绍客人姓名时不用食指来点，必用刀一般的手来切？又觉得很妙，为什么用食指来点似乎侮慢，而用刀一般的手来切似乎客气得多？这也许有造形美术上的根据：五指并伸的手，样子比单伸一根食指的手美丽、和平、而恭敬得多。这是合掌礼的一半。合掌是作个揖，这是作半个揖，当然客气得多。反之，单伸一根食指的手，是指示路径的牌子上或“小便在此”的牌子上所画的手。若用以指客人，就像把客人当作小便所，侮慢太甚了！我当时忙着这样的感想，又叹佩我们的主人的礼貌，竟把他所告诉我的客人的姓名统统忘记了。但觉姓都是百家姓所载的，名字中有好几个“生”字和“卿”字。

主人请许多客人围住一张八仙桌坐定了。这回我不自选座位，一任主人发落，结果被派定坐在左边，独占一面。桌上已放着四只盆子，内中两盆是糕饼，一盆是瓜子，一盆是樱桃。

仆人送到一盘茶，主人立起身来，把盘内的茶一一端送客人。客人受茶时，有的立起身来，伸手遮住茶杯，口中连称“得罪，得罪”。有的用中央三个指头在桌子边上敲击：“笞，笞，笞，笞。”口中连称“叩头，叩头”。其意仿佛是用手代表自己的身体，把桌子当作地面，而伏在那里叩头。我是第一个受茶的客人，我点一点头，应了一声。与别人的礼貌森严比较之下，自觉太过傲慢了。我感觉自己的态度颇不适合于这个环境，局促不实起来。第二次主人给我添茶的时候，我便略略改变态度，也伸手挡住茶杯。我以为这举动可以表示两种意思，一种是“够了，够了”的意思，还有一种是用此手作半个揖道谢的意思，所以可取。但不幸技巧拙劣，把手遮隔了主人的视线，在幽暗的厅堂里，两方大家不易看见杯中的茶。他只管把茶注下来，直到泛滥在桌子上，滴到我的新制的淡青灰哔叽长衫上，我方才觉察，动手拦阻。于是找抹桌布，揩拭衣服，弄得手忙脚乱。主人特别关念我的衣服，表示十分抱歉的样子，要亲自给我揩拭。我心中很懊恼，但脸上只得强装笑容，连说“不要紧，没有什么”；其实是“有什么”的！我的新制的淡青灰哔叽长衫上又染上了芭蕉扇大的一块茶渍！

主人以这事件为前车，以后添茶时逢到伸手遮住茶杯的客人，便用开诚布公似的语调说：“不要客气，大家老实来得好！”客人都会意，便改用指头敲击桌子：“答，答，答，答。”这办法的确较好，除了不妨碍视线的好处外，又是有声有色，郑重得多。况且手的样子活像一个小形的人：中指像头，食指和无名指像手，大指和小指像足，手掌像身躯，口称“叩头”而用中指“答，答，答，答”地敲击起来，俨然是“五体投地”而“捣蒜”一般叩头的模样。

主人分送香烟，座中吸烟的人，连主人共有五六人，我也在内。主人划一根自来火，先给我的香烟点火。自来火在我眼前烧得正猛，匆促之间我真想不出谦让的方法来，便应了一声，把香烟凑上去点着了。主人忙把已经烧了三分之一的自来火给坐在我右面的客人的香烟点火。这客人正在咬瓜子，便伸手推主人的臂，口里连叫“自来，自来”。“自来”者，并非“自来火”的略语，是表示谦让，请主人“自”己先“来”（就是点香烟）的意思。主人坚不肯“自来”，口中连喊“请，请，请”，定要隔着一张八仙桌，拿着已剩二分之一弱的火柴杆来给这客人点香烟。我坐在两人中间，眼看那根不知趣的火柴杆越烧越短，而两人的交涉尽不解决，心中替他们异常着急。主人又似乎不大懂得燃烧的物理，一味把火头向下，因此火柴杆烧得很快。幸而那客人不久就表示屈服，丢去正咬的瓜子，手忙脚乱地向茶杯旁边捡起他那支香烟，站起来，弯下身子，就火上去吸。这时候主人手中的火柴杆只剩三分之一弱，火头离开他的指爪只有一粒瓜子的地位了。

出乎我意外的，是主人还要撮着这一粒火柴杆，去给第三个客人点香烟。第三个客人似乎也没有防到这一点，不曾预先取烟在手。他看见主人有“燃指之急”，特地不取香烟，摇手喊道：“我自来，我自来。”主人依然强硬，不肯让他自来。这第三个客人的香烟的点火，终于像救火一般惶急万状地成就了。他在匆忙之中带翻了一只茶杯，幸而杯中盛茶不多，不曾作再度的泛滥。我屏息静观，几乎发呆了，到这时候才抽一口气。主人把拿自来火的手指用力地搓了几搓，再划起一根自来火来，为第四个客人的香烟点火。在这事件中，我顾怜主人的手指烫痛，又同情于客人的举动的仓皇。觉得这种主客真难做：吸烟，原是一件悠闲畅适的事；但在这里变成救火一般惶急万状了。

这一天，我和别的几位客人在主人家里吃一餐饭，据我统计，席上一共闹了三回事：第一次闹事，是为了争座位。所争的是朝里的位置。这位置的确最好：别的三面都是两人坐一面的，朝里可以独坐一面；别的位置都很幽暗，朝里的位置最亮。且在我更有可取之点，我患着羞明的眼疾，不耐对着光源久坐，最喜欢背光而坐。我最初看中这好位置，曾经一度占据；但主人立刻将我一把拖开，拖到左边的里面的位置上，硬把我的身体装进在椅子里去。这位置最黑暗，又很狭窄，但我只得忍受。因为我知道这座位叫做“东北角”，是最大的客位；而今天我是远客，别的客人都是主人请来陪我的。主人把我驱逐到“东北”之后，又和别的客人大闹一场：坐下去，拖起来；装进去，逃出来；约莫闹了五分钟，方才坐定。“请，请，请，”大家“请酒”，“用菜”。

第二次闹事，是为了灌酒。主人好像是开着义务酿造厂的，多多益善地劝客人饮酒。他有时用强迫的手段，有时用欺诈的手段。客人中有的把酒杯藏到桌子底下，有的拿了酒杯逃开去。结果有一人被他灌醉，伏在痰盂上呕吐了。主人一面照料他，一面劝别人再饮。好像已经“做脱”了一人，希望再麻翻几个似的。我幸而以不喝酒著名，当时以茶代酒，没有卷入这风潮的旋涡中，没有被麻翻的恐慌。但久作壁上观，也觉得厌倦了，便首先要求吃饭。后来别的客人也都吃饭了。

第三次闹事，便是为了吃饭问题。但这与现今世间到处闹着的吃饭问题性质完全相反。这是一方强迫对方吃饭，而对方不肯吃。起初两方各提出理由来互相辩论；后来是夺饭碗——一方硬要给他添饭，对方决不肯再添；或者一方硬要他吃一满碗，对方定要减少半碗。粒粒皆辛苦的珍珠一般的白米，在这社会里全然失却其价值，几乎变成狗子也不要吃的东西了。我没有吃酒，肚子饿着，照常吃两碗半饭。在这里可说是最肯负责吃饭的人，没有受主人责备。因此我对于他们的争执，依旧可作壁上观。我觉得这争执状态真是珍奇；尤其是在到处闹着没饭吃的中国社会里，映成强烈的对比。可惜这种状态的出现，只限于我们这主人的客厅上，又只限于这一餐的时间。若得因今天的提倡与励行而普遍于全人类，永远地流行，我们这主人定将在世界到处的城市被设立生祠，死后还要在世界到处的城市中被设立铜像呢。我又因此想起了以前在你这里看见过的日本人描写乌托邦的几幅漫画：在那漫画的世界里，金银和钞票是过多而没有人要的，到处被弃掷在垃圾桶里。清道夫满满地装了一车子钞票，推到海边去烧毁。半路里还有人开了后门，捧出一畚箕金镑来，硬要倒进他的垃圾车中去，却被清道夫拒绝了。马路边的水门汀上站着的乞丐，都提着一大筐子的钞票，在那里哀求苦告地分送给行人，行人个个远而避之。我看今天座上为拒绝吃饭而起争执的主人和客人们，足有列入那种漫画人物中的资格。请他们侨居到乌托邦去，再好没有了。

我负责地吃了两碗半白米饭，虽然没有受主人责备，但把胃吃坏，积滞了。因为我是席上第一个吃饭的人，主人命一仆人站在我身旁，伺候添饭。这仆人大概受过主人的训练，伺候异常忠实：当我吃到半碗饭的时候，他就开始鞠躬如也地立在我近旁，监督我的一举一动，注视我的饭碗，静候我的吃完。等到我吃剩三分之一的时候，他站立更近，督视更严，他的手跃跃欲试地想来夺我的饭碗。在这样的监督之下，我吃饭不得不快。吃到还剩两三口的时候，他的手早已搭在我的饭碗边上，我只得两三口并作一口地吞食了，让他把饭碗夺去。这样急急忙忙地装进了两碗半白米饭，我的胃就积滞，隐隐地作痛，连茶也喝不下去。但又说不出来。忍痛坐了一会，又勉强装了几次笑颜，才得告辞。我坐船回到家中，已是上灯时分，胃的积滞还没有消，吃不进夜饭。跑到药房里去买些苏打片来代夜饭吃了，便倒身在床上。直到黄昏，胃里稍觉松动些，就勉强起身，跑到你这里来抽一口气。但是我的身体、四肢还是很疲劳，连脸上的筋肉，也因为装了一天的笑，酸痛得很呢。我但愿以后不再受人这种优礼的招待！

他说罢，又躺在藤床上了。我把香烟和火柴送到他手里，对他说：“好，待我把你所讲的一番话记录出来。倘能卖得稿费，去买许多饼干、牛奶、巧格力和枇杷来给你开慰劳会吧。”

廿三（1934）年五月旅中

大道将成

天的文学

晚上九点半钟以后，孩子们都已熟睡，别人不会再来找我，便是我自己的时间了。

照例喝过一杯茶，用大学[1]眼药擦过眼睛，点起一支香烟，从书架上抽了一张星座图，悄悄地到门前的广场上去看星。

一支香烟是必要的。星座位置认不清楚的时候，可以把它当作灯，向图中探索一下。

看到北斗沉下去，只见斗柄的时候，我回到房间里，拿一册《天文学》来一翻。用铅笔在纸上试算：地球一匝为七万二千里，光每秒钟绕地球七匝，即每秒钟行五十万四千里；一小时有三千六百秒，一天有八万六千四百秒，一年有三万一千一百零四万[2]秒；光走一年的路长，为五十万四千乘三万一千一百零四万[3]里，即一“光年”之长。自地球到织女星的距离为十光年，到牵牛星的距离为十四光年，到大熊星的星云要一千万光年！……我算到这里，忽然头痛起来，手里的铅笔沉重得不能移动，没有再

[1] 日本大阪参天堂药铺产销的一种眼药牌子。

[2] 计算有误。应为三千一百五十三万六千秒。

[3] 同上。

算下去的精神了。于是放下铅笔，抛弃纸头，倒在床里了。

我躺在床上，从枕上窥见窗外的星，如练的银河，“秋宵的女王”的织女，南王的热闹。啊，秋夜的盛妆！我忘记了我的头痛了。我脑中浮出朝华的诗句来：“织女明星来枕上，了知身不在人间。”立刻似乎身轻如羽，翱翔于星座之间了。

我俯视银河之波澜，访问织女的孤居，抚慰卡丽斯德神女的化身的大熊……“地球，再会！”我今晚要徜徉于银河之滨，牛女北斗之间了。

第二天早晨起来，我脑中历历地残留着昨夜的星界漫游的记忆；可是昨夜的头痛，也还保留着一些余味。

我想：几万万里，几千万年，算它做什么？天文本来是“天的文学”，谁教你们算的？

〔1927年〕

（原载1927年7月10日《小说月报》第18卷第7号）

花生米不满足

梦耶真耶

我小时候对于梦的看法，和中年后对于梦的看法大不相同，甚至相反。

很小的时候，大约五六岁以前，好像是不做梦的，或者是做了就忘记的。那时候还不知人事，完全任天而动。饥则啼，饱则喜，乐则笑，倦则睡。白天没有什么妄想，夜里也不做什么梦；就是做梦，也同饥饱啼笑一样地过后即忘。七八岁以后，我初入私塾读书，方才明白知道人生有做梦的一件事体。但常把真和梦混在一起，辨不清楚。有时做梦先生放假，醒来的时候便觉欢喜。有时做梦跟邻家的小朋友去捉蟋蟀，次日就去问他讨蟋蟀来看。这大概是因为儿时对于自己的生活全然没有主张或计划，跟了时地的变化和大人的指使而随波逐流地过去，与做梦没有什么分别的原故。

入了少年时代，我便知道梦是假的，与真的生活判然不同。但对于做梦这一件事，常常觉得奇怪而神秘。怎么独自睡在床里会同隔离的朋友见面，说话，游戏，又跑到很远的地方去呢？虽然事实已证明其为假，但我心中还想不通这个道理。做了青年，学了科学，我才知道这是心理现象的一种，是完全不足凭的假象。我听见有人骂一个乞丐说："你想发财，做梦！"又听见母亲念的《心经》中有一句叫作“远离颠倒梦想”，更知世人对于梦的看法：做梦是假的，荒唐而不合情理的。所以乞丐想做官发财类于做梦。所以修行的人要远离颠倒梦想。真的事实和梦正反对，是真的，切实而合乎情理的。

我在三十岁以前，对于“真”和“梦”两境一直作这样的看法。过了三十岁，到了三十五岁的今日——《东方杂志》向我征稿的今日——我在心中拿起真和梦两件事来仔细辨认一下，发见其与从前的看法大不相同，几成正反对。从前我同世人一样地确信“真”为真的，“梦”为假的，真伪的界限判然。现在这界限模糊起来，使我不辨两境孰真孰假，亦不知此生梦耶真耶。从前我确信“真”为如实而合乎情理，“梦”为荒唐而不合情理。现在适得其反：我觉得梦中常有切实而合乎情理的现象。而现世家庭，社会，国家，国际的事，大都荒唐而不合理。我深感做人不及做梦的快适。从前我读到陆放翁的诗：

若爱幽窗午梦长，
此中与世暂相忘。
华山处士如容见，
不觅仙方觅睡方。

曾经笑他与世“暂”相忘，何足“苦爱”？但现在我苦爱他这首诗，觉得午梦不够，要作长夜之梦才好。假如觅得到睡方，我极愿重量地吞服一剂，从此优游于梦境中，永远不到真的世间来了。

怎见得两境真假的界限模糊呢？我以为“真”的真与“梦”

的假，都不是绝对的，都是互相比较而说的。一则“梦”的历时比“真”的历时短些，人们就指“梦”为假。二则“真”的幻灭（就是死）比“梦”的幻灭（就是醒）不易看见，人们就视“真”为真。三则梦中的状况比他世的状况变幻不测些，人们就说做梦是假的。四则世间的事过后都可拿出实物来作凭据，梦中的事过后成空，拿不出确实的凭据来，人们就认世间为真的。其实，这所谓真假全不是绝对的性质，皆由比较而来；其理由如下：（一）梦与真的历时长短，拿音乐来比方，不过像三十二分音符对全音符，久暂虽异，但同在“时间”的旋律中消失过去，岂有永远不休止的音符？（二）每天朝晨醒觉时看见“梦”的幻灭，但每人临终时也要看见“真”的幻灭，不过前者经验的次数多些，后者每人只经验一次罢了。（三）讲到状况的变幻不测，人世的运命岂有常态可测？语云：“今日不知明日事，上床忽别下床鞋。”人世的变幻不测与梦境有何两样？就最近的时事看：内乱的起伏，党派的纠纷，都非我民意料所及；“一二八”淞沪战事的突发，上海的灾民谁也说是“梦想不到的”。我战后来到上海，有好几次看见了闸北的一大片焦土而认真地疑心自己是在做梦呢。（四）“世间的事过后都可拿出实物来作凭据，梦中的事过后成空，拿不出确实的证据来。”这话只能在世间说，你的百年大梦醒觉以后，再向哪里去拿实物来证明世间的事的真实呢？到了大梦一觉的时候，恐怕你要说“世间的事过后成空，拿不出确实的证据来”了。反之，若在梦中说话，也可以说“梦中的事过后都可拿出（梦中的）实物来作凭据”的。我们在世间认真地做人，在梦中也认真做梦。做了拾钞票的梦会笑醒来，做了遇绑匪的梦会吓出一身大汗。我曾做过写原稿的梦，觉得在梦中为梦中的读者写稿同在现世为《东方杂志》的读者写稿一样地辛苦，醒后感到头痛。当时想想真是何苦！早知是假，悔不草率了事。但我现在并不懊悔，因为我确信梦中也有梦中的“世间法”，应该和在现世一样地恪守。不然，我在梦中就要梦魂不安。可知人在梦中都是把梦当作现世一样看待的。反过来也说得通：人在现世常把现世当作梦一样看待，所以有“浮生若梦”的老话。读到“六朝如梦鸟空啼”“十年一觉扬州梦”等句，回想自己所遭逢的衰荣兴废，离合悲欢，真觉得同做梦一样！凡人的“生涯原是梦”，岂独“神女”而已哉。

这样说来，梦和真两境，可说都是真的，也可说都是假的，没有绝对真假的区别。所以我不辨两者孰真孰假，亦不知此生梦耶真耶。

怎见得梦中常有切实而合乎情理的现象，而现世的事反多荒唐不合情理呢？这道理是显明的。古人云：“昼有所思，夜梦其事。”昼之所思，是我的希望，我的理想，故夜梦大都是与我的生活切实相关而合乎情理的。现世的事便不然，自家庭，社会，以至国家，满目是荒唐而不合情理的现象。人的希望与理想往往在现世一时不能做到，而先在梦中实行。“黄帝昼寝而梦游于华胥氏之国。”“后二十有八年，天下大治，几若华胥氏之国。”孔子在乱臣贼子的春秋时代“梦见周公”。自来去国怀乡，以及男女相恋的人，都在梦中圆满其欲望而实行其合理的生活。“梦里不知身是客，一晌贪欢。”“故园此去十余里，春梦犹能夜夜归。”“重门不锁相思梦，随意绕天涯。”这种梦何等痛快！“打起黄莺儿，莫教枝头啼；啼时惊妾梦，不得到辽西。”这思妇分明是有意耽乐于梦的生活，而在那里“寻梦”了。

同是虚幻，何必细论其切实与荒唐，合情理与不合情理，快适与不快适？总之，我中年以来对于真和梦，不辨孰真孰假，因而不知我生梦耶真耶。我不能忘记《齐物论》中的话：“不知周之梦为蝴蝶与？蝴蝶之梦为周与？”又常常想起晏几道的词：

从别后，忆相逢，几回魂梦与君同。今宵剩把银釭袴照，犹恐相逢是梦中。

可惜这银釭有些靠不住，怎知他不是梦中的银釭呢?安得宇宙间有个标准的银釭，让我照一照人生的真相看？

二十一〔1932〕年十二月五日于石门湾

（原载1933年1月1日《东方杂志》第30卷第1号）

今朝风日好

姓

我姓丰。丰这个姓，据我们所晓得，少得很。在我故乡的石门湾里，也“只此一家”，跑到外边来，更少听见有姓丰的人。所以人家问了我尊姓之后，总说“难得，难得”！

因这原故，我小时候受了这姓的暗示，大有自命不凡的心理。然而并非单为姓丰难得，又因为在石门湾里，姓丰的只有我们一家，而中举人的也只有我父亲一人。在石门湾里，大家似乎以为姓丰必是举人，而举人必是姓丰的。记得我幼时，父亲的用人褚老五抱我去看戏回来，途中对我说：“石门湾里没有第二个老爷，只有丰家里是老爷，你大起来也做老爷，丰老爷！”

科举废了，父亲死了。我十岁的时候，做短工的黄半仙有一天晚上对我的大姐说：“新桥头米店里有一个丰官，不晓得是什么地方人。”大姐同母亲都很奇怪，命黄半仙当夜去打听，是否的确姓丰？哪里人？意思似乎说，姓丰会有第二家的？不要是冒牌？

黄半仙回来，说：“的确姓丰，‘养鞠须丰’的‘丰’，说是斜桥人。”大姐含着长烟管说：“难道真的？不要是‘酆鲍史唐’的‘酆’吧？”但也不再追究。

后来我游杭州，上海，东京，朋友中也没有同姓者。姓丰的果然只有我一人。然而不拘我一向何等自命不凡地做人，总做不出一点姓丰的特色来，到现在还是与非姓丰的一样混日子，举人也尽管不中，倒反而为了这姓的怪僻，屡屡打麻烦：人家问起“尊姓？”我说“敝姓丰”，人家总要讨添，或者误听为“冯”。旅馆里，城门口查夜的警察，甚至疑我假造，说“没有这姓！”

最近在宁绍轮船里，一个钱庄商人教了我一个很简明的说法：我上轮船，钻进房舱里，先有这个肥胖的钱庄商人在内。他照例问我“尊姓？”我说：“丰，咸丰皇帝的丰。”大概时代相隔太远，一时教他想不起咸丰皇帝，他茫然不懂。我用指在掌中空画，又说：“五谷丰登的丰。”大概“五谷丰登”一句成语，钱庄上用不到，他也一向不曾听见过。他又茫然不懂，于是我摸出铅笔来，在香烟篦上写了一个“丰”字给他看，他恍然大悟似地说：“啊！不错不错，汇丰银行的丰！”

啊，不错不错！汇丰银行的确比咸丰皇帝时髦，比五谷丰登通用！以后别人问我的时候我就这样回答了。

〔1927年〕

（原载1927年7月10日《小说月报》第18卷第7号）

端阳忆旧

我写民间生活的漫画中，门上往往有一个“王”字。读者都不解其意。有的以为这门里的人家姓王。我在重庆的画展中，有人重订一幅这类的画，特别关照会场司订件的人，说：“请他画时在门上改写一个‘李’字。因为我姓李。”这买画人把画当作自己家里看，其欣赏态度可谓特殊之极！而我的在门上写“王”字，也可说是悖事之至！因为这门上的“王”字原是端午日正午用雄黄酒写上的。我幼时看见我乡家家户户如此，所以我画如此。岂知这办法只限于某一地带；又只限于我幼时，现在大家懒得行古之道了。许多读者不懂这“王”字的意思，也是难怪的。

我幼时，即四十余年前，我乡端午节过得很隆重：我的大姐一月前头就制“老虎头”，预备这一天给自家及亲戚家的儿童佩戴。染坊店里的伙计祁官，端午的早晨忙于制造蒲剑：向野塘采许多蒲叶来，选取最像宝剑的叶，加以剑柄，预备正午时和桃叶一并挂在每个人的床上。我的母亲呢，忙于“打蚊烟”和捉蜘蛛：向药店买一大包苍术白芷来，放在火炉里，教它发出香气，拿到每间房屋里去熏。同时，买许多鸡蛋来，在每个的顶上敲一个小洞，放进一只蜘蛛去，用纸把洞封好，把蛋放在打蚊烟的火炉里煨。煨熟了，打开蛋来，取去蜘蛛的尸体，把蛋给孩子们吃。到了正午，又把一包雄黄放在一大碗绍兴酒里，调匀了，叫祁官拿到每间屋的角落里去，用口来喷。喷剩的浓雄黄，用指蘸了，在每一扇门上写“王”字；又用指捞一点来塞在每个孩子肚脐眼里。据说，老虎头，桃叶，蒲剑可以驱邪；蜘蛛煨蛋可以祛病；苍术白芷和雄黄可以驱除毒虫及毒气。至于门上的“王”字呢，据说是消毒药的储蓄；日后如有人被蜈蚣毒蛇等咬了，可向门上去捞取一点端午日午时所制的良药来，敷上患处，即可消毒止痛云。

世相无常，现在这种古道已经不可多见，端阳的面目今非昔比了。我独记惦门上这个“王”字。并非要当作DDT用，却是为了画中的门上的点缀。光裸裸的画一扇门，怪单调的；在门上画点东西呢，像是门牌，又不好看。唯有这个“王”字，既有装饰的效果，又有端阳的回想与纪念的意味。从前日本废除纸伞而流行“蝙蝠伞”（就是布制的洋伞）的时候，日本的画家大为惋惜。因为在直线形过多的市街风景中，圆线的纸伞大有对比作用，有时一幅市街风景画全靠一顶纸伞而生色；而蝙蝠伞的对比效果，是远不及纸伞的。现在我的心情，正与当时的日本画家相似。用实利的眼光看，这事近于削足适履。这原是“艺术的非人情”。

〔1947年〕

（原载1947年6月23日《申报·自由谈》）

“爸爸回来了”

作父亲

楼窗下的弄里远地传来一片声音：“咿哟，咿哟……”渐近渐响起来。

一个孩子从算草簿中抬起头来，张大眼睛倾听一会，“小鸡！小鸡！”叫了起来。四个孩子同时放弃手中的笔，飞奔下楼，好像路上的一群麻雀听见了行人的脚步声而飞去一般。

我刚才扶起他们所带倒的凳子，拾起桌子上滚下去的铅笔，听见大门口一片呐喊：“买小鸡！买小鸡！”其中又混着哭声。连忙下楼一看，原来元草因为落伍而狂奔，在庭中跌了一跤，跌痛了膝盖骨不能再跑，恐怕小鸡被哥哥、姐姐们买完了轮不着他，所以激烈地哭着。我扶了他走出大门口，看见一群孩子正向一个挑着一担“咿哟，咿哟”的人招呼，欢迎他走近来。元草立刻离开我，上前去加入团体，且跳且喊：“买小鸡！买小鸡！”泪珠跟了他的一跳一跳而从脸上滴到地上。

孩子们见我出来，大家回转身来包围了我。“买小鸡！买小鸡！”的喊声由命令的语气变成了请愿的语气，喊得比前更响了。他们仿佛想把这些音蓄入我的身体中，希望它们由我的口上开出来。独有元草直接拉住了担子的绳而狂喊。

我全无养小鸡的兴趣；而且想起了以后的种种麻烦，觉得可怕。但乡居寂寥，绝对摒除外来的诱惑而强迫一群孩子在看惯的几间屋子里隐居这一个星期日，似也有些残忍。且让这个“咿哟、咿哟”来打破门庭的岑寂，当作长闲的春昼的一种点缀吧。我就招呼挑担的，叫他把小鸡给我们看看。

他停下担子，揭开前面的一笼。“咿哟，咿哟”的声音忽然放大。但见一个细网的下面，蠕动着无数可爱的小鸡，好像许多活的雪球。五六个孩子蹲集在笼子的四周，一齐倾情地叫着“好来！好来！”一瞬间我的心也屏绝了思虑而没入在这些小动物的姿态的美中，体会了孩子们对于小鸡的热爱的心情。许多小手伸入笼中，竟指一只纯白的小鸡，有的几乎要隔网捉住它。挑担的忙把盖子无情地盖上，许多“咿哟，咿哟”的雪球和一群“好来，好来”的孩子就变成了咫尺天涯。孩子们怅望笼子的盖，依附在我的身边，有的伸手摸我的袋。我就向挑担的人说话：

“小鸡卖几钱一只？”

“一块洋钱四只。”

“这样小的，要卖二角半钱一只？可以便宜些否？”

“便宜勿得，二角半钱最少了。”

他说过，挑起担子就走。大的孩子脉脉含情地目送他，小的孩子拉住了我的衣襟而连叫“要买！要买！”挑担的越走得快，他们喊得越响。我摇手止住孩子们的喊声，再向挑担的问：

“一角半钱一只卖不卖？给你六角钱买四只吧！”

“没有还价！”

他并不停步，但略微旋转头来说了这一句话，就赶紧向前面跑。“咿哟，咿哟”的声音渐渐地远起来了。

元草的喊声就变成哭声。大的孩子锁着眉头不绝地探望挑担者的背影，又注视我的脸色。我用手掩住了元草的口，再向挑担人远远地招呼：

“二角大洋一只，卖了吧！”

“没有还价！”

他说过便昂然地向前进行，悠长地叫出一声“卖——小——鸡——！”其背影便在弄口的转角上消失了。我这里只留着一个号啕大哭的孩子。

对门的大嫂子曾经从矮门上探头出来看过小鸡，这时候就拿着针线走出来，倚在门上，笑着劝慰哭的孩子，她说：

“不要哭！等一会儿还有担子挑来，我来叫你呢！”她又笑着向我说：

“这个卖小鸡的想做好生意。他看见小孩子哭着要买，越是不肯让价了。昨天坍墙圈里买的一角洋钱一只，比刚才的还大一半呢！”

我同她略谈了几句，硬拉了哭着的孩子回进门来。别的孩子也懒洋洋地跟了进来。我原想为长闲的春昼找些点缀而走出门口来的，不料讨个没趣，扶了一个哭着的孩子而回进来。庭中柳树正在骀荡的春光中摇曳柔条，堂前的燕子正在安稳的新巢上低徊软语。我们这个刁巧的挑担者和痛哭的孩子，在这一片和平美丽的春景中很不调和啊！

关上大门，我一面为元草揩拭眼泪，一面对孩子们说：

“你们大家说‘好来，好来’，‘要买，要买’，那人就不肯让价了！”

小的孩子听不懂我的话，继续抽噎着；大的孩子听了我的话若有所思。我继续抚慰他们：

“我们等一会再来买吧，隔壁大妈会喊我们的。但你们下次……”

我不说下去了。因为下面的话是“看见好的嘴上不可说好，想要的嘴上不可说要”。倘再进一步，就变成“看见好的嘴上应该说不好，想要的嘴上应该说不要”了。在这一片天真烂漫光明正大的春景中，向哪里容藏这样教导孩子的一个父亲呢？

廿二（1933）年五月二十日

谈梅兰芳

我只看过一次梅兰芳。约十年前，在上海，不记在何舞台，不记所看何戏，但记得坐的位置很远，差不多在最后一排的边上。因为看客很挤，不容易买得戏票。这位置还是我的朋友托熟人想办法得来的。

记得等了好久，打了许多呵欠，舞台上电灯忽然加亮。台下一阵喝彩，台上走出一个衣服鲜丽得耀目的花旦来，台下又是一阵喝彩。但我望去只见大体，连面貌都看不大清楚。故我只觉得同别的花旦差不多，不过衣服鲜丽，台上电灯加亮而已。台下嘈杂得很，有喝彩声，谈话声，脚步声，以及争座位的相骂声。唱戏声不大听得清楚。即使听得清楚，我那时也听不懂，因为我是不大欢喜看戏的。此来半为友人所拉，半为好奇，想一见这大名鼎鼎的“伶界大王”。

事后我想：我坐在远处，看不清楚梅兰芳的姿态，也好。因为男扮女的花旦，以前曾经给我一个不快的印象，看清楚了恐怕反而没趣。为的是有一次，我到乡下亲戚家作客，适值村上要做夜戏，戏台已经搭好，班子船已停在河埠上。亲戚家就留我过夜，看了戏才去。下午，我同了我的亲戚到河边闲步，看见一个穿竹布大衫而束腰的中年男子，嘴里咬着一支带长甘蔗，从班子船中走上岸来。

亲戚指着他对我说，这是花旦。后来我正在庙后登坑，看见一个人手里拿着旱烟筒，头颈下挂着辫子，走进来，也解开裤子，蹲在坑上。其人就是那花旦。这样地见了两次，晚上我立在台前最近最正的位置里看他做花旦戏，觉得异常难看，甚至使人难堪。从此男扮女的花旦给了我一个不快的印象。但梅兰芳，听说与众不同，可惜我没有看清楚。但幸而没有看清楚，使我最近得安心地怀着了好感而在蓄音机[1]上听他的青衣唱片。

前年我买了一架蓄音机。交响乐、朔拿大[2]的片子，价钱太贵，不能多买；即使能多买，上海的乐器店里也不能多供应——他们所有的大多数是上海的外国商人所爱听的跳舞音乐片子。于是我就到高亭、胜利等公司去选购中国人制的唱片。苏滩、本滩、绍兴调、宁波调、滑稽小调，歌曲等都不合我的胃口。还有许多调子我听不懂，昆剧片子很少。可听而易购的，还是平剧（京剧）的片子。我就向这门里选购唱片。不知何故，最初选了七八张梅兰芳的青衣唱片。乡居寂寥，每晚开开唱片，邻里的人聚拢来听，借此共话桑麻。听惯了梅氏的唱片，第二批再买他的，第三批再买他的，……我的蓄音机自然地变成了专唱梅兰芳片子的蓄音机。而且所唱的大多数是男扮女的花旦戏。因此，青衣的唱腔给我听得相当地稔熟。

平剧的音乐的价值，青衣唱腔的音乐的价值，当作别论，不是现在所要说的。现在所要说的，是青衣唱腔给我的一种感想。而且这感想也不限于梅兰芳的青衣。我觉得平剧中的青衣的唱腔，富有女人气。不必理解唱词，但一听腔调，脑际就会浮出一个女子

[1] 唱机。

[2] 奏鸣曲。

的姿态来，这是西洋音乐上所没有的情形。老生，大面的唱腔，固然也可说富有男人气，但他们的唱腔都不及青衣的委婉曲折。青衣的唱腔，可谓“女相十足”。我每次听到，觉得用日本语中onnarashii[1]一语来形容它，最为适切。在事实上，从古以来，女子决没有用唱代话，而且唱得这样委婉曲折的。然而女子的寻常语调中，确有这么委婉曲折的音乐的动机潜伏着。换言之，青衣唱腔的音乐，是以自来女子的寻常语调为元素，扩张，放大，变本加厉而作成的。这使我联想起中国的仕女画。雪白而平而大的脸孔，细眉细眼，樱桃口，削肩，细腰，纤指，玉腕，长裙，飘带，……世间哪里有这样畸形的女人？然而“女相十足”，onnarashii，使人一见就能辨识其为“女”，而且联想起“女”的种种相，甚至种种性格。为了这也是以自来女子的寻常姿态为元素，扩张，放大，变本加厉而作成的缘故。这也是西洋绘画上所没有的情形。可见以前的音乐、绘画，在东西洋各自成一格调。

言归本题。上面所说的“女相十足”，固然不限于梅兰芳的青衣，一切青衣的唱腔，都是具有这特色的。不过梅氏倘真是“伶界大王”，则他所唱的青衣应是代表的，即我的唱片没有选错，即上面的话不妨说是为梅氏说的。四十多岁的男子，怎么唱得出这样“女相十足”的腔调？我觉得有些儿惊异。在现代，为什么花旦还是由男子担任，我又觉得有些儿疑问。难道“当女子”这件事，也同“缝纫”和“中馈”一样，闲常由女子司理，出客必须烦成衣和厨夫等男子担任的吗？

廿四（1935）年十月五日石门湾

[1] 有女人风度的。

艺术三昧

有一次我看到吴昌硕写的一方字。觉得单看各笔画，并不好。单看各个字，各行字，也并不好。然而看这方字的全体，就觉得有一种说不出的好处。单看时觉得不好的地方，全体看时都变好，非此反不美了。

原来艺术品的这幅字，不是笔笔、字字、行行的集合，而是一个融合不可分解的全体。各笔各字各行，对于全体都是有机的，即为全体的一员。字的或大或小，或偏或正，或肥或瘦，或浓或淡，或刚或柔，都是全体构成上的必要，决不是偶然的。即都是为全体而然，不是为个体自己而然的。于是我想象：假如有绝对完善的艺术品的字，必在任何一字或一笔里已经表出全体的倾向。如果把任何一字或一笔改变一个样子，全体也非统统改变不可；又如把任何一字或一笔除去，全体就不成立。换言之，在一笔中已经表出全体，在一笔中可以看出全体，而全体只是一个个体。

所以单看一笔一字或一行，自然不行。这是伟大的艺术的特点。在绘画也是如此。中国画论中所谓“气韵生动”，就是这个意思。西洋印象画派的持论：“以前的西洋画都只是集许多幅小画而成一幅大画，毫无生气。艺术的绘画，非画面浑然融合不可。”在这点上想来，印象派的创生确是西洋绘画的进步。

这是一个不可思议的艺术的三昧境。在一点里可以窥见全体，而在全体中只见一个体。所谓“一有多种，二无两般。”（《碧岩录》）就是这个意思吧！这道理看似矛盾又玄妙，其实是艺术的一般的特色，美学上的所谓“多样的统一”，很可明了地解释，其意义：譬如有三只苹果，水果摊上的人把它们规则地并列起来，就是“统一”。只有统一是板滞的，是死的。小孩子把它们触乱，东西滚开，就是“多样”。只有多样是散漫的，是乱的。最后来了一个画家，要写生它们，给它们安排成一个可以入画的美的位置，——两个靠拢在后方一边，余一个稍离开在前方，——望去恰好的时候，就是所谓“多样的统一”，是美的。要统一，又要多样；要规则，又要不规则；要不规则的规则，规则的不规则；要一中有多，多中有一。这是艺术的三昧境！

宇宙是一大艺术。人何以只知鉴赏书画的小艺术，而不知鉴赏宇宙的大艺术呢？人何以不拿看书画的眼来看宇宙呢？如果拿看书画的眼来看宇宙，必可发见更大的三昧境。宇宙是一个浑然融合的全体，万象都是这全体的多样而统一的诸相。在万象的一点中，必可窥见宇宙的全体；而森罗的万象，只是一个个体。勃雷克（布莱克）的“一粒沙里见世界”，孟子的“万物皆备于我”，就是当作一大艺术而看宇宙的吧！艺术的字画中，没有可以独立存在的一笔。即宇宙间没有可以独立存在的事物。倘不为全体，各个体尽是虚幻而无意义了。那末这个“我”怎样呢？自然不是独立存在的小我，应该融入于宇宙全体的大我中，以造成这一大艺术。

（原载1927年8月10日《小说月报》第18卷第8号）

脚夫

第四章

岁月静好，不忘初心

一叶落知天下秋

爱子之心

吾乡风俗，给孩子取名常用“丫头”“小狗”“和尚”等。倘到村庄上去调查起来，可见每个村庄上名叫丫头的一定不止一个，有大丫头，小丫头等；名叫和尚的也一定不止一个，有三和尚，四和尚等。不但村庄上如此，镇上，城里，也有着不少的丫头，小狗和和尚。名叫丫头的有时是一个老头子。名叫小狗的有时是一条大汉，名叫和尚的有时是一个富商。我在闻名见面时，往往忍不住要笑出来。

这种名字当然不是本人自己要取的，原是由乳名沿用而来的，但他们的父母为什么给他们取这种乳名呢？窥察他们的用意，大概出于爱子之心。这种人的孩子时代大概是宠儿或独子。父母深恐他们不长养，因而给他们取这种名字。

为什么给孩子取名丫头，小狗，或和尚，孩子便会长养呢？窥察他们的理论是这样：世间可贵的东西往往容易丧失，而贱的东西偏生容易长养。故要宠儿或独子长养，只要在名义上把他们假装为贱的，死神便受他们的欺骗，不会来光顾了。故普通给孩子取名，大都取个福生，寿生，富生，或贵生；但给宠儿或独子取名，这等好字眼都用不着。并非不要他有福，有寿，大富，大贵，只因宠儿或独子，本身已经太贵而有容易丧失的危险。欲杜死神的觊觎而防危险，正宜取最贱的称呼。他们以为世间贱的东西，是女人，畜生和和尚。故宠儿或独子的名字取了“丫头”“小狗”或“和尚”，死神听见了便以为他真是丫头，真是和尚，或者真是一只小狗，就放他壮健地活在世上了。

“丫头”这称呼，在吾乡有两种用法：镇上人称使女为丫头，乡下人称女儿为丫头。无论为使女或女儿，总之，丫头就是女孩子。女人是贱的，女孩子是女人中之小者，故丫头犹言“小贱人”。以此称呼宠儿或独子给死神听，最为稳当。故一村之中，名叫丫头的一定不止一个。

畜生的贱，不言可知，但其中最贱的是狗，因为它是吃屎的。故宠儿独子只要实际不吃屎，不妨取名小狗。

至于和尚，在吾乡也是贱的东西。把儿子卖给寺里作小和尚，丰年也只卖三块钱一岁，荒年白送也没有人要。这样看来，小和尚比猪羊等畜生更贱。故名叫和尚的孩子尤多。但又有人说，这名字除此以外还有一种法力：和尚是修行的，修行是积福积寿的。取名为和尚，可免修行之苦，而得福寿之利，也是一种不劳而获的方法。

一九三三年六月廿九日。

白　象

白象是我家的爱猫，本来是我的次女林先家的爱猫，再本来是段老太太家的爱猫。

抗战初，段老太太带了白象逃难到大后方。胜利后，又带了它复员到上海，与我的次女林先及吾婿宋慕法邻居。不知为了什么原因，段老太太把白象和它的独子小白象寄交林先、慕法家，变成了他们的爱猫。我到上海，林先、慕法又把白象寄交我，关在一只无锡面筋的笼里，上火车，带回杭州，住在西湖边上的小屋里，变成了我家的爱猫。

白象真是可爱的猫！不但为了它浑身雪白，伟大如象，又为了它的眼睛一黄一蓝，叫作“日月眼”。它从太阳光里走来的时候，

瞳孔细得几乎没有，两眼竟像话剧舞台上所装置的两只光色不同的电灯，见者无不惊奇赞叹。收电灯费的人看见了它，几乎忘记拿钞票；查户口的警察看见了它，也暂时不查了。

白象到我家后，慕法、林先常写信来，说段老太太已迁居他处，但常常来他们家访问小白象，目的是探问白象的近况。我的幼女一吟，同情于段老太太的离愁，常常给白象拍照，寄交林先转交段老太太，以慰其相思。同时对于白象，更增爱护。每天一吟读书回家，或她的大姐陈宝教课回家，一坐倒，白象就跳到她们的膝上，老实不客气地睡了。她们不忍拒绝，就坐着不动，向人要茶，要水，要换鞋，要报看。有时工人不在身边，我同老妻就当听差，送茶，送水，送鞋，送报。我们是间接服侍白象。

有一天，白象不见了。我们侦骑四出，遍寻不得。正在担忧，它偕同一只斑花猫，悄悄地回来了，大家惊喜。女工秀英说，这是招贤寺里的雄猫，说过笑起来。经过一个短促的休止符，大家都笑起来。原来它是到和尚寺里去找恋人去了，害得我们急死。

此后斑花猫常来，它也常去，大家不以为奇。我觉得白象更可爱了。因为它不像鲁迅先生的猫，恋爱时在屋顶上怪声怪气，吵得他不能读书写稿，而用长竹竿来打。后来它的肚皮渐渐大起来了。约摸两三个月之后，它的肚皮大得特别，竟像一只白象了。我们用一只旧箱子，把盖拿去，作为它的产床。有一天，它临盆了，一胎五子，三只雪白的，两只斑花的。大家称庆，连忙叫男工樟鸿到岳坟去买新鲜鱼来给它调酱。女孩子们天天冲克宁奶粉给它吃。

小猫日长夜大，两星期之后，都会爬动。白象育儿耐苦得很，日夜躺卧，让五个孩子纠缠。它的身体庞大，在五只小猫看来，好比一个丘陵。它们恣意爬上爬下，好像西湖上的游客爬孤山一样。这光景真是好看！

不料有一天，一只小花猫死了。我的幼儿新枚，哭了一场，拿一条美丽牌香烟的匣子，当作棺材，给它成殓，葬在西湖边的草地中。余下的四只，就特别爱惜。我家有七个孩子，三个在外，四个在杭州，他们就把四只小猫分领，各认一只。长女陈宝领了花猫，三女宁馨、幼女一吟、幼儿新枚，各领一只白猫。这就好比乡下人把孩子过房给庙里的菩萨一样，有了“保佑”，“长命富贵”。大约因为他们不是菩萨，不能保佑；过一会，一只小白猫又死了。剩下三只，一花二白，都很健康，看看已能吃鱼吃饭，不必全靠吃奶了。白象的母氏劬劳，也渐渐减省。它不必日夜躺着喂奶，可以随时出去散步，或跳到女孩子们的膝上去睡觉了。女孩子们笑它：“做了母亲还要别人抱？”它不理，管自睡在人家怀里。

有一天，白象不回来吃中饭。“难道又到和尚寺里去找恋人了？”大家疑问。等到天黑，终于不回来。秀英当夜到寺里去寻，不见。明天，又不回来。问题严重起来，我就写二张海报：“寻猫：敝处走失日月眼大白猫一只。如有仁人君子觅得送还，奉酬法币十万元。储款以待，决不食言。××路××号谨启。”过了两天，有邻人来言，“前几天看见一大白猫死在地藏庵与复性书院之间的水沼里，恐怕是你们的。”我们闻耗奔丧，找不到尸体。问地藏庵里的警察，也说不知；又说，大概清道夫取去了。我们回家，大家沉默志哀，接着就讨论它的死因。有的说是它自己失脚落水，有的说是顽童推它下水，莫衷一是。后来新枚来报告，邻家的孩子曾经看见一只大白猫死在水沼上的大柳树根上。后来被人踢到水沼里。孩子不会说谎，此说大约可靠。且我听说，猫不肯死在家里，自知临命终了，必远行至无人处，然后辞世。故此说更觉可靠。我觉得这点“猫性”，颇可赞美。这有壮士风，不愿死户牖下儿女之手中，而情愿战死沙场，马革裹尸。这又有高士风。不愿病死在床上，而情愿遁迹深山，不知所终。总之，白象确已不在“猫间”了！

白象失踪的第二天，林先从上海来杭。一到，先问白象。骤闻噩耗，惊惶失色。因为她原是受了段老太太之托，此番来杭将把白象带回上海，重归旧主的。相差一天，天缘何悭！然而天实为之，谓之何哉。所幸它还有三个遗孤，虽非日月眼，而壮健活泼，足以承继血统。为防损失，特把一匹小花猫寄交我的好友家。其余两匹小白猫，常在我的身边。每逢我架起了脚看报或吃酒的时候，它们爬到我的两只脚上，一高一低，一动一静，别人看见了都要笑。我倒已经习以为常，似觉一坐下来，脚上天生成有两只小猫的。

一九四七年五月二十七日于杭州作

（原连载于1947年5月30日、31日、6月1日《申报·自由谈》）

相逢畏相失

甘美的回味

有一次我偶得闲暇，温习从前所学过的弹琴课。一位朋友拍拍我的肩膀说道："你们会音乐的真是幸福，寂寞起来弹一曲琴，多么舒服！唉，我的生活太枯燥了。我儿时也想学些音乐，调剂调剂呢。"

我不能首肯于这位朋友的话，想向他抗议。但终于没有对他说什么。因为伴着拍肩膀而来的话，态度十分肯定而语气十分强重，似乎会跟了他的手的举动而拍进我的身体中，使我无力推辞或反对。倘使我不承认他的话而欲向他抗议，似乎须得还他一种比拍肩膀更重要一些的手段——例如跳将起来打他几个巴掌——而说话，才配得上抗议。但这又何必呢。用了拍肩膀的手段而说话的人，大都是自信力极强的人，他的话是他一人的法律，我实无须向他辩解。我不过在心中暗想他的话的意思，而独在这里记录自己的感想而已。

这朋友说我"寂寞起来弹一曲琴多么舒服"，实在是冤枉了我！因为我回想自己的学习音乐的经过，只感到艰辛与严肃，却从未因了学习音乐而感到舒服。

记得十六七年前我在杭州第一师范读书的时候，最怕的功课是“还琴”。我们虽是一所普通的初级师范学校，但音乐一科特别注重，全校有数十架学生练习用的五组风琴，和还琴用的一架大风琴，唱歌用的一架大钢琴。李叔同先生每星期教授我们弹琴一次。先生先把新课弹一遍给我们看。略略指导了弹法的要点，就令我们各自回去练习。一星期后我们须得练习纯熟而来弹给先生看，这就叫作“还琴”。但这不是由教务处排定在课程表内的音乐功课，而是先生给我们规定的课外修业。故还琴的时间，总在下午二十分至一时之间，即午膳后至第一课之间的四十分钟内，或下午六时二十分至七时之内，即夜饭后至晚间自修课之间的四十分钟内。我们自己练习琴的时间则各人各便，大都在下午课余，教师请假的时间，或晚上。总之，这弹琴全是课外修业。但这课外修业实际比较一切正课都艰辛而严肃。这并非我个人特殊感觉，我们的同学们讲起还琴都害怕。我每逢轮到还琴的一天，饭总是不吃饱的。我在十分钟内了结吃饭与盥洗二事，立刻挟了弹琴讲义，先到练琴室内去，抱了一下佛脚，然后心中带了一块沉重的大石头而走进还琴教室去。我们的先生——他似乎是不吃饭的——早已静悄悄地等候在那里。大风琴上的谱表与音栓都已安排妥帖，显出一排雪白的键板，犹似一件怪物张着阔大的口，露出一口雪白的牙齿而蹲踞着，在那里等候我们的来到。

先生见我进来，立刻给我翻出我今天所应还的一课来，他对于我们各人弹琴的进程非常熟悉，看见一人就记得他弹到什么地方。我坐在大风琴边，悄悄地抽了一口大气，然后开始弹奏了，先生不逼近我，也不正面督视我的手指，而斜立在离开我数步的桌旁。他似乎知道我心中的状况，深恐逼近我督视时，易使我心中慌乱而手足失措，所以特地离开一些。但我确知他的眼睛是不绝地在斜注我的手上的。因为不但遇到我按错一个键板的时候他知道，就是键板全不按错而用错了一根手指时，他的头便急速地回转，向我一看，这一看表示通不过。先生指点乐谱，令我从某处重新弹起。小错从乐句开始处重弹，大错则须从乐曲开始处重弹。有时重弹幸而通过了，但有时越是重弹，心中越是慌乱而错误越多。这还琴便不能通过。先生用和平而严肃的语调低声向我说，“下次再还”，于是我只得起身离琴，仍旧带了心中这块沉重的大石头而走出还琴教室，再去加上刻苦练习的功夫。

我们的先生的教授音乐是这样地严肃的。但他对于这样严肃的教师生活，似乎还不满足，后来就做了和尚而度更严肃的生活了。同时我也就毕业离校，入社会谋生，不再练习弹琴。但弹琴一事，在我心中永远留着一个严肃的印象，从此我不敢轻易地玩弄乐器了。毕业后两年，我一朝脱却了谋生的职务，而来到了东京的市中。东京的音乐空气使我对从前的艰辛严肃的弹琴练习发生一种甘美的回味。我费四十五块钱买了一口提琴，再费三块钱向某音乐研究会买了一张入学证，便开始学习提琴了。记得那正是盛夏的时候。我每天下午一时来到这音乐研究会的练习室中，对着了一面镜子练习提琴，一直练到五点半钟而归寓。其间每练习五十分钟，休息十分钟。这十分间非到隔壁的冰店里喝一杯柠檬刨冰，不能继续下一小时的练习。一星期之后，我左手上四个手指的尖端的皮都破烂了。起初各指尖上长出一个白泡，后来泡皮破裂，露出肉和水来。这些破烂的指尖按到细而紧张的钢丝制的E弦上，感到针刺般的痛楚，犹如一种肉刑！但提琴先生笑着对我说，“这是学习提琴所必经的难关。你现在必须努力继续练习，手指任它破烂，后来自会结成一层老皮，难关便通过了。”他伸出自己的左手来给我摸，“你看，我指尖上的皮多么老！起初也曾像你一般破烂过；但是难关早已通过了。倘使现在怕痛而停止练习，以前的工夫便都枉费，而你从此休想学习提琴了。”我信奉这提琴先生的忠告，依旧每日规定四个半钟头而刻苦练习，按时还琴。后来指尖上果然结皮，而练习亦渐入艰深之境。以前从李先生学习弹琴时所感到的一种艰辛严肃的况味，这时候我又实际地尝到了。但滋味和从前有些不同：因为从前监督我刻苦地练习风琴的，是对于李先生的信仰心；现在监督我刻苦地练习提琴的，不是对于那个提琴先生的信仰心，而是我的自励心。那个提琴先生的教课，是这音乐研究会的会长用了金钱而论钟点买来的。我们也是用金钱间接买他的教课的。他规定三点钟到会，五点钟退去，在这两小时的限度内尽量地教授我们提琴的技术，原可说是一种公平的交易。而且像我这远来的外国人，也得凭仗了每月三块钱的学费的力，而从这提琴先生受得平等的教授与忠告，更是可感谢的事。然而他对我的雄辩的忠告，在我觉得远不及低声的“下次再还”四个字的有效。我的刻苦地练习提琴，还是出于我自己的勉励心的，先生的教授与忠告不过供给知识与参考而已。我在这音乐研究所中继续练习了提琴四个多月，即便回国。我在那里熟习了三册提琴教则本和几曲light opera melodies[1]。和我同室而同时开始练习提琴的，有一个出胡须的医生和一个法政学校的学生。但他们并不每天到会，因此进步都很迟，我练完第三册教则本时，他们都还只练完第一册。他们每嫌先生的教授短简而

[1] 轻歌剧旋律。

不详，不能使他们充分理解，常常来问我弹奏的方法。我尽我所知的告诉他们。我回国以后，这些同学和先生都成了梦中的人物。后来我的提琴练习废止了。但我时时念及那位医生和法政学生，不知他们的提琴练习后来进境如何。现在回想起来，他们当时进步虽慢，但炎夏的练习室中的苦况，到底比我少消受一些。他们每星期不过到练习室三四次，每次不过一二小时。而且在练习室中挥扇比拉琴更勤。我呢，犹似在那年的炎夏中和提琴作了一场剧烈的奋斗，而终于退守。那个医生和法政学生现在已由渐渐的进步而成为日本的violinist[1]也未可知；但我的提琴上已堆积灰尘，我的手指已渐僵硬，所赢得的只是对于提琴练习的一个艰辛严肃的印象。

我因有上述的经验，故说起音乐演奏，总觉得是一种非常严肃的行为。我须得用了“如临大敌”的态度而弹琴，用了“如见大宾”的态度而听人演奏。弹过听过之后，只感到兴奋的疲倦，绝未因此而感到舒服。所以那个朋友拍着我的肩膀而说的话，在我觉得冤枉，不能首肯。难道是我的学习法不正，或我所习的乐曲不良吗？但我是依据了世界通用的教则本，服从了先生的教导，而忠实地实行的。难道世间另有一种娱乐的音乐教则本与娱乐的音乐先生吗？这疑团在我心中久不能释。有一天我在某学校的同乐会的席上恍然地悟到了。

同乐会就是由一部分同学和教师在台上扮各种游艺，给其余的同学和教师欣赏。游艺中有各种各样的演、唱和奏。总之全是令人发笑的花头。座上不绝地发出哄笑的声音。我回看后面的听众，但见许多血盆似的笑口。我似觉身在“大世界”“新世界”一类的游

[1] 小提琴家。

戏场中了。我觉得这同乐会的确是“乐”！在座的人可以全不费一点心力而只管张着嘴巴嬉笑。听他们的唱奏，也可以全不费一点心力而但觉鼓膜上的快感。这与我所学习的音乐大异，这真可说是舒服的音乐。听这种音乐，不必用“如见大宾”的态度，而只须当作喝酒。我在座听了一会音乐，好似喝了一顿酒，觉得陶醉而舒服。

于是我悟到了，那个朋友所赞叹而盼望学习的音乐，一定就是这种喝酒一般的音乐。他是把音乐看作喝酒一类的乐事的。他的话中的“音乐”及“弹琴”等字倘使改作“喝酒”，例如说，“你们会喝酒的人真是幸福，寂寞起来喝一杯酒多么舒服”，那我便首肯了。

那种酒上口虽好，但过后颇感恶心，似乎要呕吐的样子。我自从那回尝过之后，不想再喝了。我觉得这种舒服的滋味，远不及艰辛严肃的回味的甘美。

一九三一年五月七日作

枯藤老树昏鸦

我的母亲

中国文化馆要我写一篇《我的母亲》，并寄我母亲的照片一张。照片我有一张四寸的肖像，一向挂在我的书桌的对面。已有放大的挂在堂上，这一张小的不妨送人。但是《我的母亲》一文从何处说起呢？看看母亲的肖像，想起了母亲的坐姿。母亲生前没有摄取坐像的照片，但这姿态清楚地摄入在我脑海中的底片上，不过没有晒出。现在就用笔墨代替显影液和定影液，把我母亲的坐像晒出来吧：

我的母亲坐在我家老屋的西北角里的八仙椅子上，眼睛里发出严肃的光辉，口角上表出慈爱的笑容。

老屋的西北角里的八仙椅子，是母亲的老位子。从我小时候直到她逝世前数月，母亲空下来总是坐在这把椅子上，这是很不舒服的一个座位：我家的老屋是一所三开间的楼厅，右边是我的堂兄家，左边一间是我的堂叔家，中央一间是我家。但是没有板壁隔开，只拿在左右的两排八仙椅子当作三份人家的界限。所以母亲坐的椅子，背后凌空。若是沙发椅子，三面有柔软的厚壁，凌空原无妨碍。但我家的八仙椅子是木造的，坐板和靠背成九十度角，靠背只是疏疏的几根木条，其高只及人的肩膀。母亲坐着没处搁头，很不安稳。母亲又防椅子的脚摆在泥土上要霉烂，用二三寸高的木座子衬在椅子脚下，因此这只八仙椅子特别高，母亲坐上去两脚须得挂空，很不便利。所谓西北角，就是左边最里面的一只椅子。这椅子的里面就是通过退堂的门。退堂里就是灶间。母亲坐在椅子上向里面顾，可以看见灶头。风从里面吹出的时候，烟灰和油气都吹在母亲身上，很不卫生。堂前隔着三四尺阔的一条天井便是墙门。墙外面便是我们的染坊店。母亲坐在椅子里向外面望，可以看见杂沓往来的顾客，听到沸反盈天的市井声，很不清静。但我的母亲一向坐在我家老屋西北角里的这样不安稳，不便利，不卫生，不清静的一只八仙椅子上，眼睛发出严肃的光辉，口角上表出慈爱的笑容。母亲为什么老是坐在这样不舒服的椅子里呢？因为这位子在我家中最为冲要。母亲坐在这位子里可以顾到灶上，又可以顾到店里。母亲为要兼顾内外，便顾不到座位的安稳不安稳，便利不便利，卫生不卫生，和清静不清静了。

我四岁时，父亲中了举人，同年祖母逝世，父亲丁艰在家，郁郁不乐，以诗酒自娱，不管家事，丁艰终而科举废，父亲就从此隐遁。这期间家事店事，内外都归母亲一人兼理。我从书堂出来，照例走向坐在西北角里的椅子上的母亲的身边，向她讨点东西吃吃。母亲口角上表出亲爱的笑容，伸手除下挂在椅子头顶的“饿杀猫篮”，拿起饼饵给我吃；同时眼睛里发出严肃的光辉，给我几句勉励。

我九岁的时候，父亲遗下了母亲和我们姐弟六人，薄田数亩和染坊店一间而逝世。我家内外一切责任全部归母亲负担。此后她坐在那椅子上的时间愈加多了。工人们常来坐在里面的凳子上，同母亲谈家事；店伙们常来坐在外面的椅子上，同母亲谈店事；父亲的朋友和亲戚邻人常来坐在对面的椅子上，同母亲交涉或应酬。我从学堂里放假回家，又照例走向西北角里的椅子边，同母亲讨个铜板。有时这四班人同时来到，使得母亲招架不住，于是她用了眼睛的严肃的光辉来命令，警戒，或交涉；同时又用了口角上的慈爱的笑容来劝勉，抚爱，或应酬。当时的我看惯了这种光景，以为母亲是天生成坐在这只椅子上的，而且天生成有四班人向她缠绕不清的。

我十七岁离开母亲，到远方求学。临行的时候，母亲眼睛里发出严肃的光辉，诫告我待人接物求学立身的大道；口角上表出慈爱的笑容，关照我起居饮食一切的细事。她给我准备学费，她给我置备行李，她给我制一罐猪油炒米粉，放在我的网篮里；她给我做一个小线板，上面插两只引线放在我的箱子里，然后送我出门。放假归来的时候，我一进店门，就望见母亲坐在西北角里的八仙椅子上。她欢迎我归家，口角上表出慈爱的笑容，她探问我的学业，眼睛里发出严肃的光辉。晚上她亲自上灶，烧些我所爱吃的菜蔬给我吃，灯下她详询我的学校生活，加以勉励，教训，或责备。

我廿二岁毕业后，赴远方服务，不克依居母亲膝下，唯假期归省。每次归家，依然看见母亲坐在西北角里的椅子上，眼睛里发出严肃的光辉，口角上表现出慈爱的笑容。她像贤主一般招待我，又像良师一般教训我。

我三十岁时，弃职归家，读书著述奉母。母亲还是每天坐在西北角里的八仙椅子上，眼睛里发出严肃的光辉，口角上表出慈爱的笑容。只是她的头发已由灰白渐渐转成银白了。

嘹亮一声山月高

我三十三岁时，母亲逝世。我家老屋西北角里的八仙椅子上，从此不再有我母亲坐着了。然而我每逢看见这只椅子的时候，脑际一定浮出母亲的坐像——眼睛里发出严肃的光辉，口角上表出慈爱的笑容。她是我的母亲，同时又是我的父亲。她以一身任严父兼慈母之职而训诲我抚养我，我从呱呱坠地的时候直到三十三岁，不，直到现在。陶渊明诗云："昔闻长者言，掩耳每不喜。"我也犯这个毛病；我曾经全部接受了母亲的慈爱，但不会全部接受她的训诲。所以现在我每次在想象中瞻望母亲的坐像，对于她口角上的慈爱的笑容觉得十分感谢，对于她眼睛里的严肃的光辉，觉得十分恐惧。这光辉每次给我以深刻的警惕和有力的勉励。

民国廿六（1937）年二月廿八日

随感十三则

一

花台里生出三枝扁豆秧来。我把它们移种到一块空地上，并且用竹竿搭一个棚，以扶植它们。每天清晨为它们整理枝叶，看它们欣欣向荣，自然发生一种兴味。

那蔓好像一个触手，具有可惊的攀缘力。但究竟因为不生眼睛，只管盲目地向上发展，有时会钻进竹竿的裂缝里，回不出来，看了令人发笑。有时一根长条独自脱离了棚，颤袅地向空中伸展，好像一个摸不着壁的盲子，看了又很可怜。这等时候便需我去扶助。扶助了一个月之后，满棚枝叶婆娑，棚下已堪纳凉闲话了。

有一天清晨，我发见豆棚上忽然有了大批的枯叶和许多软垂的蔓，惊奇得很。仔细检查，原来近地面处一枝总干，被不知什么东西伤害了。未曾全断，但不绝如缕。根上的养分通不上去，凡属这总干的枝叶就全部枯萎，眼见得这一族快灭亡了。

这状态非常凄惨，使我联想起世间种种的不幸。

二

有一种椅子，使我不易忘记：那坐的地方，雕着一只屁股的模子，中间还有一条凸起，坐时可把屁股精密地装进模子中，好像浇塑石膏模型一般。

大抵中国式的器物，以形式为主，而用身体去迁就形式。故椅子的靠背与坐板成九十度角，衣服的袖子长过手指。西洋式的器物，则以身体的实用为主，形式即由实用产生。故缝西装须量身体，剪刀柄上的两个洞，也完全依照手指的横断面的形状而制造。那种有屁股模子的椅子，显然是西洋风的产物。

但这已走到西洋风的极端，而且过分了。凡物过分必有流弊。像这种椅子，究竟不合实用，又不雅观。我每次看见，常误认它为一种刑具。

三

散步中，在静僻的路旁的杂草间拾得一个很大的钥匙。制造非常精致而坚牢，似是巩固的大洋箱上的原配。不知从何人的手中因何缘而落在这杂草中的？我未被"路不拾遗"之化，又不耐坐在路旁等候失主的来寻；但也不愿把这个东西藏进自己的袋里去，就擎在手中走路，好像采得了一朵野花。

我因此想起《水浒传》中五台山上挑酒担者所唱的歌："九里山前作战场，牧童拾得旧刀枪……"这两句怪有意味。假如我做了那个牧童，拾得旧刀枪时定有无限的感慨：不知那刀枪的柄曾经受过谁人的驱使？那刀枪的尖曾经吃过谁人的血肉？又不知在它们的活动之下，曾经害死了多少人之性命。

也许我现在就同“牧童拾得旧刀枪”一样。在这个大钥匙塞在大洋箱的键孔中时的活动之下，也曾经害死过不少人的性命，亦未可知。

四

发开十年前堆塞着的一箱旧物来，一一检视，每一件东西都告诉我一段旧事。我仿佛看了一幕自己为主角的影戏。

结果从这里面取出一把油画用的调色板刀，把其余的照旧封闭了，塞在床底下。但我取出这调色板刀，并非想描油画。是利用它来切芋艿，削萝卜吃。

这原是十余年前我在东京的旧货摊上买来的。它也许曾经跟随名贵的画家，指挥高价的油画颜料，制作出[1]帝展一等奖的作品来博得沸腾的荣誉。现在叫它切芋艿，削萝卜，真是委屈了它。但芋艿、萝卜中所含的人生的滋味，也许比油画中更为丰富，让它尝尝吧。

五

十余年前有一个时期流行用紫色的水写字。买三五个铜板洋青莲，可泡一大瓶紫水，随时注入墨匣，有好久可用。我也用过一

[1] 近代一种不用笔用刀来画画的画法。

会，觉得这固然比磨墨简便。但我用了不久就不用，我嫌它颜色不好，看久了令人厌倦。

后来大家渐渐不用，不久此风便熄。用不厌的，毕竟只有黑和蓝两色：东洋人写字用黑。黑由红黄蓝三原色等量混合而成，三原色具足时，使人起安定圆满之感。因为世间一切色彩皆由三原色产生，故黑色中包含着世间一切色彩了。西洋人写字用蓝，蓝色在三原色中为寒色，少刺激而沉静，最可亲近。故用以写字，使人看了也不会厌倦。

紫色为红蓝两色合成。三原色既不具足，而性又刺激，宜其不堪常用。但这正是提倡白话文的初期，紫色是一种蓬勃的象征，并非偶然的。

六

孩子们对于生活的兴味都浓。而这个孩子特甚。

当他热中于一种游戏的时候，吃饭要叫到五六遍才来，吃了两三口就走，游戏中不得已出去小便，常常先放了半场，勒住裤腰，走回来参加一歇游戏，再去放出后半场。看书发见一个疑问，立刻捧了书来找我，茅坑间里也会找寻过来。得了解答，拔脚便走，常常把一只拖鞋遗剩在我面前的地上而去。直到划袜走了七八步方才觉察，独脚跳回来取鞋。他有几个星期热中于搭火车，几个星期热中于着象棋，又有几个星期热中于查《王云五大词典》，现在正热中于捉蟋蟀。但凡事兴味一过，便置之不问。无可热中的时候，镇日没精打采，度日如年，口里叫着“饿来！饿来！”其实他并不想吃东西。

七

有一回我画一个人牵两只羊，画了两根绳子。有一位先生教我：“绳子只要画一根。牵了一只羊，后面的都会跟来。”我恍悟自己阅历太少。后来留心观察，看见果然：前头牵了一只羊走，后面数十只羊都会跟去。无论走向屠场，没有一只羊肯离群众而另觅生路的。

后来看见鸭也如此。赶鸭的人把数百只鸭放在河里，不须用绳子系住，群鸭自能互相追随，聚在一块。上岸的时候，赶鸭的人只要赶上一二只，其余的都会跟了上岸。无论在四通八达的港口，没有一只鸭肯离群众而走自己的路的。

牧羊的和赶鸭的就利用它们这模仿性，以完成他们自己的事业。

八

每逢赎得一剂中国药来，小孩们必然聚拢来看拆药。每逢打开一小包，他们必然惊奇叫喊。有时一齐叫道：“啊！一包瓜子！”有时大家笑起来：“哈哈！四只骰子！”有时惊奇得很：“咦！这是洋囡囡的头发呢！”又有时吓了一跳：“啊唷！许多老蝉！”……病人听了这种叫声，可以转颦为笑。自笑为什么生了病要吃瓜子，骰子，洋囡囡的头发，或老蝉呢？看药方也是病中的一种消遣。药方前面的脉理大都乏味；后面的药名却怪有趣。这回我所服的，有一种叫作“知母”，有一种叫作“女贞”，名称都很别致。还有“银花”“野蔷薇”，好像新出版的书的名目。

吃外国药没有这种趣味。中国数千年来为世界神秘风雅之国，这特色在一剂药里也很显明地表示着，来华考察的外国人，应该多吃几剂中国药回去。

九

《项脊轩记》里归熙甫描写自己闭户读书之久，说“能以足音辨人”。我近来卧病之久，也能以足音辨人。房门外就是扶梯，人在扶梯上走上走下，我不但能辨别各人的足音，又能在一人的足音中辨别其所为何来。“这回是徐妈送药来了？”果然。“这回是五官送报纸来了？”果然。

记得从前寓居在嘉兴时，大门终日关闭。房屋进深，敲门不易听见，故在门上装一铃索。来客拉索，里面的铃响了，人便出来开门。但来客极稀，总是这几个人，我听惯了，也能以铃声辨人。有时一种顽童或闲人经过门口，由于手痒或奇妙的心理，无端把铃索拉几下就逃，开门的人白跑了好几回；但以后不再上当了。因为我能辨别他们的铃声中含有仓皇的音调，便置之不理了。

十

盛夏的某晚，天气大热，而且奇闷。院子里纳凉的人，每人隔开数丈，默默地坐着摇扇。除了扇子的微音和偶发的呻吟声以外，没有别的声响。大家被炎威压迫得动弹不得，而且不知所云了。

这沉闷的静默继续了约半小时之久。墙外的弄里一个嘹亮清脆而有力的叫声，忽然来打破这静默：

“今夜好热！啊咦——好热！”

院子里的人不期地跟着他叫：“好热！”接着便有人起来行动，或者起立，或者欠伸，似乎大家出了一口气。炎威也似乎被这喊声喝退了些。

十一

尊客降临，我陪他们吃饭往往失礼。有的尊客吃起饭来慢得很：一粒一粒地数进口去。我则吃两碗饭只消五六分钟，不能奉陪。

我吃饭快速的习惯，是小时在寄宿学校里养成的。那校中功课很忙，饭后的时间要练习弹琴。我每餐连盥洗只限十分钟了事，养成了习惯。现在我早已出学校，可以无须如此了，但这习惯仍是不改。我常自比于牛的反刍：牛在山野中自由觅食，防猛兽迫害，先把草囫囵吞入胃中，回洞后再吐出来细细嚼食，养成了习惯。现在牛已被人关在家喂养，可以无须如此了，但这习惯仍是不改。

据我推想，牛也许是恋慕着野生时代在山中的自由，所以不肯改去它的习惯的。

十二

新点着一支香烟，吸了三四口，拿到痰盂上去敲烟灰。敲得重

六六水窗通

了些，雪白而长长的一支大美丽香烟翻落在痰盂中，“吱”地一声叫，溺死在污水里了。

我向痰盂怅望，嗟叹了两声，似有“一失足成千古恨”之感。我觉得这比丢弃两个铜板肉痛得多。因为香烟经过人工的制造，且直接有惠于我的生活。故我对于这东西本身自有感情，与价钱无关。两角钱可买二十包火柴。照理，丢掉两角钱同焚去二十包火柴一样。但丢掉两角钱不足深惜，而焚去二十包火柴人都不忍心做。做了即使别人不说暴殄天物，自己也对不起火柴。

十三

一位开羊行的朋友为我谈羊的话。据说他们行里有一只不杀的老羊，为它颇有功劳：他们在乡下收罗了一群羊，要装进船里，运往上海去屠杀的时候，群羊往往不肯走上船去。他们便牵这老羊出来。老羊向群羊叫了几声，奋勇地走到河岸上，蹲身一跳，首先跳入船中。群羊看见老羊上船了，便大家模仿起来，争先恐后地跳进船里去。等到一群羊全部上船之后，他们便把老羊牵上岸来，仍旧送回棚里。每次装羊，必须央这老羊引导。老羊因有这点功劳，得保全自己的性命。

我想，这不杀的老羊，原来是该死的“羊奸”。

一九三三年九月学画回忆

谈自己的画

去秋语堂先生来信，嘱我写一篇《谈漫画》。我答允他定写，然而只管不写。为什么答允写呢？因为我是老描“漫画”的人，约十年前曾经自称我的画集为“子恺漫画”，在开明书店出版。近年来又不断地把“漫画”在各杂志和报纸上发表，惹起几位读者的评议。还有几位出版家，惯把“子恺漫画”四个字在广告中连写起来，把我的名字用作一种画的形容词；有时还把我夹在两个别的形容词中间，写作“色彩子恺新年漫画”（见开明书店本年一月号《中学生》广告）。这样，我和“漫画”的关系就好像很深。近年我被各杂志催稿，随便什么都谈，而独于这关系好像很深的“漫画”不谈，自己觉得没理由，而且也不愿意，所以我就答允他一定写稿。为什么又只管不写呢？因为我对于“漫画”这个名词的定义，实在没有弄清楚：说它是讽刺的画，不尽然；说它是速写画，又不尽然；说它是黑和白的画，有色彩的也未始不可称为“漫画”；说它是小幅的画，小幅的不一定都是“漫画”。……原来我的画称为漫画，不是我自己作主的，十年前我初描这种画的时候，《文学周报》编辑部的朋友们说要拿我的“漫画”去在该报发表。从此我才知我的画可以称为“漫画”，画集出版时我就遵用这名称，定名为“子恺漫画”。这好比我的先生（从前浙江第一师范的国文教师单不厂先生，现在已经逝世了。）根据了我的单名“仁”而给我取号为“子恺”，我就一直遵用到今。我的朋友们或者也是有所根据而称我的画为“漫画”的，我就信受奉行了。但究竟我的画为什么称为“漫画”？可否称为“漫画”？自己一向不曾确知。自己的画的性状还不知道，怎么能够普遍地谈论一般的漫画呢？所以我答允了写稿之后，踌躇满胸，只管不写。

最近语堂先生又来信，要我履行前约，说不妨谈我自己的画。这好比大考时先生体恤学生抱佛脚之苦，特把题目范围缩小。现在我不可不缴卷了，就带着眼病写这篇稿子。

把日常生活的感兴用“漫画”描写出来——换言之，把日常所见的可惊可喜可悲可哂之相，就用写字的毛笔草草地图写出来——听人拿去印刷了给大家看，这事在我约有了十年的历史，仿佛是一种习惯了。中国人崇尚“不求人知”，西洋人也有“What’s in your heart let no one know”的话。我正同他们相反，专门画给人家看，自己却从未仔细回顾已发表的自己的画。偶然在别人处看到自己的画册，或者在报纸、杂志中翻到自己的插画，也好比在路旁的商店的样子窗中的大镜子里照见自己的面影，往往一瞥就走，不愿意细看。这是什么心理？很难自知。勉强平心静气观察自己，大概是为了太稔熟，太关切，表面上反而变疏远了的原故。中国人见了朋友或相识者都打招呼，表示互相亲爱；但见了自己的妻子，反而板起脸不搭白，表示疏远的样子。我的不欢喜仔细回顾自己的画，大约也是出于这种奇妙的心理的吧？

但现在要我写这个题目，我非仔细回顾自己的画不可了。我找

今夜两岁

集从前出版的《子恺漫画》《子恺画集》等书来从头翻阅，又把近年来在各杂志和报纸上发表的画的副稿来逐幅细看，想看出自己的画的性状来，作为本题的材料。结果大失所望。我全然没有看到关于画的事，只是因了这一次的检阅，而把自己过去十年间的生活与心情切实地回味了一遍，心中起了一种不可名状的感慨，竟把画的一事完全忘却了。

因此我终于不能谈自己的画。一定要谈，我只能在这里谈谈自己的生活和心情的一面，拿来代替谈自己的画吧。

约十年前，我家住在上海。住的地方迁了好几处，但总无非是一楼一底的“弄堂房子”，至多添了一间过街楼。现在回想起来，上海这地方真是十分奇妙：看似那么忙乱的，住在那里却非常安闲，家庭这小天地可与忙乱的环境判然地隔离，而安闲地独立。我们住在乡间，邻人总是熟识的，有的比亲戚更亲切；白天门总是开着的，不断地有人进进出出；有了些事总是大家传说的，风俗习惯总是大家共通的。住在上海完全不然。邻人大都不相识，门镇日严扃着，别家死了人与你全不相干。故住在乡间看似安闲，其实非常忙乱；反之，住在上海看似忙乱，其实非常安闲。关了前门，锁了后门，便成一个自由独立的小天地。在这里面由你选取甚样风俗习惯的生活：宁波人尽管度宁波俗的生活，广东人尽管度广东俗的生活。我们是浙江石门湾人，住在上海也只管说石门湾的土白，吃石门湾式的饭菜，度石门湾式的生活；却与石门湾相去数百里。现在回想，这真是一种奇妙的生活！

除了出门以外，在家里所见的只是这个石门湾式的小天地。有时开出后门去换掉些头发（《子恺画集》六四页），有时从过街楼上挂下一只篮去买两只粽子（《子恺漫画》七〇页），有时从洋台眺望屋瓦间浮出来的纸鸢（《子恺漫画》六三页），知道春已来到上海。但在我们这个小天地中，看不出春的来到。有时几乎天天同样，辨不出今日和昨日。有时连日没有一个客人上门，我妻每天的公事，就是傍晚时光抱了瞻瞻，携了阿宝，到弄堂门口去等我回家（《子恺漫画》六九页）。两岁的瞻瞻坐在他母亲的臂上，口里唱着“爸爸还不来！爸爸还不来！”六岁的阿宝拉住了她娘的衣裾，在下面同他和唱。瞻瞻在马路上扰攘往来的人群中认到了带着一叠书和一包食物回家的我，突然欢呼舞蹈起来，几乎使他母亲的手臂撑不住。阿宝陪着他在下面跳舞，也几乎撕破了她母亲衣裾。他们的母亲呢，笑着喝骂他们。当这时候，我觉得自己立刻化身为二人。其一人做了他们的父亲或丈夫，体验着小别重逢时的家庭团圆之乐；另一个人呢，远远地站了出来，从旁观察这一幕悲欢离合的活剧，看到一种可喜又可悲的世间相。

他们这样地欢迎我进去的，是上述的几与世间绝缘的小天地。这里是孩子们的天下。主宰这天下的，有三个角色，除了瞻瞻和阿宝之外，还有一个是四岁的软软，仿佛罗马的三头政治。日本人有tototenka（父天下）、kakatenka（母天下）之名，我当时曾模仿他们，戏称我们这家庭为tsetsetenka（瞻瞻天下）。因为瞻瞻在这三人之中势力最盛，好比罗马三头政治中的领胄。我呢，名义上是他们的父亲，实际上是他们的臣仆；而我自己却以为是站在他们这政治舞台下面的观剧者。丧失了美丽的童年时代，送尽了蓬勃的青年时代，而初入黯淡的中年时代的我，在这群真率的儿童生活中梦见了自己过去的幸福，觅得了自己已失的童心。我企慕他们的生活天真，艳羡他们的世界广大。觉得孩子们都有大丈夫气，大人比起他们来，个个都虚伪卑怯；又觉得人世间各种伟大的事业，不是那种虚伪卑怯的大人们所能致，都是具有孩子们似的大丈夫气的人所建设的。

我翻到自己的画册，便把当时的情景历历地回忆起来。例如：他们跟了母亲到故乡的亲戚家去看结婚，回到上海的家里时也就结起婚来。他们派瞻瞻做新官人。亲戚家的新官人曾经来向我借一顶铜盆帽。（注：当时我乡结婚的男子，必须戴一顶铜盆帽，穿长衫马褂，好像是代替清朝时代的红缨帽子、外套的。我在上海日常戴用的呢帽，常常被故乡的乡亲借去当作结婚的大礼帽用。）瞻瞻这两岁的小新官人也借我的铜盆帽去戴上了。他们派软软做新娘子。亲戚家的新娘子用红帕子把头蒙住，他们也拿母亲的红包袱把软软的头蒙住了。一个戴着铜盆帽好像苍蝇戴豆壳；一个蒙住红包袱好像猢狲扮把戏，但两人都认真得很，面孔板板的，跨步缓缓的，活像那亲戚家的结婚式中的人物。宝姐姐说“我做媒人”，拉住了这一对小夫妇而教他们参天拜地，拜好了又送他们到用凳子搭成的洞房里（见《子恺画集》第三七页）。

我家没有一个好凳，不是断了脚的，就是擦了漆的。它们当凳子给我们坐的时候少，当游戏工具给孩子们用的时候多。在孩子们，这种工具的用处真真广大：请酒时可以当桌子用，搭棚棚时可以当墙壁用，做客人时可以当船用，开火车时可以当车站用。他们的身体比凳子高得有限，看他们搬来搬去非常吃力。有时汗流满面，有时被压在凳子底下。但他们好像为生活而拼命奋斗的劳动者，决不辞劳。汗流满面时可用一双泥污的小手来揩摸，被压在凳子底下时只要哭脱几声，就带着眼泪去工作。他们真可说是“快活的劳动者”（《子恺画集》三四页）。哭的一事，在孩子们有特殊的效用。大人们惯说“哭有什么用？”原是为了他们的世界狭窄的原故。在孩子们的广大世界里，哭真有意想不到的效力。譬如跌痛了，只要尽情一哭，比服凡拉蒙灵得多，能把痛完全忘却，依旧遨游于游戏的世界中。又如泥人跌破了，也只要放声一哭，就可把泥人完全忘却，而热中于别的玩具（《子恺画集》一六页）。又如花生米吃得不够，也只要号哭一下，便好像已经吃饱，可以起劲地去干别的工作了（《子恺漫画》六六页）。总之，他们无论干什么事都认真而专心，把身心全部的力量拿出来干。哭的时候用全力去哭，笑的时候用全力去笑，一切游戏都用全力去干。干一件事的时候，把除这以外的一切别的事统统忘却。一旦拿了笔写字，便把注意力全部集中在纸上（《子恺漫画》六八页）。纸放在桌上的水痕里也不管，衣袖带翻了墨水瓶也不管，衣裳角拖在火钵里燃烧了也不管。一旦知道同伴们有了有趣的游戏，冬晨睡在床里的会立刻从被窝钻出，穿了寝衣来参加；正在换衣服的会赤了膊来参加（《子恺漫画》九〇页）；正在洗浴的也会立刻离开浴盆，用湿淋淋的赤身去参加。被参加的团体中的人们对于这浪漫的参加者也恬不为怪，因为他们大家把全精神沉浸在游戏的兴味中，大家入了“忘我”的三昧境，更无余暇顾到实际生活上的事及世间的习惯了。

成人的世界，因为受实际的生活和世间的习惯的限制，所以非常狭小苦闷。孩子们的世界不受这种限制，因此非常广大自由。年纪愈小，其所见的世界愈大。我家的三头政治团中瞻瞻势力最大，便是为了他年纪最小，所处的世界最广大自由的原故。他见了天上的月亮，会认真地要求父母给他捉下来（《儿童漫画》）；见了已死的小鸟，会认真地喊它活转来（《子恺画集》二八页）；两把芭蕉扇可以认真地变成他的脚踏车（《子恺画集》一七页）；一只藤椅子可以认真地变成他的黄包车（《子恺画集》一八页）；戴了铜盆帽会立刻认真地变成新官人；穿了爸爸的衣服会立刻认真地变成爸爸（《子恺漫画》九五页）。照他的热诚的欲望，屋里所有的东西应该都放在地上，任他玩弄；所有的小贩应该一天到晚集中在我家的门口，由他随时去买来吃弄；房子的屋顶应该统统除去，可以使他在家里随时望见月亮、鹞子和飞机；眠床里应该有泥土，种花草，养着蝴蝶与青蛙，可以让他一醒觉就在野外游戏（《子恺画集》二〇页）。看他那热诚的态度，以为这种要求绝非梦想或奢望，应该是人力所能办到的。他以为人的一切欲望应该都是可能的。所以不能达到目的的时候，便那样愤慨地号哭。拿破仑的字典里没有“难”字，我家当时的瞻瞻的词典里一定没有“不可能”之一词。

我企慕这种孩子们的生活的天真，艳羡这种孩子们的世界的广大。或者有人笑我故意向未练的孩子们的空想界中找求荒唐的乌托邦，以为逃避现实之所；但我也可笑他们的屈服于现实，忘却人类的本性。我想，假如人类没有这种孩子们的空想的欲望，世间一定不会有建筑、交通、医药、机械等种种抵抗自然的建设，恐怕人类到今日还在茹毛饮血呢。所以我当时的心，被儿童所占据了。我时时在儿童生活中获得感兴。玩味这种感兴，描写这种感兴，成了当时我的生活的习惯。

欢喜读与人生根本问题有关的书，欢喜谈与人生根本问题有关的话，可说是我的一种习性。我从小不欢喜科学而欢喜文艺。为的是我所见的科学书，所谈的大都是科学的枝末问题，离人生根本很远；而我所见的文艺书，即使最普通的《唐诗三百首》《白香词谱》等，也处处含有接触人生根本而耐人回味的字句。例如我读了“想得故园今夜月，几人相忆在江楼”，便会设身处地地做了思念故园的人，或江楼相忆者之一人，而无端地兴起离愁。又如读了“流光容易把人抛，红了樱桃，绿了芭蕉”，便会想起过去的许多的春花秋月，而无端地兴起惆怅。我看见世间的大人都为生活的琐屑事件所迷着，都忘记人生的根本；只有孩子们保住天真，独具慧眼，其言行多足供我欣赏者。八指头陀诗云：“吾爱童子身，莲花不染尘。骂之唯解笑，打亦不生嗔。对境心常定，逢人语自新。可慨年既长，物欲蔽天真。”我当时曾把这首诗用小刀刻在香烟嘴的边上。

这只香烟嘴一直跟随我，直到四五年前，有一天不见了。以后我不再刻这诗在什么地方。四五年来，我的家里同国里一样的多难：母亲病了很久，后来死了；自己也病了很久，后来没有死。这四五年间，我心中不觉得有什么东西占据着，在我的精神生活上好比一册书里的几页空白。现在，空白页已经翻厌，似乎想翻出些下文来才好。我仔细向自己的心头探索，觉得只有许多乱杂的东西忽隐忽现，却并没有一物强固地占据着。我想把这几页空白当作被开的几个大“天窗”，使下文仍旧继续前文，然而很难能。因为昔日的我家的儿童，已在这数年间不知不觉地变成了少年少女，行将变为大人。他们已不能像昔日的占据我的心了。我原非一定要拿自己的子女来作为儿童生活赞美的对象，但是他们由天真烂漫的儿童渐渐变成拘谨驯服的少年少女，在我眼前实证地显示了人生黄金时代的幻灭，我也无心再来赞美那昙花似的儿童世界了。

古人诗云："去日儿童皆长大，昔年亲友半凋零。"这两句确切地写出了中年人的心境的虚空与寂寥。前天我翻阅自己的画册时，陈宝（就是阿宝，就是做媒人的宝姐姐）、宁馨（就是做新娘子的软软）、华瞻（就是做新官人的瞻瞻）都从学校放寒假回家，站在我身边同看。看到"瞻瞻新官人，软软新娘子，宝姐姐做媒人"的一幅，大家不自然起来。宁馨和华瞻脸上现出忸怩的笑，宝姐姐也表示决不肯再做媒人了。他们好比已经换了另一班人，不复是昔日的阿宝、软软和瞻瞻了。昔日我在上海的小家庭中所观察欣赏而描写的那群天真烂漫的孩子，现在早已不在人间了！他们现在都已疏远家庭，做了学校的学生。他们的生活都受着校规的约束，社会制度的限制，和世智的拘束；他们的世界不复像昔日那样广大自由；他们早已不做房子没有屋顶和眠床里种花草的梦了。他们已不复是"快活的劳动者"，正在为分数而劳动，为名誉而劳动，为知识而劳动，为生活而劳动了。

我的心早已失了占据者。我带了这虚空而寂寥的心，彷徨在十字街头，观看他们所转入的社会，我想象这里面的人，个个是从那天真烂漫、广大自由的儿童世界里转出来的。但这里没有"花生米不满足"的人，却有许多面包不满足的人。这里没有"快活的劳动者"，只见锁着眉头的引车者，无食无衣的耕织者，挑着重担的颁白者，挂着白须的行乞者。这里面没有像孩子世界里所闻的号啕的哭声，只有细弱的呻吟，吞声的呜咽，幽默的冷笑和愤慨的沉默。这里面没有像孩子世界中所见的不屈不挠的大丈夫气，却充满了顺从，屈服，消沉，悲哀，和诈伪，险恶，卑怯的状态。我看到这种状态，又同昔日带了一叠书和一包食物回家，而在弄堂门口看见我妻提携了瞻瞻和阿宝等候着那时一样，自己立刻化身为二人。其一人做了这社会里的一分子，体验着现实生活的辛味；另一人远远地站出来，从旁观察这些状态，看到了可惊可喜可悲可哂的种种世间相。然而这情形和昔日不同：昔日的儿童生活相能“占据”我的心，能使我归顺它们；现在的世间相却只是常来“袭击”我这空虚寂寥的心，而不能占据，不能使我归顺。因此我的生活的册子中，至今还是继续着空白的页，不知道下文是什么。也许空白到底，亦未可知啊。

为了代替谈自己的画，我已把自己十年来的生活和心情的一面在这里谈过了。但这文章的题目不妨写作“谈自己的画”。因为：一则我的画与我的生活相关联，要谈画必须谈生活，谈生活就是谈画。二则我的画既不摹拟什么八大山人、七大山人的笔法，也不根据什么立体派、平面派的理论，只是像记账般地用写字的笔来记录平日的感兴而已。因此关于画的本身，没有什么话可谈；要谈也只能谈谈作画时的因缘罢了。

廿四（1935）年二月四日

落日放船好

新年怀旧

我似觉有二十多年不逢着“新年”了。因为近二十多年来，我所逢着的新年，大都不像“新年”。每逢年底，我未尝不热心地盼待“新年”的来到；但到了新年，往往大失所望，觉得这不是我所盼待的“新年”。我所盼待的“新年”似乎另外存在着，将来总有一天会来到的。再过半个月，新年又将来临。料想它又是不像“新年”的，也无心盼待了。且回想过去吧。

我所认为像“新年”的新年，只有二十多年前，我幼时所逢到的几个“新年”。近二十多年来，我每逢新年，全靠对它们的回忆，在心中勉强造出些“新年”似的情趣来，聊以自慰。回忆的力一年一年地薄弱起来。现在若不记录一些，恐怕将来的新年，连这点聊以自慰的空欢也没有了。

当阳历还被看作“洋历”，阴历独裁地支配着时间的时代，新年真是一个极盛大的欢乐时节！一切空气温暖而和平，一切人公然地嬉戏。没有一个人不穿新衣服，没有一个人不是新剃头。尤其是我，正当童年时代，不知众苦，但有一切乐。我的新年的欢乐，始于新年的eve（前夕）。

大年夜的夜饭，我故意不吃饱。留些肚皮，用以享受夜间游乐中的小食，半夜里的暖锅，和后半夜的接灶圆子。吃过夜饭，店里的柜台上就点着一对红蜡烛，一只风灯。红蜡烛是岁烛，风灯是供给往来的收账人看账目用的。从黄昏起，直至黎明，街上携着灯笼收账的人络绎不绝。来我们店里收账的人，最初上门来，约在黄昏时，谈了些寒暄，把账簿展开来看一看，大约有多少，假如看见管账先生不拿出钱来，他们会很客气地说一声“等一会儿再算”，就告辞。第二次来，约在半夜时。这会拿过算盘来，确实地决算一下，打了一个折扣，再在算盘上摸脱了零头，得到一个该付的实数。倘我们的管账先生因为自己的店账没有收齐，回报他们说，“再等一会儿付款”，收账的人也会很客气地满口答允，提了灯笼又去了。第三次来时，约在后半夜。有的收清账款，有的反而把旧欠放弃不收，说道“带点老亲”。于是大家说着“开年会”，很客气地相别。我们的收账员，也提了灯笼，向别家去演同样的把戏，直到后半夜或黎明方才收清。这在我这样的孩子们看来，真是一年一度的难得的热闹。平日天一黑就关门。这一天通夜开放，灯火满街。我们但见一班灯笼进，一班灯笼出，店堂里充满着笑语和客气话。心中着实希望着账款不要立刻付清，因此延长一点夜的闹热。在前半夜，我常常跟了我们店里的收账员，向各店收账。每次不过是看一看数目，难得收到钱。但遍访各店，在我是一种趣味。他们有的在那里请年菩萨，有的在那里准备过新年。还有的已经把年夜当作新年，在那里掷骰子，欢呼声充满了店堂的里面。有的认识我是小老板，还要拿本店的本产货的食物送给我吃，表示亲善。

我吃饱了东西回到家里，里面别是一番热闹：堂前点着岁烛和保险灯。灶间里拥着大批人看放谷花。放的人一手把糯米谷撒进镬子里去，一手拿着一把稻草不绝地在镬子底上撩动。那些糯米谷得了热气，起初“拍，拍”地爆响，后来米脱出了谷皮，渐渐膨胀起来，终于放得像朵朵梅花一样。这些梅花在环视者的欢呼声中出了镬子，就被拿到厅上的桌子上去挑选。保险灯光下的八仙桌，中央堆了一大堆谷花，四周围着张开笑口的男女老幼许多人。你一堆，我一堆，大家竟把砻糠剔去，拣出纯白的谷花来，放在一只竹篮里，预备新年里泡糖茶请客人吃。我也参加在这人丛中；但我的任务不是拣而是吃。那白而肥的谷花，又香又燥，比炒米更松，比蛋片更脆，又是一年中难得尝到的异味。等到拣好了谷花，端出暖锅来吃半夜饭的时候，我的肚子已经装饱，只为着吃后的“毛草纸揩嘴”的兴味，勉强凑在桌上。所谓“毛草纸揩嘴”，是每年年夜例行的一种习惯。吃过年夜饭，家里的母亲乘孩子们不备拿出预先准备着的老毛草纸向孩子们口上揩抹。其意思是把嘴当作屁眼，这一年里即使有不吉利的话出口，也等于放屁，不会影响事实。但孩子们何尝懂得这番苦心？我们只是对于这种恶戏发生兴味，便模仿母亲，到毛厕间里去拿张草纸来，公然地向同辈，甚至长辈的嘴上去乱擦。被擦者决不忿怒，只是掩口而笑，或者笑着逃走。于是我们擎起草纸，向后面追赶。不期正在追赶的时候，自己的嘴却被第三者用草纸揩过了。于是满堂哄起热闹的笑声。

夜半过后在时序上已经是新年了；但在习惯上，这五六个小时还算是旧年。我们于后半夜结伴出门，各种商店统统开着，街上行人不绝，收账的还是提着灯笼幢幢来往。但在一方面，烧头香的善男信女，已经携着香烛向寺庙巡礼了。我们跟着收账的，跟着烧香的，向全镇乱跑。直到肚子跑饿，天将向晓，然后回到家里来吃了接灶圆子，怀着了明朝的大欢乐的希望而酣然就睡。

元旦日，起身大家迟。吃过谷花糖茶，白日的乐事，是带了去年底预先积存着的零用钱，压岁钱，和客人们给的糕饼钱，约伴到街上去吃烧卖。我上街的本意不在吃烧卖，却在花纸儿和玩具上。我记得，似乎每年有几张新鲜的花纸儿给我到手。拿回家来摊在八仙桌上，引得老幼人人笑口皆开。晏晏地吃过了隔年烧好的菜和饭，下午的兴事是敲年锣鼓。镇上备有锣鼓的人家不很多；但是各坊都有一二处。我家也有一副，是我的欢喜及时行乐的祖母所置备的。平日深藏在后楼，每逢新年，拿到店堂里来供人演奏。元旦的下午，大街小巷，鼓乐之声遥遥相应。现在回想，这种鼓乐最宜用为太平盛世的点缀。丝竹管弦之音固然幽雅，但其性质宜于少数人的清赏，非大众的。最富有大众性的乐器，莫如打乐（打击乐器）。俗语云："锣鼓响，脚底痒。"因为这是最富有对大众的号召力的乐器。打乐之中，除大锣鼓外，还有小锣、班鼓、檀板、大铙钹、小铙钹等，都是不能演奏旋律的乐器。因此奏法也很简单，只是同样的节奏的反复，不过在轻重缓急之中加以变化而已。像我，十来岁的孩子，略略受人指导也能自由地参加新年的鼓乐演奏。一切音乐学习，无如这种打乐之容易速成者。这大概也是完成其大众性的一种条件吧。这种浩荡的音节，都是暗示昂奋的，华丽的，盛大的。在近处听这种音节时，听者的心会忙着和它共鸣，无暇顾到他事。好静的人所以讨厌打乐，也是为此。从远处听这种音节，似觉远方举行着热闹的盛会，不由你的心不向往。好群的人所以要脚底痒者，也正是为此。试想：我们一个数百户的小镇同时响出好几处的浩荡的鼓乐来，云中的仙人听到了，也不得不羡慕我们这班盛世黎民的欢乐呢。

新年的晚上，我们又可从花炮享受种种的眼福。最好看的是放万花筒。这往往是大人们发起而孩子们热烈赞成的。大人们一到新年，似乎袋里有的都是闲钱。逸兴到时，斥两百文购大万花筒三个，摆在河岸一齐放将起来。河水反照着，映成六株开满银花的火树，这般光景真像美丽的梦境。东岸上放万花筒，西岸上的豪侠少年岂肯袖手旁观呢？势必响应在对岸上也放起一套来。继续起来的就变花样。或者高高地放几十个流星到天空中，更引起远处的响应；或者放无数雪炮，隔河作战。闪光满目，欢呼之声盈耳，火药的香气弥漫在夜天的空气中。当这时候，全镇的男女老幼，大家一致兴奋地追求欢乐，似乎他们都是以游戏为职业的。独有爆竹业的人，工作特别忙。一新年中，全镇上此项消费为数不小呢：送灶过年，接灶，接财神，安灶……每次斋神，每家总要放四个斤炮，数百鞭炮。此外万花筒，流星，雪炮等观赏的消耗，更无限制。我的邻家是业爆竹的。我幼时对于爆竹店，比其余一切地方都亲近。自年关附近至新年完了，差不多每天要访问爆竹店一次。这原是孩子们的通好，不过我特别热心。我曾把鞭炮拆散来，改制成无数的小万花筒，其法将底下的泥挖出，将头上的引火线拔下来插入泥孔中，倒置在水槽边上燃放起来，宛如新年夜河岸上的光景。虽然简陋，但神游其中，不妨想象得比河岸上的光景更加壮丽。这种火的游戏只限于新年内举行，平日是不被许可的。因此火药气与新年，在我的感觉上有不可分离的关联。到现在，偶尔闻到火药气时，我还能立刻联想到新年及儿时的欢乐呢。

二十多年来，我或为负笈，或为糊口，频频离开故乡。上述

山到成名毕竟高

的种种新年的点缀，在这二十多年间无形无迹地渐渐消灭起来。等到最近数年前我重归故乡息足的时候，万事皆非昔比，新年已不像“新年”了。第一，经济衰落与农村破产凋弊了全镇的商业。使商店难于立足，不敢放账，年夜里早已没有携了灯笼幢幢往来收账的必要了。第二，阴历与阳历的并存扰乱了新年的定标，模糊了新年的存在。阳历新年多数人没有娱乐的勇气，阴历新年又失了娱乐的正当性，于是索性废止娱乐。我们可说每年得逢两度新年；但也可说一度也没有逢，似乎新年也被废止了。第三，多数的人生活局促，衣食且不给，遑论新年与娱乐？故现在的除夜，大家早早关门睡觉，几与平日无异。现在的新年，难得再闻鼓乐之声。现在的爆竹店，只卖几个迷信的实用上所不可缺的鞭炮，早已失去了娱乐品商店的性质。况且战乱频仍，这种迷信的实用有时也被禁，爆竹商的存在亦已岌岌乎了。

我们的新年，因了阴阳历的并存而不明确；复因了民生的疾苦而无生气，实在是我们的生活趣味上的一大缺憾！我不希望开倒车回复二十多年前的儿时，但希望每年有个像“新年”的新年，以调剂一年来工作的辛苦，恢复一年来工作的疲劳。我想这像“新年”的新年一定存在着，将来总有一天会来到的。

二十四〔1935〕年十二月十三日作

（原载1936年1月1日《宇宙风》第1卷第8期）

胜利还乡记

避寇西窜，流亡十年，终于有一天，我的脚重新踏到了上海的土地。我从京沪火车上跨到月台上的时候，第一脚特别踏得重些，好比同它握手。北站除了电车轨道照旧之外，其余的都已不可复识了。

我率眷投奔朋友家。预先函洽的一个楼面，空着等我们去息足。息了几天，我们就搭沪杭火车，在长安站下车，坐小舟到石门湾去探望故里。

我的故乡石门湾，位在运河旁边。运河北通嘉兴，南达杭州，在这里打一个弯，因此地名石门湾。石门湾属于石门县（即崇德县），其繁盛却在县城之上。抗战前，这地方船舶麇集，商贾辐辏。每日上午，你如果想通过最热闹的寺弄，必须与人摩肩接踵，又难免被人踏脱鞋子。因此石门湾有一句专用的俗语，形容拥挤，叫作“同寺弄里一样”。

当我的小舟停泊到石门湾南皋桥堍的埠头上的时候，我举头一望，疑心是弄错了地方。因为这全非石门湾，竟是另一地方。只除运河的湾没有变直，其他一切都改样了。这是我呱呱坠地的地方。但我十年归来，第一脚踏上故乡的土地的时候，感觉并不比上海亲切。因为十年以来，它不断地装着旧时的姿态而入我的客梦；而如今我所踏到的，并不是客梦中所惯见的故乡！

我沿着运河走向寺弄。沿路都是草棚、废墟，以及许多不相识的人。他们都用惊奇的眼光对我看，我觉得自己好像伊尔文*Sketch Book*中的Rip Van Winkle。我感情兴奋，旁若无人地与家人谈话：“这里就是杨家米店，”“这里大约是殷家弄了！”“喏喏喏，那石埠头还存在！”旁边不相识的人，看见我们这一群陌生客操着道地的石门湾土白谈话，更显得惊奇起来。其中有几位父老，向我们注视了一会，和旁人窃窃私语，于是注目我们的更多，我从耳朵背后隐约听见低低的话声：“丰子恺。”“丰子恺回来了。”但我走到了寺弄口，竟无一个认识的人。因为这些人在十年前大都是孩子，或少年，现在都已变成成人，代替了他们的父亲。我若要认识他们，只有问他的父亲叫什么了。“儿童相见不相识，笑问客从何处来”，这两句诗从前是读读而已，想不到自己会做诗中的主角！

“石门湾的南京路”的寺弄，也尽是草棚。“石门湾的市中心”的接待寺，已经全部不见。只凭寺前的几块石板，可以追忆昔日的繁荣。在寺前，忽然有人招呼我。一看，一位白须老翁，我认识是张兰墀。他是当地一大米店的老主人，在我的缘缘堂建筑之先，他也造一所房子。如今米店早已化为乌有，房子侥幸没有被烧掉。他老人家抗战至今，十年来并未离开故乡，只是在附近东躲西避，苟全性命。石门湾是游击区，房屋十分之八九变成焦土，住民大半流离死亡。像这老人，能保留一所劫余的房屋和一掬健康的白胡须，而与我重相见面，实在难得之至，这可说是战后的石门湾的骄子了。这石门湾的骄子定要拉我去吃夜饭。我尚未凭吊缘缘堂废墟，约他次日再见。

从寺弄转进下西弄，也尽是茅屋或废墟，但凭方向与距离，走到了我家染坊店旁的木场桥。这原来是石桥。我生长在桥边，每块石板的形状和色彩我都熟悉。但如今已变成平平的木桥，上有木栏，好像公路上的小桥。桥堍一片荒草地，染坊店与缘缘堂不知去向了。根据河边石岸上一块突出的石头，我确定了染坊店墙界。这石岸上原来筑着晒布用的很高的木架子。染坊司务站在这块突出的石头上，用长竹竿把蓝布挑到架上去晒的。我做儿童时，这块石头被我们儿童视为危险地带。只有隔壁豆腐店里的王囡囡，身体好，胆量大，敢站到这石头上，而且做个“金鸡独立”。我是不敢站上去的。有一次我央另一个人拉住了手，上去站了一会，下临河水，胆战心惊。终被店里的人看见，叫我回来，并且告诉母亲，母亲警戒我以后不准再站。如今百事皆非，而这块石头依然如故。这一带地方的盛衰沧桑，染坊店、缘缘堂的兴废，以及我童年时的事，这块石头一一亲眼看到，详细知道。我很想请它讲一点给我听。但它默默不语，管自突出在石岸上。只有一排墙脚石，肯指示我缘缘堂所在之处。我由墙脚石按距离推测，在荒草地上约略认定了我的书斋的地址。一株野生树木，立在我的书桌的地方，比我的身体高到一倍。许多荆棘，生在书斋的窗的地方。这里曾有十扇长窗，四十块玻璃。石门湾沦陷前几日，日本兵在金山卫登陆，用两架飞机来炸十八里外的石门县，这十扇玻璃窗都震怒，发出愤怒的叫声。接着就来炸石门湾，一个炸弹落在书斋窗外五丈的地方，这些窗曾大声咆哮。我躲在窗内，幸免于难。这些回忆，在这时候一一浮出脑际。我再请墙脚石引导，探寻我们的灶间的地址。约略找到了，但见一片荒地，草长过膝。抗战后一年，民国二十七[1]年，我在桂林得到我的老姑母的信，说缘缘堂虽毁，烟囱还是屹立。这是“烟火不断”之象。老人对后辈的慰藉与祝福，使我诚心感动。如今烟囱已不知去向。而我家的烟火的确不断。我带了六个孩子（二男四女）逃出去，带回来时变了六个成人，又添了一个八岁的抗战儿子。倘使缘缘堂存在，它当日放出六个小的，今朝收进六个大的，又加一个小的作利息，这笔生意着实不错！它应该大开正门，欢迎我们这一群人的归来。可惜它和老姑母一样作古，如今只剩一片蔓草荒烟，只能招待我们站立片时而已！大儿华瞻，想找一点缘缘堂的遗物，带到北平去作纪念。寻来寻去，只有蔓草荒烟，遗物了不可得。后来用器物发掘草地，在尺来深的地方，掘得了一块焦木头。依地点推测，大约是门槛或堂窗的遗骸。他髫龄的时候，曾同它们共数晨夕。如今他收拾它们的残骸，藏在火柴匣里，带它们到北平去，也算是不忘旧交，对得起故人了。这一晚我们到一个同族人家去投宿。他们买了无量的酒来慰劳我，我痛饮数十盅，酣然入睡，梦也不做一个。次日就离开这销魂的地方，到杭州去觅我的新巢了。

一九四七年五月十日于杭州作

[1] 公元1938年。

年丰便觉村居好

第五章　无宠不惊过一生

天空任鸟飞

野外理发处

我的船所泊的岸上，小杂货店旁边的草地上，停着一副剃头担。我躺在船榻上休息的时候，恰好从船窗中望见这副剃头担的全部。起初剃头司务独自坐在凳上吸烟，后来把凳让给另一个人坐了，就剃这个人的头。我手倦抛书，而昼梦不来。凝神纵目，眼前的船窗便化为画框，框中显出一幅现实的画图来。这图中的人物位置时时在变动，有时会变出极好的构图来，疏密匀称，姿势集中，宛如一幅写实派的西洋画。有时微嫌左右两旁空地太多太少，我便自己变更枕头的放处，以适应他们的变动，而求船窗中的妥帖的构图。但妥帖的构图不可常得，剃头司务忽左忽右忽前忽后，行动变化不测，我的枕头刚刚放定，他们的位置已经移交了。唯有那个被剃头的人，身披白布，当模特儿一般地静坐着，大类画中的人物。

平日看到剃头，总以为被剃者为主人，剃者为附从。故被剃者出钱雇用剃头司务，而剃头司务受命做工；被剃者端坐中央，而剃头司务盘旋奔走。但绘画地看来，适得其反：剃头司务为画中主人，而被剃者为附从。因为在姿势上，剃头司务提起精神做工，好像雕刻家正在制作，又好像屠户正在杀猪。而被剃者不管是谁，都垂头丧气地坐着，忍气吞声地让他弄，好像病人正在求医，罪人正在受刑。听说今春杭州举行金刚法会时，班禅喇嘛叫某剃头司务来剃一个头，送他十块钱，剃头司务叩头道谢。若果有其事，这剃头司务剃“活佛”之头，受十元之赏，而以大礼答谢，可谓荣幸而恭敬了。但我想当他工作的时候，“活佛”也是默默地把头交付他，任他支配的。假如有人照一张“喇嘛剃头摄影”，挂起来当作画看，画中的主人必是剃头司务，而嘛喇为剃头司务的附从。纯粹用感觉来看，剃头这景象中，似觉只有剃头司务一个人；被剃的人暂时变成了一件东西。因为他无声无息，呆若木鸡；全身用白布包裹，只留出毛毛草草的一个头，而这头又被操纵在剃头司务之手，全无自主之权。请外科郎中开刀的人要叫“啊唷哇”，受刑罚的人要喊“青天大老爷”，独有被剃头的人一声不响，绝对服从地把头让给别人弄。因为我在船窗中眺望岸上剃头的景象，在感觉上但见一个人的活动，而不觉得其为两个人的勾当。我很同情于这被剃者：那剃头司务不管耳、目、口、鼻，处处给他抹上水，涂上肥皂，弄得他淋漓满头；拨他的下巴，他只得仰起头来；拉他的耳朵，他只得旋转头去。这种身体的不自由之苦，在照相馆的镜头前面只吃数秒钟，犹可忍也；但在剃头司务手下要吃个把钟头，实在是人情所难堪的！我们岸上这位被剃头者，忍耐力格外强：他的身体常常为了适应剃头司务的工作而转侧倾斜，甚至身体的重心越出他所坐的凳子之外，还是勉力支撑。我躺在船里观看，代他感觉非常的吃力。人在被剃头的时候，暂时失却了人生的自由，而做了被人玩弄的傀儡。

我想把船窗中这幅图画移到纸上。起身取出速写簿，拿了铅笔等候着。等到妥帖的位置出现，便写了一幅，放在船中的小桌子上，自己批评且修改。这被剃头者全身蒙着白布，肢体不分，好似一个雪菩萨。幸而白布下端的左边露出凳子的脚，调剂了这一大块空白的寂寥。又全靠这凳脚与右边的剃头担子相对照，稳固了全图的基础。凳脚原来只露一只，为了它在图中具有上述的两大效用，我擅把两脚都画出了。我又在凳脚的旁边，白布的下端，擅自添上一朵墨，当作被剃头者的黑裤的露出部分。我以为有了这一朵墨，白布愈加显见其白；剃头司务的鞋子的黑在画的下端不致孤独。而为全图的主眼的一大块黑色——剃头司务的背心——亦得分布其同类色于画的左下角，可以增进全图的总调。为求这黑色的总调，我的签字须写得特别粗大些。

船主人于我下船时，给十个铜板与小杂货店，向他们屋后的地上采了一篮豌豆来，现在已经煮熟，送进一盘来给我吃。看见我正在热心地弄画，便放了盘子来看。“啊，画了一副剃头担！”他说：“像在那里挖耳朵呢。小杂货店后面的街上有许多花样：捉牙虫的、测字的、旋糖的，还有打拳头卖膏药的……我刚才去采豆时从篱笆间望见，花样很多，明天去画！”我未及回答，在我背后的小洞门中探头出来看画的船主妇接着说：“先生，我们明天开到南浔去，那里有许多花园，去描花园景致！”她这话使我想起船舱里挂着的一张照相：那照相里所摄取的，是一株盘曲离奇的大树，树下的栏杆上靠着一个姿态闲雅而装束楚楚的女子，好像一位贵妇人；但从相貌上可以辨明她是我们的船主妇。大概这就是她所爱好的花园景致，所以她把自己盛妆了加入在里头，拍这一张照来挂在船舱里的。我很同情于她的一片苦心。这照片仿佛表示：她在物质生活上不幸而做了船娘，但在精神生活上十足地是一位贵妇人。世间颇有以为凡画必须优美华丽的人；以为只有风、花、雪、月、朱栏、长廊、美人、名士是画的题材的人。我们这船主妇可说是这种人的代表。我吃着豌豆和这船家夫妇俩谈了些闲话，他们就回船梢去做夜饭。

天色渐渐向晚，岸上剃头担已经挑去，只剩一片草地。我独坐船舱中等夜饭吃，乘闲考虑画的题目。这是最廉价的理发处，剃一个头只要十五个铜板。这恐怕是我国所独有的理发处。外国人见了或许要羡慕：“中国人如何高雅而自然，不但幽人隐士爱好山水，连一般人的理发也欢喜在天光之下，蝴蝶飞舞的青草地上。”刚才船主告诉我：“近来这种剃头担在乡间生意很好，本来出一角小洋上剃头店的人，现在都出十五个铜板坐剃头担了。”外国人看了这情形，以为中国人近来愈加高雅而自然了，我就美其名曰“野外理发处”吧。

廿三（1934）年六月十日作

佛无灵

我家的房子——缘缘堂——于去冬吾乡失守时被敌寇的烧夷弹焚毁了。我率全眷避地萍乡，一两个月后才知道这消息。当时避居上海的同乡某君作诗以吊，内有句云：“见语缘缘堂亦毁，众生浩劫佛无灵。”第二句下面注明这是我的老姑母的话。我的老姑母今年七十余岁，我出亡时苦劝她同行，未蒙允许，至今尚在失地中。五年前缘缘堂创造的时候，她老人家镇日拿了史的克在基地上代为擘划，在工场中代为巡视，三寸长的小脚常常遍染了泥污而回到老房子里来吃饭。如今看它被焚，怪不得要伤心，而叹“佛无灵”。最近她有信来（托人带到上海友人处，转寄到桂林来的），末了说：缘缘堂虽已全毁，但烟囱尚完好，矗立于瓦砾场中。此是火食不断之象，将来还可做人家。

缘缘堂烧了是“佛无灵”之故。这句话出于老姑母之口，入于某君之诗，原也平常。但我却有些反感。不是指摘某君思想不对，也不是批评老姑母话语说错，实在是慨叹一般人对于“佛”的误解，因为某君和老姑母并不信佛，他们一般是按照所谓信佛的人的心理而说这话的。

我十年前曾从弘一法师学佛，并且吃素。于是一般所谓“信佛”的人就称我为居士，引我为同志。因此我得交接不少所谓“信佛”的人。但是，十年以来，这些人我早已看厌了。有时我真懊悔自己吃素，我不屑与他们为伍。（我受先父遗传，平生不吃肉类。故我的吃素半是生理关系。我的儿女中有二人也是生理的吃素，吃下荤腥去要呕吐。但那些人以为我们同他们一样，为求利而吃素。同他们辩，他们还以为客气，真是冤枉。所以我有时懊悔自己吃素，被他们引为同志。）因为这班人多数自私自利，丑态可掬。非但完全不解佛的广大慈悲的精神，其我利自私之欲且比所谓不信佛的人深得多！他们的念佛吃素，全力求私人的幸福。好比商人拿本钱去求利。又好比敌国的俘虏背弃了他们的伙伴，向我军官跪喊“老爷饶命”，以求我军的优待一样。

信佛为求人生幸福，我绝不反对。但是，只求自己一人一家的幸福而不顾他人，我瞧他不起。得了些小便宜就津津乐道，引为佛佑；（抗战期中靠念佛而得平安逃难者，时有所闻。）受了些小损失就怨天尤人，叹“佛无灵”，真是“阿弥陀佛，罪过罪过”！他们平日都吃素、放生、念佛、诵经。但他们的吃一天素，希望比吃十天鱼肉更大的报酬。他们放一条蛇，希望活一百岁。他们念佛诵经，希望个个字变成金钱。这些人从佛堂里散出来，说的总是果报；某人长年吃素，邻家都烧光了，他家毫无损失。某人念《金刚经》，强盗洗劫时独不抢他的。某人无子，信佛后一索得男。某人痔疮发，念了“大慈大悲观世音菩萨”，痔疮立刻断根。……此外没有一句真正关于佛法的话。这完全是同佛做买卖，靠佛图利，吃佛饭。这真是所谓“群居终日，言不及义，好行小惠，难矣哉！”

我也曾吃素。但我认为吃素吃荤真是小事，无关大体。我曾作《护生画集》，劝人戒杀。但我的护生之旨是护心（其义见该书马序），不杀蚂蚁非为爱惜蚂蚁之命，乃为爱护自己的心，使勿养成残忍。顽童无端一脚踏死群蚁，此心放大起来，就可以坐了飞机拿炸弹来轰炸市区。故残忍心不可不戒。因为所惜非动物本身，故用“仁术”来掩耳盗铃，是无伤的。我所谓吃荤吃素无关大体，意思就在于此。浅见的人，执着小体，斤斤计较：洋蜡烛用兽脂做，故不宜点；猫要吃老鼠，故不宜养；没有雄鸡交合而生的蛋可以吃得。……这样地钻进牛角尖里去，真是可笑。若不顾小失大，能以爱物之心爱人，原也无妨，让他们钻进牛角尖里去碰钉子吧。但这些人往往自私自利，有我无人；又往往以此做买卖，以此图利，靠此吃饭，亵渎佛法，非常可恶。这些人简直是一种疯子，一种惹人讨嫌的人。所以我瞧他们不起，我懊悔自己吃素，我不屑与他们为伍。

真是信佛，应该理解佛陀四大皆空之义，而屏除私利；应该体会佛陀的物我一体，广大慈悲之心，而护爱群生。至少，也应知道亲亲而仁民，仁民而爱物之道。爱物并非爱惜物的本身，乃是爱人的一种基本练习。不然，就是“今恩足以及禽兽而功不至于百姓”的齐宣王。上述这些人，对物则慄慄爱惜，对人间痛痒无关，已经是循流忘源，见小失大，本末颠倒的了。再加之于自己唯利是图，这真是世间一等愚痴的人，不应该称为佛徒，应该称之为“反佛徒”。

因为这种人世间很多，所以我的老姑母看见我的房子被烧了，要说“佛无灵”的话，所以某君要把这话收入诗中。这种人大概是想我曾经吃素，曾经作《护生画集》，这是一笔大本钱！拿这笔大本钱同佛做买卖所获的利，至少应该是别人的房子都烧了而我的房子毫无损失。便宜一点，应该是我不必逃避，而敌人的炸弹会避开我；或竟是我做汉奸发财，再添造几间新房子和妻子享用，正规军都不得罪我。今我没有得到这些利益，只落得家破人亡（流亡也），全家十口飘零在五千里外，在他们看来，这笔生意大蚀其本！这个佛太不讲公平交易，安得不骂“无灵”？

我也来同佛做买卖吧。但我的生意经和他们不同：我以为我这次买卖并不蚀本，且大得其利，佛毕竟是有灵的。人生求利益，谋幸福，无非为了要活，为了“生”。但我们还要求比“生”更贵重的一种东西，就是古人所谓“所欲有甚于生者”。这东西是什么？平日难于说定，现在很容易说出，就是“不做亡国奴”，就是“抗敌救国”。与其不得这东西而生，宁愿得这东西而死。因为这东西比“生”更为贵重。现在佛已把这宗最贵重的货物交付我了。我这买卖岂非大得其利？房子不过是“生”的一种附饰而已。我得了比“生”更贵的货物，失了“生”的一件小小的附饰，有什么可惜呢？我便宜了！佛毕竟是有灵的。

叶圣陶先生的《抗战周年随笔》中说：“……我在苏州的家屋至今没有毁。我并不因为它没有毁而感到欢喜。我希望它被我们游击队的枪弹打得七穿八洞，我希望它被我们正规军队的大炮轰得尸骨无存，我甚而至于希望它被逃命无从的寇军烧个干干净净。”他的房子，听说建成才两年，而且比我的好。他如此不惜，一定也获得那样比房子更贵重的东西在那里。但他并不吃素，并不作《护生画集》。即他没有下过那种本钱。佛对于没有本钱的人，也把贵重货物交付他。这样看来，对佛买卖这种本钱是没有用的。毕竟，对佛是不可做买卖的。

廿七（1938）年七月二十四日于桂林

大账簿

我幼年时，有一次坐了船到乡间去扫墓。正靠在船窗口出神观看船脚边层出不穷的波浪的时候，手中拿着的不倒翁失足翻落河中。我眼看它跃入波浪中，向船尾方面滚腾而去，一刹那间形影俱杳，全部交付与不可知的渺茫的世界了。我看看自己的空手，又看看窗下的层出不穷的波浪，不倒翁失足的伤心地，再向船后面的茫茫白水怅望了一会，心中黯然地起了疑惑与悲哀。我疑惑不倒翁此去的下落与结果究竟如何，又悲哀这永远不可知的命运。它也许随了波浪流去，搁住在岸滩上，落入于某村童的手中；也许被渔网打去，从此做了渔船上的不倒翁；又或永远沉沦在幽暗的河底，岁久化为泥土，世间从此不再见这个不倒翁。我晓得这不倒翁现在一定有个下落，将来也一定有个结果，然而谁能去调查呢?谁能知道这不可知的命运呢?这种疑惑与悲哀隐约地在我心头推移。终于我想：父亲或者知道这究竟，能解除我这种疑惑与悲哀。不然，将来我年纪长大起来，总有一天能知道这究竟，能解除这疑惑与悲哀。

后来我的年纪果然长大起来。然而这种疑惑与悲哀，非但依旧不能解除，反而随了年纪的长大而增多增深了。我偕了小学校里的同学赴郊外散步，偶然折取一根树枝，当手杖用了一会，后来抛弃在田间的时候，总要对它回顾好几次，心中自问自答：“我不知几时得再见它?它此后的结果不知究竟如何?我永远不得再见它了！它的后事永远不可知了！”倘是独自散步，遇到这种事的时候我更要依依不舍地留连一会。有时已经走了几步，又回转身去，把所抛弃的东西重新拾起来，郑重地道个诀别，然后硬着头皮抛弃它，再向前走。过后我也曾自笑这痴态，而且明明晓得这些是人生中惜不胜惜的琐事；然而那种悲哀与疑惑确实地充塞在我的心头，使我不得不然!

在热闹的地方，忙碌的时候，我这种疑惑与悲哀也会被压抑在心的底层，而安然地支配取舍各种事物，不复作如前的痴态。间或在动作中偶然浮起一点疑惑与悲哀来；然而大众的感化与现实的压迫的力非常伟大，立刻把它压制下去，它只在我的心头一闪而已。一到静僻的地方，孤独的时候，最是夜间，它们又全部浮出在我的心头了。灯下，我推开算术演草簿，提起笔来在一张废纸上信手涂写日间所谙诵的诗句：“春蚕到死丝方尽，蜡炬成灰……”没有写完，就拿向灯火上，烧着了纸的一角。我眼看见火势孜孜地蔓延过来，心中又忙着和个个字道别。完全变成了灰烬之后，我眼前忽然分明现出那张字纸的完全的原形；俯视地上的灰烬，又感到了暗淡的悲哀：假定现在我要再见一见一分钟以前分明存在的那张字纸，无论托绅董、县官、省长、大总统，仗世界一切皇帝的势力，或尧舜、孔子、苏格拉底、基督等一切古代圣哲复生，大家协力帮我设法，也是绝对不可能的事了！——但这种奢望我决计没有。我只是看看那堆灰烬，想在没有区别的微尘中认识各个字的死骸，找出哪一点是“春”字的灰，哪一点是“蚕”字的灰。……又想象它

相逢意气为君饮

明天朝晨被此地的仆人扫除出去，不知结果如何：倘然散入风中，不知它将分飞何处?“春”字的灰飞入谁家，“蚕”字的灰飞入谁家?……倘然混入泥土中，不知它将滋养哪几株植物?……都是渺茫不可知的千古的大疑问了。

吃饭的时候，一颗饭粒从碗中翻落在我的衣襟上。我顾视这颗饭粒，不想则已，一想又惹起一大篇的疑惑与悲哀来：不知哪一天哪一个农夫在哪一处田里种下一批稻，就中有一株稻穗上结着煮成这颗饭粒的谷。这粒谷又不知经过了谁的刈、谁的磨、谁的舂、谁的粜，而到了我们的家里，现在煮成饭粒，而落在我的衣襟上。这种疑问都可以有确实的答案；然而除了这颗饭粒自己晓得以外，世间没有一个人能调查，回答。

袋里摸出来一把铜板，分明个个有复杂而悠长的历史。钞票与银洋经过人手，有时还被打一个印；但铜板的经历完全没有痕迹可寻。它们之中，有的曾为街头的乞丐的哀愿的目的物，有的曾为劳动者的血汗的代价，有的曾经换得一碗粥，救济一个饿夫的饥肠，有的曾经变成一粒糖，塞住一个小孩的啼哭，有的曾经参与在盗贼的赃物中，有的曾经安眠在富翁的大腹边，有的曾经安闲地隐居在毛厕的底里，有的曾经忙碌地兼备上述的一切的经历。且就中又有的恐怕不是初次到我的袋中，也未可知。这些铜板倘会说话，我一定要尊它们为上客，恭听它们历述其漫游的故事。倘然它们会纪录，一定每个铜板可著一册比《鲁滨孙漂流记》更奇离的奇书。但它们都像死也不肯招供的犯人，其心中分明秘藏着案件的是非曲直的实情，然而死也不肯泄漏它们的秘密。

现在我已行年三十，做了半世的人，那种疑惑与悲哀在我胸中，分量日渐增多；但刺激日渐淡薄，远不及少年时代以前的新鲜而浓烈了。这是我用功的结果。因为我参考大众的态度，看他们似乎全然不想起这类的事，饭吃在肚里，钱进入袋里，就天下太平，梦也不做一个。这在生活上的确大有实益，我就拼命以大众为师，学习他们的幸福。学到现在三十岁，还没有毕业。所学得的，只是那种疑惑与悲哀的刺激淡薄了一点，然其分量仍是跟了我的经历而日渐增多。我每逢辞去一个旅馆，无论其房间何等坏，臭虫何等多，临去的时候总要低徊一下子，想起“我有否再住这房间的一日?”又慨叹“这是永远的诀别了！”每逢下火车，无论这旅行何等劳苦，邻座的人何等可厌，临走的时候总要发生一种特殊的感想：“我有否再和这人同座的一日？恐怕是对他永诀了！”但这等感想的出现非常短促而又模糊，像飞鸟的黑影在池上掠过一般，真不过数秒间在我心头一闪，过后就全无其事。我究竟已有了学习的功夫了。然而这也全靠在老师——大众——面前，方始可能。一旦不见了老师，而离群索居的时候，我的故态依然复萌。现在正是其时：春风从窗中送进一片白桃花的花瓣来，落在我的原稿纸上。这分明是从我家的院子里的白桃花树上吹下来的，然而有谁知道它本来生在哪一枝头的哪一朵花上呢?窗前地上白雪一般的无数的花瓣，分明各有其故枝与故萼，谁能一一调查其出处，使它们重归其故萼呢?疑惑与悲哀又来袭击我的心了。

总之，我从幼时直到现在，那种疑惑与悲哀不绝地袭击我的心，始终不能解除。我的年纪越大，知识越富，它的袭击的力也越大。大众的榜样的压迫越严，它的反动也越强。倘一一记述我三十年来所经验的此种疑惑与悲哀的事例，其卷帙一定可同《四库全书》《大藏经》争多。然而也只限于我一个人在三十年的短时间中的经验；较之宇宙之大，世界之广，物类之繁，事变之多，我所经验的真不啻恒河中的一粒细沙。

我仿佛看见一册极大的大账簿，簿中详细记载着宇宙间世界上一切物类事变的过去、现在、未来三世的因因果果。自原子之细以至天体之巨，自微生虫的行动以至混沌的大劫，无不详细记载其来由、经过与结果，没有万一的遗漏。于是我从来的疑惑与悲哀，都可解除了。不倒翁的下落，手杖的结果，灰烬的去处，一一都有记录；饭粒与铜板的来历，一一都可查究；旅馆与火车对我的因缘，早已注定在项下；片片白桃花瓣的故萼，都确凿可考。连我所屡次叹为永不可知的、院子里的沙堆的沙粒的数目，也确实地记载着，下面又注明哪几粒沙是我昨天曾经用手掬起来看过的。倘要从沙堆中选出我昨天曾经掬起来看过的沙，也不难按这账簿而探索。——凡我在三十年中所见、所闻、所为的一切事物，都有极详细的记载与考证；其所占的地位只有书页的一角，全书的无穷大分之一。

我确信宇宙间一定有这册大账簿。于是我的疑惑与悲哀全部解除了。

一九二九年清明过了写于石门湾

（原载1929年5月10日《小说月报》第20卷第5号）

东京某晚的事

我在东京某晚遇见一件很小的事，然而这件事我永远不能忘记，并且常常使我憧憬。

有一个夏夜，初黄昏时分，我们同住在一个“下宿”里的四五个中国人相约到神保町去散步。东京的夏夜很凉快。大家带着愉快的心情出门，穿和服的几个人更是风袂飘飘，徜徉徘徊，态度十分安闲。

一面闲谈，一面踱步，踱到了十字路口的时候，忽然横路里转出一个伛偻的老太婆来。她两手搬着一块大东西，大概是铺在地上的席子，或者是纸窗的架子吧，鞠躬似的转出大路来。她和我们同走一条大路，因为走得慢，跟在我们后面。

我走在最先。忽然听得后面起了一种与我们的闲谈调子不同的日本语声音，意思却听不清楚。我回头看时，原来是老太婆在向我们队里的最后的某君讲什么话。我只看见某君对那老太婆一看，立刻回转头来，露出一颗闪亮的金牙齿，一面摇头，一面笑着说：

“Iyada，iyada！”（不高兴，不高兴！）

似乎趋避后面的什么东西，大家向前挤挨一阵，走在最先的我被他们一推，跨了几脚紧步。不久，似乎已经到了安全地带，大家稍稍回复原来的速度的时候，我方才探问刚才所发生的事情。

原来这老太婆对某君说话，是因为她搬那块大东西搬得很吃力，想我们中间哪一个帮她搬一会。她的话是：

“你们哪一位替我搬一搬，好不好？”

某君大概是因为带了轻松愉快的心情出来散步，实在不愿意替她搬运重物，所以回报她两个“不高兴”。然而说过之后，在她近旁徜徉，看她吃苦，心里大概又觉得过意不去，所以趋避似的快跑几步，务使吃苦的人不在自己眼睛面前。我探问情由的时候，我们已经离开那老太婆十来丈路，颜面已经看不清楚，声音也已听不到了。然而大家的脚步还是有些紧，不像初出门时那么从容安闲。虽然不说话，但各人一致的脚步，分明表示大家都有这样的感觉。

我每次回想起这件事，总觉得很有意味。我从来不曾从素不相识的路人受到这样唐突的要求。那老太婆的话，似乎应该用在家庭里或学校里，决不是在路上可以听到的。这是关系深切而亲爱的小团体中的人们之间所有的话，不适用于“社会”或“世界”的大团体中的所谓“陌路人”之间。这老太婆误把陌路当作家庭了。

这老太婆原是悖事的，唐突的。然而我却在想象：假如真能像这老太婆所希望，有这样的一个世界：天下如一家，人们如家族，互相亲爱，互相帮助，共乐其生活，那时陌路就变成家庭，这老太婆就并不悖事，并不唐突了。这是多么可憧憬的世界！

得其所哉

竹几一灯人做梦

元帅菩萨

石门湾南市梢有一座庙，叫做元帅庙。香火很盛。正月初一日烧头香的人，半夜里拿了香烛，站在庙门口等开门。据说烧得到头香，菩萨会保佑的。每年五月十四日，元帅菩萨迎会。排场非常盛大！长长的行列，开头是夜叉队，七八个人脸上涂青色，身穿青衣，手持钢叉，锵锵振响。随后是一盆炭火，由两人扛着，不时地浇上烧酒，发出青色的光，好似鬼火。随后是臂香队和肉身灯队。臂香者，一只锋利的铁钩挂在左臂的皮肉上，底下挂一只廿几斤重的锡香炉，皮肉居然不断。肉身灯者，一个赤膊的人，腰间前后左右插七八根竹子，每根竹子上挂一盏油灯，竹子的一端用钩子钉在人的身体上。据说这样做，是为了"报娘恩"。随后是犯人队。

许多人穿着犯人衣服，背上插一白旗，上写"斩犯一名"。再后面是拈香队，许多穿长衫的人士，捧着长香，踱着方步。然后是元帅菩萨的轿子，八人扛着，慢慢地走。

后面是细乐队，香亭。众人望见菩萨轿子，大家合掌作揖。我五六岁时，看见菩萨，不懂得作揖，却喊道："元帅菩萨的眼睛会动的！"大人们连忙掩住我的口，教我作揖。第二天，我生病了，眼睛转动。大家说这是昨天喊了那句话的原故。我的母亲连忙到元帅庙里去上香叩头，并且许愿。父亲请医生来看病，医生说我是发惊风。吃了一颗丸药就好了。但店里的人大家说不是丸药之功，是母亲去许愿，菩萨原谅了之故。

后来办了猪头三牲，去请菩萨。

为此，这元帅庙里香火极盛，每年收入甚丰。庙里有两个庙祝，贪得无厌，想出一个奸计来扩大做生意。某年迎会前一天，照例祭神。庙祝预先买嘱一流氓，教他在祭时大骂“菩萨无灵，泥塑木雕”，同时取食神前的酒肉，然后假装肚痛，伏地求饶。如此，每月来领银洋若干元。流氓同意了，一切照办。岂知酒一下肚，立刻七孔流血，死在神前。原来庙祝已在酒中放入砒霜，有意毒死这流氓来大做广告。远近闻讯，都来看视，大家宣传菩萨的威灵。于是元帅庙的香火大盛，两个庙祝大发其财。后来为了分赃不均，两人争执起来，泄露了这阴谋，被官警捉去法办，两人都杀头。我后来在某笔记小说中看到一个故事，与此相似。

有一农民入市归来，在一古墓前石凳上小坐休息。他把手中的两个馒头放在一个石翁仲的头上，以免蚂蚁侵食。临走时，忘记了这两个馒头。附近有两个老婆子，发见了这馒头，便大肆宣传，说石菩萨有灵，头上会生出馒头来，就在当地搭一草棚，摆设神案香烛，叩头礼拜。远近闻讯，都来拜祷。老婆子将香灰当作仙方，卖给病人。偶然病愈了，求仙方的人越来越多，老婆子大发其财。有一流氓看了垂涎，向老婆子敲竹杠。老婆子教他明日当众人来求仙方时，大骂石菩萨无灵，取食酒肉，然后假装肚痛，倒在神前。如此，每月分送银洋若干。流氓照办。岂知酒中有毒，流氓当场死在神前。此讯传出，石菩萨威名大震，仙方生意兴隆，老婆子大发其财。后来为了分赃不均，两个老婆子闹翻了，泄露阴谋，被官警捉去正法。元帅庙的事件，与此事完全相似，也可谓“智者所见皆同”。

1972年

口中剿匪记

口中剿匪，就是把牙齿拔光。为什么要这样说法呢？因为我口中所剩十七颗牙齿，不但毫无用处，而且常常作祟，使我受苦不浅。现在索性把它们拔光，犹如把盘踞要害的群匪剿尽，肃清，从此可以天下太平，安居乐业。这比喻非常确切，所以我要这样说。

把我的十七颗牙齿，比方一群匪，再像没有了。不过这匪不是普通所谓“匪”，而是官匪，即贪官污吏。何以言之？因为普通所谓“匪”，是当局明令通缉的，或地方合力严防的，直称为“匪”。而我的牙齿则不然：它们虽然向我作祟，而我非但不通缉它们，严防它们，反而袒护它们。我天天洗刷它们；我留心保养它们；吃食物的时候我让它们先尝；说话的时候我委屈地迁就它们；我决心不敢冒犯它们。我如此爱护它们，所以我口中这群匪，不是普通所谓“匪”。

怎见得像官匪，即贪官污吏呢？官是政府任命的，人民推戴的。但他们竟不尽责任，而贪赃枉法，作恶为非，以危害国家，蹂躏人民。我的十七颗牙齿，正同这批人物一样。它们原是我亲生的，从小在我口中长大起来的。它们是我身体的一部分，与我痛痒相关的。它们是我吸取营养的第一道关口。它们替我研磨食物，送

小语春风弄剪刀

到我的胃里去营养我全身。它们站在我的言论机关的要路上，帮助我发表意见。它们真是我的忠仆，我的护卫。讵料它们居心不良，渐渐变坏。起初，有时还替我服务，为我造福，而有时对我虐害，使我苦痛。到后来它们作恶太多，个个变坏，歪斜偏侧，吊儿郎当，根本没有替我服务、为我造福的能力，而一味对我戕害，使我奇痒，使我大痛，使我不能吸烟，使我不得喝酒，使我不能作画，使我不能作文，使我不得说话，使我不得安眠。这种苦头是谁给我吃的？便是我亲生的，本当替我服务、为我造福的牙齿！因此，我忍气吞声，敢怒而不敢言。在这班贪官污吏的苛政之下，我茹苦含辛，已经隐忍了近十年了！不但隐忍，还要不断地买黑人牙膏、消治龙牙膏来孝敬它们呢！

我以前反对拔牙，一则怕痛，二则我认为此事违背天命，不近人情。现在回想，我那时真有文王之至德，宁可让商纣方命虐民，而不肯加以诛戮，直到最近，我受了易昭雪牙医师的一次劝告，文王忽然变了武王，毅然决然地兴兵伐纣，代天行道了。而且这一次革命，顺利进行，迅速成功。武王伐纣要“血流漂杵”，而我的口中剿匪，不见血光，不觉苦痛，比武王高明得多呢。

饮水思源，我得感谢许钦文先生。秋初有一天，他来看我，他满口金牙，欣然地对我说：“我认识一位牙医生，就是易昭雪。我劝你也去请教一下。”那时我还有文王之德，不忍诛暴，便反问他：“装了究竟有什么好处呢？”他说：“夫妻从此不讨相骂了。”我不胜赞叹。并非羡慕夫妻不相骂，却是佩服许先生说话的幽默。幽默的功用真伟大，后来有一天，我居然自动地走进易医师的诊所里去，躺在他的椅子上了。经过他的检查和忠告之后，我恍然大悟，原来我口中的国土内，养了一大批官匪，若不把这批人物杀光，国家永远不得太平，民生永远不得幸福。我就下决心，马上任命易医师为口中剿匪总司令，次日立即向口中进攻。攻了十一天，连根拔起，满门抄斩，全部贪官，从此肃清。我方不伤一兵一卒，全无苦痛，顺利成功。于是我再托易医师另行物色一批人才来。要个个方正，个个干练，个个为国效劳，为民服务。我口中的国土，从此可以天下太平了。

一九四七年冬于杭州

旧地重游

旧地重游，以前所惯识的各种景物争把过去的事情告诉我，使我耳目不暇应接，心情不胜感慨。我素不喜重游旧居之地，便是为此。但到了不得已的时候，也只得硬着头皮，带着赴难似的心情去重游。前天又为了不得已之故，重到旧地。诗人在这当儿一定可以吟几句。我也想学学看，但觉心绪缭乱，气结不能言，遑论做诗？只是那迎人的柳树使我忆起了从前在不知什么书上读过的一首古人诗：“此地曾居住，今年宛似归。可怜汾上柳，相见也依依。”

这二十个字在我心中通过，心绪似被整理，气也通畅得多了。

次日上午，朋友领我到了旧时所惯到的茶楼上，坐在旧时所惯坐的藤椅里。便有旧时惯见的茶伙计的红肿似的手臂，拿了旧时所惯用的茶具来，给我们倒茶。这里是楼上的内室。室中只设五桌座位，他们称之为“雅座”。茶钱比他处贵，外室和楼上每壶十一个铜元，这里要十六个铜元。因这原故，雅座常很清静。外室和楼下充满了紫铜色的脸，翡翠色的脸，和愤恨不平的话声时，你只要走上扶梯，钻进一个环门，就有闲静的明窗净几。有时空无一人，专等你来享用；有时窗下墙角疏朗朗地点缀着几个小白脸，金牙齿，或仁丹须，静静地在那里咬瓜子，或者摆腿。这好比超过了红尘而登入仙境。五个铜板的法力大矣哉。以前我住在此地的时候，每次到这茶楼，未尝不这样赞叹。这回久别重到，适值外室和楼下极闹而雅座为我们独占，便见脸盆大的五个铜板出现在我的眼前了。我们替茶店打算，这里虽然茶钱贵了五个铜板，但是比较起外面来，座位疏，设备贵，顾客少。照外面的密接的布置，这块地方有十桌可摆，这里只摆五桌。外面用圆凳，这里用藤椅子。外面座客常满，这里空的时候多。三路的损失决不止五个铜板。这雅座显然是蚀本生意。这样想来，我们和小白脸，金牙齿，仁丹须的清福，全是那紫铜色的脸，翡翠色的脸和愤恨不平的话声所惠赐的。

我注视桌面，温习那旧时所看熟的木纹的模样。那红肿似的手臂又提了茶罐出现在我的眼前。手臂上面有一张笑口正在对我说话。

“老先生，长久不到了。近来出门？”

“嘿嘿，长久不到了，我已经搬走，今天是来作客的。”

“啊，搬走了！怪不得老客人长久不到了。”

“这房间都是老客人吗？”

“嗳，总是这几位先生。难得有生客。”

“我看这里空的时候多，你们怎么开销？”

“嗳，生意是全靠外面的，不过长衫班的先生请过来，这里座位清爽些。哈哈！”

他一面笑，一面把雪白的热手巾分送给我们，并加说明：

“这毛巾都是新的，旧的都放在外面用。”

啊，他还记忆着我旧时的习惯。我以前不欢喜和别人共用毛巾。这习惯的由来，最初是一种特殊的癖，后来是怕染别人的病，又后来是因为自己患沙眼，怕把这“亡国之病”传给别人。所以出

从三文钱一碗吃到四百元一碗

门的时候，严格地拒绝热手巾。这茶伙计的热手巾也曾被我拒绝过。我不到这茶楼已将两年了，他还记忆着我的习惯。在这点上他可说是我的知己。其实，近来我这习惯，已经移改。因为我觉得严防传染病近于迷信，又觉得严防“亡国之病”未必可以保国，这特殊的癖就渐渐消除。况且我这知己用了这般殷勤体贴的态度而把雪白的热手巾送到我手里，却之不恭。我便欣然地接受而享用了。雪白，火热的一团花露水香气扑上我的面孔，颇觉快适。但回味他的说话，心中又起一种不快之感，这些清静的座位，雪白的毛巾，原来是茶店老板特备给当地的绅士先生们享用的。像我，一个过路的旅客，不过穿件长衫，今天也来掠夺他们的特权，而使外面的人们用我所用旧的毛巾，实在不应该；同时我也不愿意。但这茶伙计已经知道我是过路的客人。他只为了过去的旧谊而浪费这种殷勤，我对于他这点纯洁的人情是应该恭敬地领谢的。

我送还他毛巾的时候说了一声“谢谢你！”但这三个字在这环境之下用得很不适当。那人惊异地向我一看。然后提了茶罐和毛巾走出环门去。他的背影的姿态突然使我回复了两年前的心情。似觉这两年间的生活是做一个梦，并未过去。

归家的火车十二点钟开。我在十一点半辞别了我的朋友而先下茶楼。走过通达我的旧寓的小路口，望见里面几株杨柳正在向我点头。似乎在告诉我：“一架图书和一群孩子在这柳荫深处的老屋里等你归去呢！”我的脚几乎顺顺地跨进了小路。终于踏上马路向车站这方面去了。

廿二（1933）年五月七日

庐山面目

“咫尺愁风雨，匡庐不可登。只疑云雾时，犹有六朝僧。”（钱起）这位唐朝诗人我们“不可登”，我们没有听他的话，况在两小时内乘汽车登上了匡庐。这两小时内气候由盛夏迅速进入了深秋。上汽车的时候九十五度（三十五摄氏度），在汽车中先藏扇子，后添衣服，下汽车的时候不过七十几度（二十几摄氏度）。赴第三招待所的汽车驶过正街闹市的时候，庐山给我的最初印象竟是桃源仙境：土地平旷，屋舍俨然；有茶馆酒楼，百货之属；黄发垂髫，并怡然扑克乐。不过他们看见了我们没有“乃大惊”，因为上山避暑休养自乐。因为上山避暑休养的人很多，招待所满坑满谷，好容易留两个房间给我们住。庐山避暑胜地，果然名不虚传。这一天天气晴朗。凭窗远眺，但见近处古木参天，绿荫蔽日；远处岗峦起伏，白云出没。有时一带树林忽然不见，变成了一片白云冉冉而来，钻进了我们的房间里。倘是幽人雅士，一定大开窗户，欢迎它进来共住；但我犹未免为俗人，连忙关窗谢客。我想，庐山真面目的不容易窥见，就为了这些白云在那里作怪。

庐山的名胜古迹很多，据说共有两百多处。但我们十天内游踪所到的地方，主要的就是小天池、花径、天桥、仙人洞、含鄱口、黄龙潭，乌龙潭等处而已。夏禹治水的时候曾经登大汉阳峰，周朝的匡俗曾经在这里隐居，晋朝的慧远法师曾经在东林寺门口种松树，王羲之曾经在归宗寺洗墨，陶渊明曾经在温泉附近的栗里村住家，李白曾经在五老峰下读书，白居易曾经在花径咏桃花，朱熹曾经在白鹿洞讲学，王阳明曾经在舍身岩散步，朱元璋和陈友谅曾经在天桥作战……古迹不可计。然而凭吊也颇伤脑筋，况且我又不是诗人，这些古迹不能激发我的灵感，跑去访寻也是枉然，所以除了乘便之外，大都没有专诚拜访。有时我的太太跟着孩子们去寻幽探险了，我独自高卧在海拔一千五百公尺的山楼上看看庐山风景照片和导游之类的书，山光照槛，云树满窗，尘嚣绝迹，凉生枕簟，倒是真正的避暑。我看到天桥的照片，游兴发动起来，有一天就跟着孩子们去寻访。爬上断崖去的时候，一位挂着南京大学徽章的教授告诉我："上面路很难走，老先生不必去吧。天桥的那条石头大概已经跌落，就只是这么一个断崖。"我抬头一年，果然和照片中所见不同：照片上是两个断崖相对，右面的断崖上伸出一根大石条来，伸向左面的断崖，但是没有达到，相距数尺，仿佛一脚可以跨过似的。然而实景中并没有石条，只是相距若干丈的两个断崖，我们所登的便是左面的断崖。我想：这地方叫作天桥，大概那根石条就是桥，如今桥已经跌落了。我们在断岩上坐看云起，卧听鸟鸣，又拍了几张照片，逍遥地步行回寓。晚餐的时候，我向管理局的同志探问这条桥何时跌落，他回答我说，本来没有桥，那照相是从某角度望去所见的光景，啊，我恍然大悟了：那位南京大学教授和我谈话的地方，即离开左面的断崖数十丈的地方，我的确看到有一根不很大的石条伸出在空中，照相镜头放在石条附近适当的地方，透

新阿大

视法就把石条和断崖之间的距离取消，拍下来的就是我所欣赏的照片。我略感不快，仿佛上了资本主义社会的商业广告的当。然而就照相术而论，我不能说它虚伪，只“太”巧妙了些。天桥这个名字也古怪，没有桥为什么叫天桥？

含鄱口左望扬子江，右瞰鄱阳湖，天下壮观，不可不看。有一天我们果然爬上了最高峰的亭子里，然而白云作怪，密密层层地遮盖了江和湖，不肯给我们看。我们在亭子里吃茶，等候了好久，白云始终不散，望下去白茫茫的，一无所见。这时候有一个人手里拿一把芭蕉扇，走进亭子来。他听见我们五个人讲土白，就和我招呼，说是同乡。原来他是湖州人，我们石门湾靠近湖州边界，语音相似。我们就用土白同他谈起天来。土白实在痛快，个个字入木三分，极细致的思想感情也充分表达得出。这位湖州客也实在不俗，句句都动听。他说他住在上海，到汉口去望儿子，归途在九江上岸，乘便一游庐山。我问他为什么带芭蕉扇，他回答说，这东西妙用无穷：热的时候扇风，太阳大的时候遮阴，下雨的时候代伞，休息的时候当坐垫，这好比济公活佛的芭蕉扇。因此后来我们谈起他的时候就称他为“济公活佛”。互相叙述游览经过的时候，他说他昨天上午才上山，知道正街上的馆子规定时间卖饭票，他就在十一点钟先买了饭票，然后拿了酒瓶回到馆子里来吃午饭，这顿午饭吃得真开心。这番话我也听得真开心。白云只管把扬子江和鄱阳湖封锁，死不肯给我们看。时候不早，汽车在山下等候，我们只得别了济公活佛回招待所去。此后济公佛就变成了我们的谈话资料。姓名地址都没有问，再见的希望绝少，我们已经把他当作小说里的人物看待了。谁知天地之间事有凑巧：几天之后我们下山，在九江的浔庐餐厅吃饭的时候，济公活佛忽然又拿着芭蕉扇出现了。原来他也在九江候船返沪。我们又互相叙述别后游览经过。此公单枪匹马，深入不毛，所到的地方比我们多得多。我只记得他说有一次独自走到一个古塔的顶上，那里面跳出一只黄鼠狼来，他打湖州白说："渠被吾吓了一吓，吾也被渠吓了一吓！"我觉得这简直是诗，不过没有叶韵。宋杨万里诗云："意行偶到无人处，惊起山禽我亦惊。"岂不就是这种体验吗？现在有些白话诗不讲叶韵，就把白话写成每句一行，一个"但"字占一行，一个"不"字也占一行，内容不知道说些什么，我真不懂。这时候我想：倘能说得像我们的济公活佛那样富有诗趣，不叶韵倒也没有什么。

在九江的浔庐餐厅吃饭，似乎同在上海差不多。山上的吃饭情况就不同：我们住的第三招待所离开正街有三四里路，四周毫无供给，吃饭势必包在招待所里。价钱很便宜，饭菜也很丰富。只是听凭配给，不能点菜，而且吃饭时间限定。原来这不是菜馆，是一个膳堂，仿佛学校的饭厅。我有四十年不过饭厅生活了，颇有返老还童之感。跑三四里路，正街上有一所菜馆。然而这菜馆也限定时间，而且供应量很有限，若非趁早买票，难免枵腹游山。我们在轮船里的时候，吃饭分五六班，每班限定二十分钟，必须预先买票。膳厅晨写明请勿喝酒。有一个乘客说："吃饭是一件任务。"我想：轮船里地方小，人多，倒也难怪；山上游览之区！并不是学校或学习班！人们长年劳动，难得游山玩水，游兴好的时候难免把吃饭延迟些，跑得肚饥的时候难免想吃些点心。名胜之区的饮食倘能满足游客的愿望，使大学能够畅游，岂不是美上加美呢？然而庐山给我的总是好感，在饮食方面也有好感：青岛啤酒开瓶的时候，白

献给上岭村的男人们

目录

一、血

不是所有人都有这样鬼使神差的命。

蓝保温养了三十三年的儿子,居然是别人的。

这要感谢给儿子放血的人,感谢老天有眼,感谢医生、医学,感谢儿子蓝必旺。

腊月十一的那天晚上,蓝必旺被人捅了刀子。他在赌桌上出老千,被抓了现行。愤怒的赌徒一拥而上,对蓝必旺一顿拳打脚踢。混乱中不知是谁,拿刀子捅了蓝必旺,其中一刀捅破了股动脉,喷血不止,像爆裂的水管。伤人的人都溜了,赌场的主人吓破了胆,急忙和家人将蓝必旺抬上车,往县医院开。途中车稍拐了个弯,经过蓝必旺家,拉上已得到电话通知的蓝必旺的父亲蓝保温、母亲韦幼香。

父亲蓝保温看着在车上像被生手宰的猪一样半死不活的儿子,掏出一盒烟,抽出一支点上,塞进儿子嘴里,像是打止痛针或临终关怀。儿子吸了一口,吐出烟雾,夹带着剧烈的咳嗽。腿上的血便涌得更猛,七八圈的绑带渗透了,血滴像羊屎一样从腿上滚落，洒在座椅上面和下方，好大一摊血，的确像生手杀猪。母亲韦幼香一上车就哭，号声比猪叫还尖厉。丈夫蓝保温一大半的神思被妻子破坏或吸引，忍不住张口大骂："看看你烂×屙的儿子，被你惯成这样的下场，哭，哭你个烂×！"韦幼香回了一句："儿子要是没了，你想我这烂×再生一个，还生不出来了呢。"然后接着哭。

本来接送赌客的专车，现在成了救护车，拉着伤员奔跑四十公里，进了县医院。医生一看伤情，决定马上输血。蓝保温撸起袖子，说输我的。但一验血，血型与伤者不符。蓝保温是 A 型，儿子却是 B 型。韦幼香挺身而出，也撸起袖子，说输我的，我是他妈。但一验血，又不对。韦幼香还是 A 型。等着手术的医生诧异地看了看自称是伤者双亲却没有血缘关系的蓝保温和韦幼香，心里可能说了一个"丢"字，然后朝护士使了使眼色。

医院走廊蹲伏着一帮卖血的人，一听护士呼要 B 型的，站起来五六个，像是终于有与专业匹配岗位的找工作的大学生一样。但护士只带走了三个。

1200 毫升买卖的血输入蓝必旺的血管，他的体温、血压和心率开始上升，脱离了危险。

父亲蓝保温、母亲韦幼香却通体透凉、僵硬，像掉进了冰窟一样。

儿子的血型居然跟父母的不一样，两边都不一样，这还是亲儿子吗？

蓝保温抛开儿子去问医生。医生回答说A型+A型的父母的确生不出B型的孩子，就像一加一不等于三一样，肯定不对。

这到底是怎么回事？

三十三年前，儿子就在这县医院生的，剖宫产。六斤六两的儿子从胎里出来后则被送去婴儿室，三天后才回到母亲的怀抱。难道是抱回来的时候弄错了？

韦幼香想起护士用大推车送来孩子时，孩子一直哭，也不肯吃她的奶。邻床的一位妈妈建议"吃吃我的看"。儿子吃了那位妈妈的奶，竟然不哭了。当时她也不以为意，现在想起来，真是奇怪呀，而且儿子当时手上也没有戴辨别身份的手环。问题一定出在医院。

医治儿子很快演变成对儿子来龙去脉的追查。医院也重视，其实是慌张，急忙去病案室翻病历。但当年的资料已经找不到了。

当年的护士，大多已经退休。医院把她们全部找来，让她们回忆。十几个头发花白的老护士都说记不清了。

还是有一个懂事理的，偷偷往院长办公室塞了一张纸条。纸条上写：邻床妈妈姓苏，她老公是县矿管局局长。

三十年前的矿管局局长能查出来，叫罗仕马。但罗仕马不在县里，一家子已搬去了南宁。

医院方面在南宁找到罗仕马，说了罗蓝两家的孩子有可能是抱错了，希望双方能做亲子鉴定。家财万贯的罗仕马当然同意。

鉴定结果出来，罗蓝两家现在同龄的儿子均与各自父母没有血缘关系，或者说是错位的关系，亲缘和身份搞反了，就是说蓝保温夫妻的儿子蓝必旺才是罗仕马夫妇的亲儿子，而罗仕马夫妇的儿子罗光灯，真正父母是蓝保温和韦幼香。

罗蓝两家的天风起云涌、电闪雷鸣。

伤情初愈的蓝必旺得知自己真实的身世，从床上蹦起来，对同样高兴、激动的养父母说："蓝保温韦幼香，我就晓得我这条命不是下贱的命，我这金身银身富贵命，你们给不了。"

蓝保温回应说："是呀，你这个反骨的逆子，我早就怀疑不是亲生的。"

蓝必旺说："我亲生的父母我决不会反。不过，我会想你们的。"

韦幼香擦着喜悦的眼泪，说："必旺，到了罗家，一定好好做人，别赌了。"

"不赌。有钱人哪里还用去赌。"蓝必旺说。

而在南宁的罗家，气氛却十分沉重，每个人都很痛苦、难过，心如刀绞。金碧辉煌的别墅第一次感觉像个牢笼甚至地狱。

罗仕马和苏莲看着亲爱了三十三年的儿子，他们看见儿子的整个身体是扭曲的，还有脸。儿子的身材本来就瘦，脸又长，此刻扭曲起来，很像一棵被霜打雷击的树。事实上这突然的变故，对儿子的打击何止于霜打雷击啊，简直是被命运的脚踢下了万丈深渊！他还能活着不死，真是万幸。亲爱的儿子，多么乖巧的儿子，你怎么会不是我们亲生的呢？虽然你和爸妈长得不像，从长个儿开始就越来越不像，爸妈私底下也讨论过，甚至争吵过，但最终还是坚信你就是爸妈的亲儿子。为了你的成长，为了你的幸福，爸妈甘愿为你付出一切。事实上或者本来，罗家这亿万财产，未来都属于你，而且你已经拥有绝对的支配权。可是现在麻烦来了，亲儿子出现了，这是老天长眼和恩赐，爸妈得接受。麻烦的只是如何把爱平衡给你们，说白了就是财产将来如何分配是好？爸妈的愿望当然是一人一半，两个儿子享有同等的权益。可是能做到吗？首先即将进门的兄弟(是兄还是弟仍搞不清楚)，你能接受他吗？他能接受你吗？如果你们互相排斥或单方面拒绝，这不是麻烦，而是灾祸的开始。然后是企业的主导权，是保持不变，还是易手？然后农村的父母怎么办？然后……

别墅静得连一根针掉下都能听得见。心惊肉跳的罗仕马和苏莲把未来可能发生的事情想了一遍又一遍，像有远见的棋手。可是此刻的棋手面对迷离莫测的棋局，是越想越觉得凶险，不敢再想。

父亲罗仕马对儿子说："光灯，这个家永远有你的位置。"

母亲苏莲说:“儿子,别走。把你亲生父母接来,我们一起住。”

罗光灯看着深情的养父母,说:“我该做回我自己了。”

二、爸妈

风和日丽，鸟语花香，春天是上岭村一年中最美丽和舒爽的季节，像压抑的女人欲望得到满足或释放的那刻后，气色和神采一定是最滋润光亮一样。就算还有各式各样的苦恼，上岭村的男人女人都喜欢春天。他们觉得春天是老天爷或大自然眷顾和垂青人们的日子，山变绿，水变清，即使不耕耘的田地也野生出可食用的植物，赏心悦目的花朵更是漫山遍野，像不劳而获的意外之财。每个人都期待有好事发生，即使不发生在自己身上，也喜闻乐见。

蓝罗两家的换子认亲仪式正在进行。

蓝保温家人头攒动、喜气洋洋。未批灰的房屋坐落在山脚下，像是一艘岸边停泊的弹痕累累的战舰。晒坪像舰艇的甲板，现在摆满宴席和拥挤着油嘴滑舌的食客，仍然有闻讯的人纷至沓来。欢欣和热烈的场面让人觉得像是庆祝战争的结束、和平的来临，敌我双方交换俘虏或人质。

蓝罗两家的儿子，说是人质也不为过，他们在本不属于自己的家庭生活了三十三年，从一出生就离开亲生父母的怀抱，在毫无缘由的异地他乡生存、磨炼和成长，并造成了不同的性格和命运——蓝家的亲儿子在罗家，被培养成温文尔雅的博士，而且是美国学历。而罗家的亲儿子却沦落上岭，初中辍学，粗鲁蛮横，基本上是个职业赌徒。

但这错误的一切就要结束了。蓝必旺和罗光灯的身份已经改变，首先是姓名改了，蓝必旺变成罗光灯，罗光灯变成蓝必旺。起初两家父母商量让儿子改姓就可以了，蓝必旺改成罗必旺，罗光灯改为蓝光灯，可一叫都觉得别扭，干脆就彻底地改。其实是没有改，姓名都是户口簿上的姓名不动，只是肉身换了。原蓝必旺的肉体套上了罗光灯的姓名，蓝必旺这姓名将由原罗光灯使用，就像换了鞋帽穿戴一样，或者像官位，不变的是职位，变换的是人。肉身替换了，父母亲的称谓自然也改变了对象。新罗光灯将认罗仕马和苏莲为父亲、母亲，而初来乍到上岭村的新蓝必旺，面对分离三十三年的亲生父亲蓝保温、母亲韦幼香，纵使有千般的惆怅和万般的无奈，也得忍受和接受。

此刻，蓝必旺站在上岭村的土地上，面对自己的亲生父母，被众多的人议论和围观。这是他陌生的土地和人们，贫瘠、肮脏和丑陋。站在土地上和民众中间，他感觉自己像一棵城市公园名贵的树，被移栽到了深山老林。而根本上说他就是属于这里，眼前的父母与他骨肉相连，像根连根的树，围绕他的也都是同宗同源的乡亲，像同一片山林的鸟兽。但他还是心有不甘呀，一个人被打回原形成为妖怪，落了毛的凤凰不如鸡。可是事到如今或事已至此，又能怎么样呢？错误的幸福已远在天边，血脉的双亲却近在眼前。

蓝必旺跪下，向蓝保温和韦幼香磕头，并唤他们"爸"和"妈"。在亲儿子称呼之前，蓝保温和韦幼香早已经喜极而泣，此刻更是热泪滂沱。他们也给亲儿子跪下。还有嫁到远方特地回来的大女儿——蓝必旺的姐姐，四个至亲的人抱成一团，像一个巨大的粽子。

罗家这边，也在众目睽睽中认父认母认子。但场面或动作显然没有蓝家的大，首先是罗光灯没有给亲生父母下跪，他只是抱拳作揖，看上去像是社会上小的给大的行礼。在上岭村人看来，这已经很难得了。这卵仔在还叫蓝必旺的时候，横行霸道，为非作歹，打骂父母是常有的事，哪里懂得或讲过什么礼节呢？亲儿子不跪，亲生父母岂有还跪的道理？只见罗仕马、苏莲夫妇过去，每人抓住儿子一只手，父亲是用力攥，母亲是温柔地抚摸，总之是不撒手，像是不愿再失去一样。

眼泪肯定是有，只是不流出来而已，或许是他们眼中的泪水，都被脸上堆满的笑容掩盖了。

然后是罗蓝两家互相致谢、问候。蓝家对罗家的感谢是相当真诚的，因为罗家把蓝家的儿子培养得那么优秀，可谓大恩大德。如果不是罗仕马夫妇阻止，蓝保温和韦幼香就给他们跪成了。罗家对蓝家的感谢也不见得不真诚，谢谢你们养育我们儿子这么多年，表达的都是一个意思。罗仕马夫妇只是比蓝保温两公婆缺少一个要下跪的动作。但没有这个动作，一些上岭村人看出问题来了，那就是，蓝家教养的儿子跟罗家教养的儿子差别太大，简直一个天一个地，或一条龙一条虫，罗家不是很满意。但这是可以理解的。环境不一样，能力不一样，成人就有差别，就像瓜果，长在温室大棚的肯定比露天的强。露天风吹日晒少肥，能存活下来就算不错。再说错也不在罗蓝两家，而是医院。医院也认错了，赔偿了罗蓝两家各一百万。说到这赔偿，感人的一幕出现了——蓝家把获得的一百万赔偿，坚决送给罗家。而罗家也把获得的一百万，执意送给蓝家。蓝家的理由是罗家为蓝家培养儿子，肯定不止一百万。罗家的理由是，不差钱。两家人将钱推来推去，像踢球一样。上岭村人见证了这场不图钱只讲情义的比赛。最后的结果是，蓝家被迫接受了罗家的赠予，不仅一百万送不出去，还多了一百万。产生这个结果的关键人物是蓝必旺，现在应该叫罗光灯了。罗光灯见两家为了不要钱推托得面红耳赤、声嘶力竭，他大声一喝，像一名威严的裁判吹了哨子，将钱判给了蓝家。在场的人都为罗光灯这个大方无私的行为感到震惊、佩服和欣慰，毕竟眼前这个公正的裁判，曾经是个要钱不要命的人呀。

上岭村人来不及跟刚刚变身、变好的罗光灯喝上几杯，便只见他走了。他先是跟随然后是引领亲生父母，昂首阔步地走向停在村口的一辆豪华车——劳斯莱斯幻影，但没几个人知道这辆车的名字和价格。有的村民说这辆车好贵，要三十万哦。马上有另外的村民反驳三十万哪里买得？起码三十五万。当时居然没有一个人想到要问为养父母和罗光灯送行的蓝必旺，因为这车原本是他的。

蓝必旺将养父母和他们的亲儿子罗光灯送上车。他看着他坐来的车开走，望着优越的生活和富贵的命运远去，像遥望划过天际的流星。他心里非常清楚，他过去拥有的一切，已经有人继承。不说别的，刚刚离去的一千多万的劳斯莱斯车，已经不是他的了。还有曾用三十多年的姓名，也不再属于他。他现在是蓝必旺，是上岭村农民蓝保温和韦幼香的儿子。他的血和他们的血息息相关，情感甚至也和他们有天然的亲密——他对父母的那一跪和那一声呼唤，是情不自禁和发自肺腑的。他们不能没有他这个儿子，他也不能不管亲生的父母。他的命运和人生可以被愚弄，但是骨肉亲情却是根深蒂固。

上岭村春季的这个日子，乍暖还寒。

三、权

马到成功集团总裁的职位，换人了。新上任的总裁也叫罗光灯，但不是原来那个罗光灯。此罗光灯人高马大，肤色黧黑，像极了董事长罗仕马。而离任的原罗光灯则斯文弱小，白白净净，过去人们都说像他妈，现在肯定连这个都不能说了。

集团高管和部分中层干部，已经知道是怎么一回事——原来的总裁罗光灯是董事长的假儿子，新任总裁罗光灯才是董事长的亲儿子。三十多年前，董事长的儿子在县里医院出生，出院的时候其实是喂奶的时候，抱错了别人的儿子，三十多年后才发现，将亲儿子认领了回来，并接替假儿子的职位。

子承父业，无可厚非，何况这回是亲儿子走马上任。家族企业，儿子上有董事长的父亲，担任总裁理所当然或名正言顺。集团的人几乎没人不服，不服的一个也不敢声张。所有参会亲历集团人事重大变动的人，尽管有的人目瞪口呆，但掌声依然强劲和热烈。

董事长罗仕马宣布完决定，并等待掌声减弱消失后，望着身边还在站立挥手的儿子，扯了扯儿子上衣的摆缝，提示他坐下。儿子坐下来了，马上就掏出烟来抽。父亲罗仕马尽管不悦，却居然没有制止，他瞪着儿子的目光很快转向墙边站着的服务员。服务员送来了烟灰缸。

罗光灯努力地抽着烟，从他鼻孔涌出的烟雾就能知道有多使劲，或烟瘾有多大。浓厚的烟雾垂直地喷下，然后才开始分散，像瀑布。

烟雾弥漫，刺激的味道扑向敏感的人。会场开始有人咳嗽。但咳嗽的人不超过两声，马上就停止了，像是意识到了咳嗽的危害性比吸烟还大，在身份或位置没有完全暴露之前，及时噤声。

烟头的烟灰已经很长，但弯曲在烟卷上没有断掉，像人指上腐烂的指甲。

着急的父亲做手势提醒儿子，该弹掉烟灰了。

但是儿子却没有将烟灰弹在烟灰缸里，而是随手弹到地上去，像是习惯了。服务员快速跑过来，跪下，用抹布擦。

下面的人都看在眼里，却都视而不见的样子。

主席台上的父亲，悄悄对身边儿子说，下面该你讲话了。然后，他正视台下的部属，大声说："下面，请总裁罗光灯讲话！"

罗光灯在掌声中把烟一拔，再次站起。就在他准备将烟塞进嘴里抽的时候，停住了，像是脑子的理智占了上风。这回他把余下的小截烟，放进了烟缸里，还摁了摁，将烟掐灭。

罗光灯的就职讲话十分简短，他说："我刚上来，什么都还不懂，但是我决心很快去学懂，搞懂。希望各位配合我，不要骗我。如果我发现哪个骗我，我就把他当作赌场出老千的人，把他废啰！"

新总裁言简意赅，句句让人胆战心惊。总裁的话讲完了，听的人都忘了鼓掌，或者说沉默了很长时间，掌声才响起来。而且掌声这一起来，还特别响亮，特别长，像是用心的观众看了一部戏后，还沉浸在戏里，等缓过气或回过神来的时候，回报给舞台上的掌声是最生动和最中听的。

董事长最后表态，他说："各位高管，各部门主任、经理，先前你们都知道，我们集团，是总裁全权负责制，从今往后，也是这样的制度，不改。现任总裁是我儿子，前任也是。希望各位像支持我前面的儿子一样，支持我现在的儿子。他们都叫罗光灯。我现在的儿子罗光灯，从一出生就受苦，受了很多很多人都无法忍受的苦难。但是他熬过来了，挺过来了。他刚刚开始新的生活，没有在生意场上受过历练，没有管理的经验。他是性情中人，直来直去，说话不会拐弯抹角。希望大家理解、谅解。拜托各位，谢谢各位！"

台下的人一面听着董事长的讲话，一面望着集团这位最高的长官，像聆听从峰顶上吹来的风声，感受风的能量和寒意。多数的人是心生敬佩地望着他，并服从他的教导——这一定是在集团追随董事长多年的人，他们在他的领导指挥下打拼，忠心耿耿。当然也获得了回报，除了职务得到晋升，财富更是滚雪球一般增加，如果谁只拥有两套以下房产，则会被人笑话。跟随这样的经济达人，真是一种福气。但这种福气以后应该是薄了，甚至没有了。一年前，六十五岁的董事长已经把权力交给了他前面的儿子，如今换了亲儿子掌权，出于对亲儿子的愧疚和信任，绝对的放手更是毫无疑问。前面的儿子还好，知书达礼，见人都是笑容可掬。对老员工和父亲重用的人，一如既往地对待使用，或者妥善安置。现在亲儿子来了，一看细节和势头，真是粗野和霸气呀，像是一个暴戾的军阀。可是，这新总裁再怎么不让人喜欢，那也得服从呀，绝对地听他指挥呀。不然要么是主动离职，要么是等待开除。然而话又说回来，这么好的企业和福利，一年经济总量三百多亿，又是上市公司，高管年薪六十万，中层四十万，普通员工也月工资过万，在南宁这个中等城市，有这样待遇的企业单位寥寥无几，谁又愿意离职或被开除呢？除非是有病。有病倒好了，马到成功集团对有病的人一贯慈悲为怀，医药费全额报销，上班不上班，旱涝保收。

在场的人一个个满面红光，看上去都没病。他们对新官上任呈现出来的欢迎神态，要么是一味忠诚的拥护者，要么是表演艺术家。

集团二百多号中层以上管理者，按以前开会惯例，早到晚退，就是说，开会前要比上级先到，散会时要等上级走后才离场。

他们以为今天和往后也一样。所以董事长宣布散会后，大家都不走。所有人眼巴巴地望着董事长和总裁，等着目送他们离开。

罗光灯见大家都不走，大手一挥，“你们走啊！”

仿佛军令如山，大家这才逐渐散去，还三步一回望，像是旅行的人留恋最美的风景。

会场只剩下罗仕马罗光灯父子。

罗光灯对纳闷的父亲说：“我们不能先走。要走也是他们走在我们前面。我们集团要像长城永不倒，爸爸，你要寿比南山，就要做留在最后面的人！”

父亲似乎听懂了儿子的话的奥妙，会心一笑，说：“光灯，其实你很懂事呀。”

四、欲

罗光灯对一个既不通过秘书报告又不敲门就进来的女人是大为欣赏。

她像一只不用围捕便自动飞来的漂亮野鸡，让罗光灯喜出望外又有些措手不及。她径直走到办公桌的前面，鞠了一个躬，说：“罗总好！”

罗光灯说：“你是哪个？”他语气、姿态轻缓和谨慎，像是怕把她吓跑了似的。

“周文婷，”自称周文婷的女人说，“周文王的周，周文王的文，娉婷的婷。”

周文婷的姓名，音，罗光灯是记住了，但文字，罗光灯还不知道该怎么写，因为他不知道周文王是谁，也没见过娉婷这个词。但他觉得这个名字很好听，因为是从一个好看的女人嘴里说出来的。她的嘴也特别生动，唇红像火，厚得像馍。而且嘴边有两个对称的酒窝，像装有好酒一样，让人恨不得一口干了。

“那……你来有什么事呢？”罗光灯委婉地说。

"我来上班呀。"周文婷说。

"上班?"罗光灯一愣。

"对呀,"周文婷说,"我想上班了。"

"那……你是在哪个部门呢?"罗光灯说,他脑里迅速闪过一个月来见过的各部门的人,肯定没有眼前的她。

"对外联络部。"周文婷说。

"哦,我去过。"罗光灯说,他言外之意,是怎么没见过她。

"我请假,"周文婷说,"前罗总批的,一个月零十天。本来还可以更长,但想想,还是回来吧。"

"噢?"罗光灯说,他的脑里生疑,像举了一把要挖地的锄头,"那……是婚假呢,还是产假?"

"都不是。"

"什么假能休这么长?"

"霸王假。"

罗光灯眼睛一瞪,看着来头不小的周文婷。

"或许你听说了,或许还没听说,我就直说了吧,"周文婷说,她开始走动,像一个从容不迫的老师,"我是前任总裁罗光灯的女朋友。在国外留学的时候,我们就认识了。他回国,我跟他回国。他回农村了,我们便分手了。"她停下,看着也叫罗光灯的现任总裁,等待他反应。

罗光灯居然没有反应。他沉住气,把自己控制得像一块稳健的大石头。

周文婷继续说:“我是个势利的女人,我看上他,主要是因为他是马到成功集团董事长的儿子。可是没料到,他实际是农民的儿子。他回农村去了,可是我是不可能跟他去农村生活的。那么继续在集团工作,我觉得又没有必要了。所以我走了,说是休假,其实是辞职。那么,我为什么又回来了呢?因为我想来想去,我还是个势利的女人。现在的总裁还是董事长的儿子,而且也叫罗光灯。我追求的条件没变,向往的目标和符号不变。那么,我为什么不回来试试呢?”

听了眼前女人赤裸裸的一番话,罗光灯的心里喜滋滋的,火花喷溅,像是盼望的导火索终于被点燃,他这块所谓稳健的石头其实埋有炸药。他压抑多年、欲壑难填的身体,决定为这个女人爆破。

“这就对了,”罗光灯说,“你抛弃的那个人,他现在叫蓝必旺。”

周文婷忽然哭了,像是豁出去孤注一掷结果获胜的悲欣交集的哭,也像是进一步勾引男人同情和可怜的哭。

罗光灯上钩了。这个刚从农村来的对女人一向懵懂甚至无知的男人,像一条饥饿又愚蠢的鱼,怎么可能不上钩呢?

罗光灯被周文婷闪闪发光的视线拉扯过去,然后被捞起来,其实是他一跃而起。他奋力地和捕获他的人搏斗,将她掀翻,反过来拉她下水。办公室松软的地毯像大海。水中的罗光灯如一条蛟龙,将周文婷折腾一遍又一遍,哭喊声震耳欲聋。

罗光灯说:“你不爽吗?”

周文婷摇头。

“那为什么哭呢?”

周文婷要笑出来,知道这个勇猛的男人其实是个新手。“你赌过吗?”她说。

“当然赌过。”罗光灯说。

“赢钱高兴还是输钱高兴,嗯?”

“当然是赢钱高兴,”罗光灯说,他忽然觉悟什么,“哦,我晓得啦,我赢钱的时候哭过,输钱反而不哭,因为太难赢钱了!”

“你真聪明,”周文婷说,“你还好棒!”

“有前面那个罗光灯棒吗?”

周文婷说:“你说他叫蓝必旺了。”

“对,”罗光灯说,“他现在不配×你。”

“你会娶我吗?”

罗光灯想了想,说:“不会。”

周文婷的舌头和脸上表情顿时生硬,像被强冻的一坨肉。

“但是我可以给你钱,”罗光灯说,“你想要多少?”

周文婷说:“你想给多少?”

“五千,顶多一万。”

周文婷生硬的表情忽然解冻了，哈哈笑起来，笑得前仰后合。但却只是笑，不说话。

“多了还是少了？”

周文婷这才收敛笑容，板起面孔说：“多了！”

罗光灯说：“多了算是打赏你。”

周文婷说：“不要！”她一口唾沫吐向罗光灯，“这是退你的！”

罗光灯看着愤怒的周文婷摔门而去，有些狼狈和尴尬地摇摇头。然后，他用座机打电话：“财务吗？有一个叫周文婷的，文字怎么写我不晓得，反正是这个音。她原来工资是怎么发放的？好，现在往她卡里打二十万，不，五十万吧。就这样。”

挂了电话，罗光灯猛地靠在椅背上，闭上眼睛，大口大口地呼气吸气，像是劳累过度，又像是养精蓄锐。过了一会儿，他眼睛睁开，往前面看，说：“蓝必旺，你弄过的女人，我可不能娶。一嘛，心里有疙瘩；二嘛，这女人资产阶级思想太严重，唯利是图。只要是有钱的男人，就奋不顾身地上，不要脸地上。讲点感情得不得？”

没有回答。

办公室里除了罗光灯，没有别人。

五、债

河流像一条锦缎，或一条围巾，装点、缠绕着村庄。因为这条河流的存在，才使村庄显得有生气，像一个有活力的少年。河流的两岸，是密密匝匝的竹丛，绵延几十里，像河流的卫士。河面上行驶或静止着船、排筏，像是被子上的刺绣。常常有鸟在河上飞翔，都是一群一群的，且颜色分明，白的纯白，黑的全黑，像是以种族为单位的集体，共同劳作捕食，具体到河域则是捕鱼了。每天早上八九点钟这样，鸟群总会从山中飞来，它们穿出云雾，到达河流的上空，像威风凛凛的机群，开始战斗。鸟群骁勇善战，它们分工明确，各负其责，有的侦察，有的进攻，有的接应。每一次进攻，都不会扑空或得而复失。看着鸟笔直地扎进水里，然后出水的时候，嘴里总是叼着动弹却逃脱不掉的鱼，那真是扣人心弦呀……

蓝必旺观察这条河，已经有一个来月了。

从回到上岭落户蓝家的那天，有好几天他都待在家里，准确地说是躺在床上。母亲韦幼香端来饭菜和水，他不吃不喝。父亲蓝保温来跟他说话,他从不答应。他面黄肌瘦,像一个垂死的病人。事实上他有了想死的念头,因为他觉得了活的难受——他住的是原蓝必旺的房间。房间里乱七八糟,异味杂陈,像猪圈充满了恶臭。他睡的也是原蓝必旺睡过的床,虽然他人不在,被褥、蚊帐也洗过换过,但离去的蓝必旺的阴影,总在眼前晃悠,像鬼魂附体。是的,他现在跟鬼有什么区别。他享有的荣华和尊贵,统统交还出去了,仿佛从人间天堂掉进了地狱。上岭村就是地狱,蓝必旺是个鬼。他现在是蓝必旺。

父亲蓝保温每天都到蓝必旺的床前说话,不管蓝必旺答不答应,他照样说。

大概是第五天,父亲说:"必旺,因为阴差阳错,你才享受了三十三年幸福生活,不是的话你一天也享受不了。你该知足。其实该抱怨命运不公平的不是你,是前面的蓝必旺。他从生到死,就应该富贵到底,却冤枉受了三十三年的苦,而且我还没教好他,让他变得那么坏。如果当年没有抱错,变坏的就是你呀!好好想想,是不是?必旺。"

父亲的这段话,如醍醐灌顶,蓝必旺虽然没有答应,却已经觉悟了。

然后,蓝必旺起来走动,还吃了东西。

他在村庄发现了河流。

这条河流的名字叫红水河。

父亲说，现在河水是清的，但是到了夏天，河水就会变红，红的时间比清的时间长，所以叫红水河。

蓝必旺每天都到河边来，像是等待河水变红。

然后，他就观察到河的壮美和生机。

这是一条迷人的河流。

如果不是讨债的人来到，他仍将被这条河迷住。

讨债的人来自县城，坐着两辆车来。车子直接开到蓝家停下。从车上下来七八个人，多数文身，不是光头就是平头。为首的或者说老大，却是一个瘦小和老迈的人，从他被前呼后拥就能看出来。他抽着水烟，像迫击炮一样的水烟筒有人专门为他端着，他只是负责抽。蓝保温一看就知道来的人是干什么的。要是以前来，他肯定吓得要尿裤子。但今天他还算是比较镇定，像是来的人已经和他没关系了一样。

与蓝保温的镇定相比，上岭村的狗却十分慌乱。它们一看来人气势汹汹，连吠都不敢吠，就像一群乌合之众，四散而逃，全跑得无影无踪。

来人是讨债的。蓝必旺连本带利，一共欠这拨人一百三十五万。有借条，借条上有手印和蓝必旺的签名，借款额和利息都写得很清楚，逾期不还的罚款也一目了然。

蓝保温对来人说，蓝必旺已经不是我儿子了，你们到南宁找他要去吧。

一个光头说我们晓得你又有儿子了,他不还叫蓝必旺吗?

蓝保温说:“我这个儿子蓝必旺,跟另一个蓝必旺,是两个人,不是一个人。欠你们钱的蓝必旺,是另一个蓝必旺。他不是我儿子了,他去南宁了。我再说一次,你们到南宁找他要去吧!”

一个平头扬着手中的借条,说:“管你这个那个的,我们就是找蓝必旺要钱! 你儿子欠我们钱,我们就找你儿子要钱!”

蓝保温说:“可是,我现在这个……”

“你儿子现在在哪儿? 叫他出来!”又一个光头打断说,他手指着蓝保温的鼻子,手臂上文的青龙张牙舞爪。

“他不在。”

“去哪儿了?”

“不晓得。”

正说着,蓝必旺跟着母亲韦幼香从河边的方向过来了。蓝保温一看傻了眼,这蠢婆不知什么时候竟然溜去叫儿子了。

儿子蓝必旺来到众人跟前,对陌生人点头问好。他的文雅礼貌,像和风细雨,与暴跳如雷、横眉竖眼的陌生人形成鲜明的对比。

平头看着蓝必旺,说:“你就是蓝必旺。”

蓝必旺说:“是。”

平头将借条递到蓝必旺眼前,给他看。“是你的名字吗?”

蓝必旺看了纸条后说:“是。可是这钱不是我借的。上面的签名不是我的字迹，手印肯定也不是我的手印。”

平头说：“我们就找你还钱，怎么啦？”

“这没道理，”蓝必旺说，“除非你能证明这张借条是我本人的签名和手印。”

平头一个巴掌抡过来，抽中蓝必旺的脸。蓝必旺像一个经筒或陀螺，转了一圈回来，又挨了一巴掌。这回，他直接栽了个狗啃泥。平头仍不放过，箭步上去，一脚踏在蓝必旺的脖颈上，逐渐加力，像碾压蛇的七寸，嘴里还振振有词：“你当我们是法院呀？我们是放高利贷的，民间银行，收债游击队，有自己的规矩，按我们的规矩执行！我们今天收上你这个蓝必旺了。收不上钱，就收你的命！你信不信？”

平头说完，抬了抬脚，像放刹车，让蓝必旺说话。

蓝必旺脱口而出：“不！”

平头的脚猛地踩下，像刹车一踩到底。只吐一个字的蓝必旺戛然静止，原来还扭动摇摆的屁股和腿也停顿了，像熄火的汽车。

“我还！”一个哭丧的声音突然传来，像变天的雷。

打雷的是蓝保温。他一面喊着一面扑上来，推开平头。怯懦的韦幼香像是有了公羊开路的母羊，紧随其后。她跪伏在儿子身边，抱起儿子的头，放在自己怀里。她双手慌忙地擦儿子鼻孔的血、抠儿子嘴里的泥巴，掐完人中，掐太阳穴。

平头眯着眼睛看蓝保温,“你再说一遍。”

蓝保温说:“我还。”

“什么时候还?”

“现在还。”

蓝保温说完转身走进房屋。不一会儿,他出来,向平头出示了两张存折。平头看了存折,向蓝保温投来一个赏识的眼光,“两百万,不少嘛。”他拍了拍蓝保温的肩膀,“不过,我们只收一百三十五万。走,现在跟我们去银行取钱去。”

蓝保温站着不动,说:“我要看着儿子活过来,才跟你去。”

“放心,你儿子死不了。”平头说。

“他要是活不过来,你们别想拿到这个钱,”蓝保温指着自己脑袋,“密码在这里,在里面。而且,你要偿命,其他人要坐牢。”

话音刚落,在母亲怀里的蓝必旺咳了一声,苏醒了。

平头一乐,像是刚过年就来了送礼的,“好啦。”他说。

蓝保温说:“那……也不能全还。”

平头说:“为什么?”

蓝保温说:“你打了我儿子。他伤了。”

“你想少多少?”

蓝保温看了看地面上气若游丝、鼻青脸肿的儿子,咬了咬牙,说:“三十万。”

平头一听来气，骂道：“妈×！我就扇两个巴掌，一个巴掌十五万哪？”

“你还踩了他几脚呢！”蓝保温说。

“那也不值三十万！”平头说。

蓝保温坚持说：“不少三十万，我不跟你们去银行。”

平头为难了，他朝身后的瘦老头望去，像是请他来做主决定。

瘦老头走到前面来，负责端水烟筒的人亦步亦趋也跟了来。瘦老头抽了一口水烟，像吃了一口奶，然后指指平头，和颜悦色对蓝保温说：“他怎么打你儿子，你怎么打他。”

蓝保温摇头说：“我不打。”

“为什么？”

“我怕脏手。”

瘦老头笑笑，低头又抽了一口水烟。这回他是把着水烟筒抽的，抽完没有立刻将水烟筒给回去，而是握紧了，突然举起来，一横，将水烟筒的一头戳向平头，像用枪托冲击敌人一样。

平头当场倒地，鼻孔也很快流出血来，不比蓝必旺流的血少。

然后瘦老头指着地上也伤得不轻的平头，对蓝保温说：“这是我儿子。打人的事，我们扯平了。”

蓝保温目瞪口呆，吃惊父亲竟然对儿子下那么狠的手，就算不是儿子，是手下，也是够重了。他明白瘦老头的意思，是三十万兑掉三十万，没了。“好吧，我跟你们走。”他说，既是无奈，也是心服口服。他走入了收债的队伍里。

蓝保温眼看父亲向恶势力妥协，奋力坐起，使劲地喊叫：“爸，你不要走！”

父亲像没听见，还是走了。

逼债的人挟持着蓝保温扬长而去，像打劫成功的一群匪徒。受伤的平头被他的弟兄左拥右抱着走，当功臣一样对待。在场旁观的上岭村民噤若寒蝉地目送他们离去。

村里失散而逃的狗又回来了。它们集中到刚刚激烈的打斗现场，摇尾乞怜，平静和肃穆，像是孝顺的后人缅怀先人或慰问长者。

蓝必旺摸出手机，要打电话报警。他一面摁号码一面扬言，“报警，我要报警！”

母亲按住他的手。“儿呀，你爸在他们手上，你一报公安，你爸的命就没了呀。这帮人什么事干不出来？”

蓝必旺罢手了。他的手机掉落在地，像一只沉默的蛤蟆。

晚上的时候，父亲回来了。他摇摇晃晃或者轻飘飘地走进家门，兴高采烈，嗓门很大，像是治好了病出院回到家似的，或者像一个卸掉了巨大包袱的人。总之，他就是高兴。回来之前喝了不少酒，他说话喷出的酒气就是证据。

蓝必旺不明白，父亲被迫无奈地付出了一百多万，他为什么还这么高兴？

父亲说，财去人安乐。

蓝必旺说，这帮人是敲诈勒索，放高利贷也是违法，你不该给。

父亲说给了就给了。

蓝必旺说你回来了，我还是要举报他们。

蓝保温跳起来，双手却往下压，然后握拳，像指挥家指示乐队停止演奏似的。“算了算了，留得青山在，不怕没柴烧。必旺，你就是青山，大青山！善有善报，恶有恶报。那帮卵人迟早会有人收割他们的。”

蓝必旺说：“爸，你真的没有必要向这帮恶势力屈服的。我们应该走法律渠道。我……”

“但是他们打你呀。”

蓝必旺说：“他们打我，我都不屈服。你为什么屈服呢？”

蓝保温久久地看着儿子，“你是我亲儿子，我心疼呀。”

蓝必旺的心咯噔了一下，只有他自己感觉得到心脏的感动或异常。他不说话了。

“你爸做得对。”母亲韦幼香说。

得到妻子支持和表扬，蓝保温却不买账，他忽然想起什么，瞪着韦幼香，“你说你发什么癫，见这帮卵人来了，你还去把儿子叫回来，要不怎么会出这种事？你真是个癫婆！”

韦幼香说：“我不是怕嘛，以为儿子见过世面，能做主。”

“秀才遇见兵，有理说不清。你看儿子被打成这样，还倒赔一百多万，都是你害的！”蓝保温说，他黑红的脸扭曲得很难看，像烤红薯，看出来他除了心疼儿子，不心疼钱是假的。

韦幼香哭了，想找一根绳子上吊。

“爸、妈，不说了，我没事，很快就好了，”蓝必旺劝解和安慰父母说，“我知道你们做的都是为了我。钱赔了就赔了吧。也确实是蓝必旺借的，蓝必旺不就是你们的儿子吗？我不就是蓝必旺吗？”

后面的话，蓝必旺是边流着眼泪边说的，仿佛他肉体的伤可以忍受，接受蓝必旺的折磨，那才是真的痛苦，刻骨铭心的痛。

蓝保温和韦幼香听了，一个接一个笑了起来，仿佛很开心。或许是灯光暗淡的缘故，他们没有看到儿子的眼泪。或许是看到了，但他们认为儿子是彻底认同了身份或接纳了父母，这才流的泪水。这个百分之百血亲的儿子，是多么懂父母心，领父母情，当然是要开心的啦。

这个春末的夜晚，坐落在山脚的蓝家房屋沉闷和干燥。柔弱、稀疏的春风，已经不从这里经过。蚊子开始在周围飞舞，并进入房屋里。最明显的是有蝉在叫了。尖锐的蝉叫声，声声入耳，仿佛夏天最早或者说提前，从这里开始了。

六、朋友

马到成功集团增加了两名干将,蓝木村和韦努。

他们是罗光灯从上岭村调来的。

这两个从上岭村来的男人,是初来乍到南宁这么大的城市。他们从汽车站一下车,眼睛就没闭过。望着一幢比一幢高的楼,他们的眼睛像探照灯,放射出咄咄逼人的光芒,恨不得把城市的发达和秘密,探个究竟。纵横交错的路桥,像蜘蛛网一样严密。街道上涌动的人和车,像发洪水的时候河面上滚滚漂流而过的树木和房屋,让人有捞一把的冲动却叹为观止。更奇怪的是这座城市的树,比上岭村的树还多,还大,甚至比山上的树都多,更古老。这么多的人和这么多的树都是从哪儿来的?凭什么活得这么光鲜和滋润?是谁在供养着他们和它们?蓝木村和韦努一面观望一面思考,像两名天外来客。

罗光灯的司机小吴,专门到汽车站接的蓝木村和韦努,开的正是去过上岭村的那辆劳斯莱斯幻影。蓝木村和韦努坐上这辆舒服、生动的豪车,就像是做梦一样。他们现在已经知道这辆车的价格是一千二百多万，而不是他们想象的最多三十五万。

司机将蓝木村和韦努带到马到成功集团总部大楼。韦努在楼外从下往上数，刚数到十九层，上面还有好多层没来得及数，就被人带进去了。

引领蓝木村和韦努进去和上楼的，是个让人眼冒金星的美人。她自我介绍说叫周文婷，现任罗总的秘书。他们跟着周秘书的屁股走。坐电梯的时候，他们也站在周秘书的屁股后面。这秘书的屁股真翘呀，像夏利车 2000 的尾厢，能消受很多货。受不了的只是她身上的味道，那味道太神奇但是太好闻了，幽幽的、绵绵的，说浓不浓，说淡不淡，恰好地散发在电梯里。被鼻子闻到以后，那真的是一个爽神和亢奋，直接的反应是下面的家伙受不了，唰唰地就鼓起来，像袋子里的蛇昂起了头。还好有布包着，重要的是有理智管制着。这可不是他们这种家伙能动的女人。她说过了是罗总的现任秘书。罗总是谁呀？是他们的拜把子大哥蓝必旺。他们是来见大哥找大哥的，不是来见鬼找死的。

电梯在两个家伙的冲动和克制中上到二十八层，停了。

电梯门一打开，西装革履、油光满面的罗光灯就站在电梯的外面。他张开双臂，亲切地等待与弟兄拥抱，像蝙蝠接近蝙蝠。

一一抱过之后，罗光灯将蓝木村和韦努带去他的办公室。一路地毯，绒绒的、纯纯的地毯，起码用了一千只羊的绒毛。

让蓝木村和韦努惊叹的则是办公室。毫无疑问他们仿佛走进了宫殿里，是宫殿中最高级和中心的那个殿，是皇帝发号施令的地方，他们看过无数的电视剧能不知道吗？蓝必旺的办公室就像皇帝的宫殿一样堂皇，他也就是皇帝，集团的皇帝。

“蓝必旺，你的办公室也太牛×了吧？”不知深浅的韦努直呼罗光灯的原名。

蓝木村当场捶了韦努一拳，“你怎么还叫蓝必旺呢？他是我们哥，蓝哥！”说着转身向着罗光灯，点头哈腰，“蓝哥好！”

罗光灯笑笑，不生气，像是有了肚量或涵养，“我已经改名换姓叫罗光灯了。不过你们爱叫我蓝必旺也行，弟兄嘛。”

灵醒的蓝木村和韦努立即异口同声：“罗总好！罗老板好！”

罗光灯答应：“哎！”

这时周文婷泡好了茶，端给坐在沙发上的蓝木村和韦努。罗光灯指着周文婷对蓝木村和韦努说：“我现任秘书，你们都见过了哈。”

蓝木村和韦努刚要站起来，想给周文婷行礼，被罗光灯制止。“你们不用。坐，坐！”

蓝木村和韦努屁股又坐在沙发上。

罗光灯对周文婷说：“周秘书，蓝主任和韦经理的住处，都安排好了吧？”

周文婷说：“都安排好了，罗总。等您觉得合适了，我就带他们去。”

罗光灯说:“好的。”他挥挥手,“目前没你的事了,走吧。”

周文婷乖巧地退出办公室,像一只温顺的母羊。

待罗光灯转过眼来,只见蓝木村和韦努一个比一个呆,愣愣地看着他,像两条看见肉的吃惯了屎的狗。

罗光灯说:“为什么这样看着我?不认得我了吗?”

蓝木村说:“罗老板,刚才你跟周秘书讲,怎么称呼我们……是蓝主任?韦经理?”

“哦,”罗光灯说,“你,蓝木村,从现在起,就是我们集团的办公室主任,”又指向韦努,“你,韦努,是我们集团保安部的经理。”

蓝木村和韦努瞠目结舌,这,这个……

“办公室主任,就是大管家,相当于朝廷的……大太监,但是不用阉哈;”罗光灯解释和说明,“保安部经理就好理解了,就是御林军的统领,警卫局局长,专门负责我的生命和财产的安全。”

看过太多古装剧、谍战剧的蓝木村和韦努点头,并立即站起来,想想,又扑通跪下,两手拱合,叩谢罗光灯。

罗光灯说:“总之,你们两个,从今以后就是我的左膀右臂,是我最信得过的人。”他的手果真架在蓝木村的左膀和韦努的右臂上,像是高位者执掌着权杖。他的目光扫视拜把兄弟邋遢、猥琐的身体,突然皱了皱眉。然后他抬起左手,看了看金光闪闪的表。

周文婷被招了进来。

“周秘书，”罗光灯对周文婷说，“你现在带他们去，收拾收拾，把他们打扮得跟我一样，跟我差不多。”

周文婷应允，将蓝木村和韦努带了出去。

四个小时后，蓝木村和韦努被带了回来。

旧貌换新颜的蓝木村和韦努让罗光灯惊喜万分，他绕着他们看了两圈，一边走一边摸捏他们笔挺、高档的衣服，以及油亮、时尚的发型。看着蓝木村和韦努光鲜的外表，却都是一副奴才样的姿态，他忍不住冲动地分别给了他们一拳一脚，然后大手一挥，“我们现在喝酒去！”

宴席设在集团大楼的三楼。这幢楼二十三层以上是办公区，以下是宾馆和饭店。罗光灯在饭店最豪华的包厢，用美酒佳人，招待来自上岭村的两个他最信任的男人。

罗光灯对蓝木村说：“我被人挑破动脉以后，是你和你爸送我去医院的，我记得。很果断，很及时。不然我这条命肯定没了。”

蓝木村说：“必须的。”

罗光灯对高大壮实的韦努说：“可惜那天你不在场，你要在场，我相信你一定替我抵挡，没人敢动我。”

韦努拍着强硬的胸膛说：“是的。你放心大哥，从今往后，我韦努甘愿为你出生入死,肝脑涂地。你想剁谁的左手,我决不拿右手来见你!”

罗光灯、蓝木村和韦努的对话,让陪同的三位美女心惊肉跳,也变得更加温柔和殷勤。周文婷照顾已摸透脾性的罗光灯,自然是得心应手。她唤来的两位姑娘也不是省油的灯,她们使出浑身解数,竭尽全力地释放女人的味道和魅力,毫无保留地燃烧自己,让自以为还是上岭村农民的蓝木村和韦努,彻底、真切地感受到脱胎换骨、寸寸销魂的滋味。

这晚,三个男人全部大醉。三个女人分别护送他们,去往各自的住处。

罗光灯这晚又没有回家,而是住在集团宾馆他专用的套房。自然是周文婷陪着他。这个曾被罗光灯用钱打发走的女人,重新来到了罗光灯的身边。说不清是罗光灯召唤她回来呢,还是她再次主动地投怀送抱。总之两人你情我愿地又搞在一起,明里是总裁和秘书的关系,暗里是肉欲的伙伴。对刚刚纵身欲海的罗光灯来说,太需要轰轰烈烈、乘风破浪的航行体验了。他浸淫在女性的奇特和奥妙中,不知疲倦地求索和奋斗,像比别人晚许多年上学的学生,千方百计、矢志不移地要把必修的课程补回来,把该有的过去不用的指标或作业突击完成。他沉迷色性,已经上瘾。戒掉赌博的罗光灯,陷入比金钱更具诱惑力的色欲深潭,不能自拔也不想上岸。

今晚罗光灯尽管大醉,但欲念照样有,就像好学的人挑灯夜习已成为习惯。他自然也是本能地扯过周文婷要上,可下面的家伙竟然或突然地不争气,像破了的皮球,无论怎么吹也鼓不起,折腾到半夜都没成功。开始以为是酒精麻痹的原因,但后来酒醒了,还是失败。

百思不解的罗光灯坐在床上,抽着烟,他看看周文婷依然性感十足的胴体,又看看自己绵软的家伙,说:“难道我老了吗? 才三十三岁呀!”

周文婷说:“你不是老,是腻了。”

罗光灯说:“我不腻。才不腻呢。”

“你只是对我腻了而已。”

“没有的事。腻我还弄你到三更半夜,只是没弄成而已。”

“换一个人就不一样。”

罗光灯一愣,看着眯眼的周文婷,“你说什么?”

“我的意思是,换一个人上,不是我,你的情况就不是这样。”

“你迷糊了,说什么胡话呢。”罗光灯说。

周文婷睁大眼,眸子像灯一样明亮,“不信你试试。”

罗光灯说:“可以吗?”

“可以。当然可以。”

“为什么?”

“为了你呀。”

“你愿意?”

“愿意。”

“为什么?”

“说白了,你现在就像皇上一样,皇上怎么可以仅仅只有一个女人呢? 你需要尝试和拥有更多的女人。”

“我换别的女人,你不吃醋?”

周文婷说:“我现在就可以腾地方。你想亲自找呢,还是我帮你找?”

罗光灯看着周文婷,发现她的神情轻盈和达观,跟她的表态一样。不谙女人心的他竟然感动了,他搂住大方大度的女人,往她脸上亲了一个吻,像皇帝赏赐奴婢财宝或特权一样,“今晚就算了,睡觉吧。”

罗光灯一歪头便睡着了。鼾声从他的嘴巴和鼻子喷薄而出,像一台巨型钩机的轰鸣。恐怖的响声在大厦的房间像鬼哭狼嚎。还有一股恶臭,像井喷的油气在房间弥漫。这个野蛮和强大的男人身上,蕴藏的能源和爆发的力量真是巨大呀。在周文婷的眼里,这台隆重的机器似乎能摧枯拉朽,让整个大厦坍塌。

七、狗

苏莲六十岁生日这天,儿子罗光灯竟然记得或懂得回家,真是让罗仕马、苏莲夫妇太高兴了,像当年生产时知道是个儿子一样高兴。果然是父母的心头肉,冷暖、疼痛和需求,能感知和感应得到。

手抱鲜花的儿子走进别墅,像一团洞穴里的火炬,让平日冷清的别墅亮堂和暖和。这幢位于南宁凤岭貌似最旺的房子,其实只有亲人团聚的时候,才感受到它的荣华和富贵。

与罗光灯同来的还有蓝木村、韦努和周文婷。父母看着儿子带来的伙伴,在这个喜庆的时刻,自然是十分欢迎。蓝木村和韦努,罗仕马和苏莲是第一次见。当儿子介绍说他们来自上岭,现在一个是集团办公室主任,一个是保安部经理,对集团的事从不关心的苏莲自然是一个劲儿地说好,而身为董事长的罗仕马对集团不经过他同意就更换的人选,竟然也表示了首肯。这一定是因为对亲儿子的亏欠所以放任和纵容的缘故。而对周文婷,前面儿子的女友,一看便知已是现在儿子的女友,他们也是顺从地接纳，就像接纳一件易手的礼物一样。只要儿子喜欢高兴，他们就不反对。他们或许不知道正是这位聪颖女友的提醒，儿子才记得回家给母亲庆生，也或许他们知道。苏莲亲热地请周文婷坐在自己身边，嘘寒问暖，很是慈祥。

同样表现仁慈的还有罗家的狗。那是一条纯种的藏獒，忠勇、敏锐、健硕，身上没有一根杂毛。它今天对走进宅门的四个人是一视同仁的沉默，甚至是望都不望一眼。它静静地俯卧在厅堂大门一侧，清冷、寡淡，像一个忧郁的病人。

罗仕马拿出了一瓶1956年出产的茅台酒，那是他在拍卖会用一百零八万元拍下的。它如今正好六十年，与苏莲同岁。罗仕马把这珍贵的酒拿出来，可能是这个原因。也可能还有其他原因，比如高兴。总之他决定在妻子六十岁生日这天，把这瓶六十年的酒喝掉，与儿子及其他的陪伴一起。斑驳、陈旧、炫目的酒捧在他的手上，像一枚皇朝的玉玺，他今天要启用这玉玺，印证罗家的荣耀和辉煌。

瓶盖打开，醇厚、低沉的酒香慢慢地从瓶口发出，像出窍的灵魂，渐渐在房屋里升腾、迷漫。闻着这神圣的香气，全部的人已经陶醉。

正在大家准备喝起的时候，沉默的藏獒突然叫了起来。它已经站立，头朝着关闭的厅堂门，两眼放光，兴奋地低吠，像是欢迎什么人的到来。餐桌边的人们开始对藏獒的举动并不觉察或不重视，我行我素，直到藏獒发出狂叫，才被吸引过去。只见躁动的藏獒扒着门板，爪子急迫地拍着锁，要开门出去的样子。

罗光灯见状吼了藏獒一句：“丁力别闹！”

叫丁力的藏獒不理会他，还闹。藏獒原来的名字不是丁力，是罗光灯后面来了重新命名的。他看了太多遍的《上海滩》，喜欢大哥许文强身边有个忠心耿耿、奋不顾身的丁力。

“贝多芬，好啦好啦，我来啦！”苏莲说，她叫的是藏獒的原名。

藏獒听了进去，双爪落地，回望呼叫它的人。

苏莲走过去，把门打开。

门外并没有人。

门外有个院子。院子还有个门，也是关闭着的。藏獒直接冲到了院门边，等待苏莲把门打开。

苏莲摇摇头。

藏獒又急迫地吠叫。

苏莲说：“你在院子里玩就可以了，今天没有空带你出去溜达。”

藏獒不依，还是叫。它急得团团转。

苏莲说：“贝多芬，现在不行。乖，哦？”

这时候房内的人都出来了。罗光灯疾步走到藏獒面前，盯着它，狠狠地说：“丁力！今天是我妈生日你知不知道？再闹我抽你！停！”

藏獒不惧罗光灯的威胁，它执拗地闹腾，就是想把门打开，想出去。

苏莲说：“好好好，我带你出去溜达。”

罗光灯阻止母亲，“妈，这怎么可以？我们是来给你过生日的。你带狗出去溜达，我不是白回来了吗？”

其他人跟着附和，赞同罗光灯的意见。蓝木村说我倒是愿意带狗出去溜达，但是它不随我。韦努说也不随我。两人嘴上说得超脱磊落，其实心里都舍不得那瓶六十年的茅台。周文婷说要不我带贝……丁力出去遛一遛，就回来。阿姨是今晚的主角，大寿星，不好缺失的。罗仕马说今晚寿宴谁都不要缺，不理它！

忽然，藏獒不闹腾了。它安静了下来，像是觉悟了过失的小孩。仿佛，它刚才的冲动，只是神经敏感和错乱。或许，它刚才嗅到的什么人的气味，现在已经嗅不到了，因为人已远去。它主动地比人们先回房内去，只是泪眼汪汪。

藏獒的嗅觉其实一点没错。

它的的确确嗅到了一个亲密的人的气息——那是它曾经的朝夕相伴的小主人，却不知为何消失了。虽然过去了两个多月，但是它依然想他，等他，相信他还回来。他果然回来了，就在刚才，它嗅到了他的气味，准确无误是它的小主人。他就站在院墙门外，一只手捧着鲜花，一只手提着蛋糕，却没有进来，像是没有了这个家的钥匙，也没有勇气摁门铃。所以它吠叫、闹腾，要出门去迎接他。但是小主人不等门打开就走了，越走越远，远到再也嗅不到他的气息。他再次抛弃了它，抛弃了他的父母。它很难过，眼泪汪汪，想不通是为什么。

这天夜晚南宁洁净的街道上，流浪着一个男人，与狗同样的眼泪汪汪。他从上岭村来，要为抚养了他三十多年的母亲祝寿。他来到了他曾经的家，却没有了勇气摁响门铃。房屋内传来的欢声笑语，像凶狠的巨浪袭击他。还有曾经与他多么亲密的狗，它的狂吠让他以为是讨厌，是决绝。于是他选择了撤退，在熟悉的街道上流浪。他看似盲目的游走，其实都是城里母亲带他走过的路和到过的地方——学校、医院、火车站和邕江桥。他现在在邕江桥上。这是南宁的第一座大桥。他三岁的时候母亲从县城带他来南宁玩，首先看的就是这座桥。他依附着栏杆，但被母亲紧紧搂着，看桥下流动的江水。江水宽阔、绵长，像天上的虹。母亲给出的理由是毛主席在这条江游过泳，那是 1958 年的冬天，就在这桥下。看，在桥的边上有个亭子，叫冬泳亭，就是为了纪念毛主席建的。三岁的他不大知道毛主席是谁，但是却能领会毛主席一定是个非常重要、伟大的人物，所以母亲带他来南宁的第一站，就是从桥上看江。八岁那年，他和父母举家搬到了南宁，住在江南，而他就读的学校在江北。每天上学放学，都要从这桥上过。每次母亲送他，就送到桥上，就是他现在站着的桥的中心，接也是。母亲接送他的情景历历在目，此刻却看不见她。今天是她六十岁的生日，他独自站在这个位置，为不能当面表达爱的母亲，默默地送去祝福。

被城市灯火映照的江面，波光潋滟，像是千万支蜡烛，燃着一个儿子对母亲的深情，尽管这位母亲与儿子没有血缘关系。

八、虫

蓝必旺举着一把斧子，怒目圆睁，歇斯底里的样子，像一个苦大仇深的人。

他要砍掉眼前的一棵树。

这是棵榕树。它枝繁叶茂，干大根深，至少可以容纳几十号人在下面躲雨、乘凉，也至少五个人合抱，才能抱拢它。

它现在是蓝必旺的仇敌，或者说是仇敌的大本营。

从春末以来，这棵树便招引来越来越多的蝉虫，它们像顶级赛事蜂拥而至的球迷，或像重大战乱颠沛流离的难民，把这棵树当成娱乐场或避难所，昼夜不停地喧嚣和捣乱。

这棵属于蓝家、离蓝家数十步之遥的大榕树，它走火入魔或鬼迷心窍了似的，接纳、收养着成千上万只蝉虫，每一根枝条甚至每一片叶子，都被虫吸附和驻足。它们肆无忌惮的喊叫，像惊天动地的打杀声和惨绝人寰的哀鸣。

它们让蓝必旺不得安宁。

刚刚经历换亲之痛或命运舛连的蓝必旺，在他认为已经坦然承受和适应的时候，再次面临或遭受新的困扰、袭击，那就是蝉虫危害——夜以继日、无以复加的聒噪，让蓝必旺连续多日无法睡眠，他的脑袋也已多日嗡嗡地响，像一台燃油耗尽或磨损严重已经发出警报的机器。他像一个旧病初愈却添新病的人，而且这新病的袭扰比旧病更不堪忍受和致命。他必须制止或终止蝉虫的侵害。一开始，他敲锅吹哨驱赶树上的蝉虫，但蝉虫丝毫不为之所动，反而变本加厉，把锅哨声当成奋进拼搏的号角。接着，他放鞭炮。连珠型、火箭型的爆竹，噼噼啪啪定点轰炸、穿射凌空，但烟消雾散，蝉虫们又悉数飞了回来，鼓噪依旧，尽管地上落了一些被吓死或炸死的蝉虫的尸体。

蓝必旺认为根本办法，是把树砍掉。树没有了，蝉虫也就没有了依附、栖息的场所，聒噪恐怕连同蝉虫也就被消灭了。

他真的要这么干。

他举起斧子，毫不犹豫地朝树根砍去，就像历史描述的大刀朝鬼子的头上砍去一样，甚至像电视剧呈现的大刀朝鬼子砍去一样。

“嘭！”

树根开了一个口子。

但蓝必旺付出的代价是，虎口被震得贼疼，斧子也掉在了地上，也许是用力过猛并且刀法不对的缘故。

蓝必旺捡起斧子，继续砍。树的开口又大了一点点，但那么大的树脚那么小的口子,就像人的腿上被蚊子叮咬的血眼一样,或者像大山被敲开的一块石头。但那又怎么样?只要树上的蝉声不止,他就要砍。

不远处,亲生父母蓝保温和韦幼香就静静地站在那里,看儿子砍树,尽管他们心如刀绞,却不上前阻止儿子徒劳、愚蠢的行为。他们知道儿子现在心里很痛,一定比他们痛。自从他去了一趟南宁回来,又变得非常烦躁和难过。至于在南宁发生了什么事,他们不知道,但肯定是很伤心的事。他需要发泄,那就让他发泄吧。

蓝必旺砍树的时候,一个拄着拐杖的男人来到他的跟前。这男人比蓝必旺的父亲蓝保温要小一点,不到六十。蓝必旺看到他,斧子犹豫了一下,继续砍。

男人说:“你这个蠢仔。”

蓝必旺听见有人说他蠢,停下来。他看着质疑他智商的人。

男人说:“这么大的一棵树,你要砍到什么时候?就算你把这棵树砍倒了,蝉虫不会飞到另一棵树上吗?难道你能把树一棵一棵地砍掉吗?”

蓝必旺一愣,这男人说得在理。他的确是被蝉虫气晕气糊涂了。

“你为什么要和这些蝉虫过不去呢?”男人望了望树上说。

“是它们和我过不去!”蓝必旺回答。

“这些蝉虫活不过秋天。它们的一生很短，夏天开始，秋天就结束了，甚至都不晓得有冬天这回事。而且，它们在地下，在泥土里，虫卵要孵化很多年，十五年，十七年，才破土出来，还要蜕皮，长出翅膀，好不容易终于飞一飞，唱一唱，不久就死了。它们的命那么短，你就让它们唱吧。”

男人单腿站在树下，娓娓道来，语重心长。他的一条裤管空空荡荡，像一个彻底泄漏的口袋。

蓝必旺被这位少了右腿的男人一说，不吭声了。像是受了触动，他拎着斧子，回去了。

吃晚饭的时候，蓝必旺突然问：“那男人是谁？”

父亲蓝保温过了一会儿反应过来，说：“樊家宁。”

“是什么人？”

“我们村的人呀。”

“我是说干什么的。”

“没干什么，就是农民呀。”蓝保温说。

“他的腿是怎么断的？”

“打仗。”

蓝必旺捏住筷子，纳闷地看着父亲。

“哦，”父亲说，“那时你还没出生呢。1979 年打的仗，你是1983 年出生。”

蓝必旺不再问了，继续吃饭。1979 年那场战争，他是知道一些的，只是没想到上岭村也有参加那场战争的人，而且这个人今天还与他发生了关系，他被他教育了一番。

吃完饭，蓝必旺又来到榕树下。他是空着手来的，却很用心地想了一遍那个断腿男人樊家宁说的话。然后听着树上的蝉鸣，竟觉得不那么刺耳聒噪了。换了个想法或心思去听，真的觉得蝉虫是在歌唱。因为出生不易、生命短暂，蝉虫没日没夜、只争朝夕地唱是有道理的。它歌唱它的生活，以歌声取悦和吸引伴侣。它要幸福，决不虚度短暂的生命时光。它值得尊重，而不应该被仇视。

在手机电筒的照明下，蓝必旺看到一只又一只蝉虫的尸体，散落在地上，乌黑、焦灼，像折戟沉沙的飞机。它们是被他的鞭炮吓死和炸死的。看着连夏天都活不过去的蝉虫，蓝必旺感到了一种罪过。他把死了的蝉虫捡起来，集中在一起。然后他回去拿来铲子，将蝉虫就地掩埋。

这个夜晚，蓝必旺神奇地睡着了。在蝉虫波澜壮阔的音乐海洋里，一觉到天光。

九、墓

再次见到那个断腿的男人樊家宁，纯属意外。

今天早上起来，蓝必旺感到格外精神。这当然是昨晚睡了一个好觉的缘故，连梦也是美好的。他梦见自己骑着骏马，在草原上驰骋，一路顺畅。还梦见了大海，海浪雪白、温柔，海鸟呈祥。他在海里游泳，仰望云蒸霞蔚的天空。

蓝必旺找出运动服、运动鞋穿上。他已经数月没有跑步锻炼了，自从得知真实身世之后，他一直都是萎靡不振、病病恹恹，像身患绝症并且心存绝望的人。今天早上，他忽然觉得神清气爽，只是需要恢复体力。

在村庄运动健身是不常见的新鲜事，村庄早起的人、早出的牲畜，遇见和望见一个白衣、白鞋的人，在曲里拐弯的道路上跑动，像一只发情的白羊。人和牲畜的眼光都是愣怔和奇怪的，敏感的蓝必旺不可能不注意到这种眼光。他要回避这些眼光，就不能老在村里跑。他想另辟蹊径。

他发现一条长草的路。因为长草，应该是没有太多的人和牲畜走的,这点常识他还是懂。于是他沿着这条路跑。跑着跑着,他意识到这条路通往山上。

山上有树林。上岭村的山都有树林,只是蓝必旺登上进入的这座山的树林,比较特别。全是云杉树。树木间距规整,大小错落有致,一看就知道是人工种植和改造过的。林子不算大,树有千棵左右。

蓝必旺忽然听到人声,从林深处传来:

"立正! 向右看齐! 向前看! 报数!"

"一! 二! 三! 四! 五!"

"立正! 稍息。"

林子里怎么会有人军训? 难道上岭村有驻军,山上有哨所吗? 蓝必旺愣怔地想,如果是这样,那么这不是军事要地,我岂不是闯入军事禁区了吗?

蓝必旺慌忙退后,转身离开。边走便觉得刚才那口音有点耳熟,像昨天跟他说话的樊家宁的口音。他不是军人呀,至少现在不是了。这么一觉得,蓝必旺又转了回来。他悄悄地进入林深处。然后,他躲在一棵树后看见——

樊家宁拄着拐杖,在一排坟墓前,面对坟墓,正在对其中一个坟墓说话:"黄乃鹏,昨晚睡得好吗? 好!"他点点头,再走几步,到另一个墓前,"蓝华为,你呢? 好,那我就放心了。"他接着走到下一个墓,"韦小帅,尿没尿裤子? 没尿,很好。"正当他依次往下一个墓走，准备说话的时候，忽然警觉地回头转身，“是哪个？”

躲在树后的蓝必旺现身。他惶惶地对樊家宁说：“叔叔，我不是故意的！我早上起来跑步，不熟路，跑错了，就跑到这里来了。对不起啊，叔叔。”

樊家宁笑笑，扭了扭头，“你过来。”

蓝必旺过去，来到樊家宁跟前。两人并列站在一起，共同面对一排坟墓。蓝必旺数了数，一共五座。每座墓都有碑，碑上都刻有姓名和嵌着照片。

樊家宁介绍说：“这些都是我的战友，我的兵。”

蓝必旺说：“哦，这个村……我们村，有那么多人参军参战呀。”

“一共八个。”樊家宁说，他的左手同时出现一个八字。

“活着三个。”蓝必旺不用计算就说。

“一个。就我一个。”

蓝必旺疑惑地看着樊家宁。

“另外两个还没回来，”樊家宁说，他顿了顿，“正在努力，准备把他们迁回来。”他指了指坟墓一旁的空地，“那有两个位置。”又指着另一旁，“那有一个。我死了就葬在那儿。”他笑笑，“不过我不会死那么快，不把那两个迁回来，我不会死。”

“是有什么……问题吗？”蓝必旺说。

"当然有问题,钱的问题。"樊家宁说,"原来迁这五个回来,一个五万,五五二十五万。现在不得了,一个要十万以上了。"

"谁出的钱?"

"当然我出啦。"

"为什么是你出?"蓝必旺说。

"他们原来葬在边境的公墓里,是我要把他们迁回来的,钱自然是我出啦。"樊家宁说。

"为什么要迁回来?"

樊家宁突然瞪着蓝必旺,像是对待一个不知天高地厚的人,"你不懂。你娃仔卵,城里人,懂什么?"

蓝必旺被樊家宁嘲讽,便不再问了。"我走了。"

走了十步远,蓝必旺听到樊家宁在后面说:"你想晓得是怎么回事,去问你阿爸!"

蓝必旺沿路返回家,看见父亲在做木工,刨一块板。母亲在切猪菜。他不想影响他们干活,回自己屋去了。想想,忍不住又从屋里出来,像火烧屁股似的。他到父亲跟前。

"爸,我问你一个事。"

父亲放下刨子。

"那些烈士,迁坟要樊家宁个人出钱。不应该呀?"

父亲看着儿子:"你去见樊家宁了?"

蓝必旺点头。

父亲蓝保温拿过旁边的一杯水，喝了一口，又喝了一口，说：“那场仗，我们村死了七个人。全是民兵。民兵不算正规军是吧？我们乡去了一个民兵连，我们村去了八个，编成一个班，樊家宁是班长。兵都死光了，只有班长活着回来。肯定有问题，起码指挥有问题，不会带兵。所以啊，樊家宁有罪过，他觉得自己有罪过，很多年睡不着觉，睡着一回做一回噩梦。有一年，有二十年了，二十年前吧，他跳河了，没死。上吊，也没死。都被人救了。上吊那次是我救的。你今天是在南山的树林里见他的吧？就在那片树林里，他想在一棵树上吊死。那天我刚好去南山采药，经过树林碰上。救活他后，我对他讲，你想法把他们的尸骨都迁回来，让他们回家，而且还要葬在好地方，也许你就能原谅自己。我这么说本来只是想吓唬他，难住他，不让他再寻死。想不到他当真了。从那以后，他先是给战死的七个上岭人选墓地，就是南山。他把南山的树林都做了改造，把杂树都砍掉，只留云杉。又补种了很多云杉。他一面种树一面卖树，攒钱。人有两条腿他只有一条，不容易。可他做到了，五年前迁回了五个人，造了五座墓。还有两个人没回来，他说是生辰八字不对，流年不利。其实我们晓得是钱不够。现在要迁更难了，因为更贵了。”

蓝必旺听着父亲的讲述，顿时对樊家宁肃然起敬。“我们该怎么帮他？”他说。

父亲蓝保温说：“他不给帮。他是头倔驴。哪个要是可怜他，羞辱他，他又死给你看。”

这人有意思。蓝必旺听了后觉得。

第二天，蓝必旺跑步。他下意识或自然而然，跑到南山树林里去了。

樊家宁和他的战友们在操练。他发号施令和检阅后，对他的士兵说：“告诉你们一个好消息，我们大成乡民兵连一排二班的两位战友，樊刚和樊忠，很快就要归队了。有多快呢？这主要是看我的准备充不充分。我的确是准备得差不多了。只要时机和条件一成熟，我就去接他们回来，隆重地为他们搞安葬仪式。请你们稍等，反正你们已经等那么久了，再多等些天也没关系，对不对？对，是吧。好。谢谢你们相信我。”

樊家宁对五座坟墓鞠躬，然后转身。他看见了也正向着坟茔鞠躬的蓝必旺。

这回樊家宁主动向蓝必旺走去。到蓝必旺跟前时，他朝这懂事的后生颔首，表示谢意。然后他邀请蓝必旺跟着他走。

他们登上坟墓后边的山坡。从山坡往前看，往下看，村庄的田畴、房屋和道路尽收眼底。流经村子的河流也一览无余，它如今已经变红了，成了真正的红水河。河水涨了许多，浸到两岸的竹林。竹林长在水里，像是田里郁郁葱葱的稻子。水到渠成，风吹稻浪。

“这里风水很好。”樊家宁洋洋得意地说。

“他们是怎么死的?”蓝必旺说。

樊家宁的脸色忽然沉了下来。“这关你什么事?”他说。

“对不起。”蓝必旺说,他意识到他问了不该问的问题,触碰了樊家宁敏感的神经。

樊家宁掏出烟来抽。是非常劣质的烟,从浓黑的烟雾和刺鼻难闻的味道便能判断。

蓝必旺看着一团迷雾,忍不住又问:“当年打仗,上岭村去了那么多人,我爸为什么没有参加?”

“参加了还有你吗?”樊家宁说。他转头看着蓝必旺的脸,眼睛像探照灯一样扫射蓝必旺头部的各个部位,并不停地点头,“像,真像,是蓝保温的真种。他前面那个儿子,我早就怀疑不是亲生的。他也怀疑不是亲生的,因为那儿子老是造孽作孽。他好几次跟我说,当年还不如跟我上战场,死了算了,死了就不会有后面的孽种了。你这个样子,跟蓝保温的样子是一模一样,眼对眼,鼻子对鼻子,都对上了。肯定是真的,不会再错了。”

蓝必旺没想到樊家宁这么回答,说:“你为什么不问问我,我后不后悔是我爸亲生的?”

樊家宁愣了一会儿,说:“你肯定后悔!长在有钱人家,当少爷,娇生惯养几十年,突然间天上掉地上,凤凰变成鸡,富变穷,城里人变……”

“我不后悔。”蓝必旺打断说,“至少我现在,不后悔了。”

“为什么?”

蓝必旺看着眼皮下的坟墓,“因为我活着。”

樊家宁也看看坟墓,又看看蓝必旺,“我不晓得,以后你怎么活?靠什么活?”

蓝必旺说:“你能活我就能活。我还比你多一条腿。”

樊家宁听了就笑,他指着树林的树,“这些是什么树?”

蓝必旺说:“云杉。”

樊家宁看了看两边,去摘了一朵蘑菇过来,“这是什么?”

“蘑菇。”

“能吃吗?”

蓝必旺说:“当然能吃。”

“这是毒蘑菇!”樊家宁说,他举着褐鳞小伞状的蘑菇,“闻一闻都会晕倒,吃了必死无疑!不晓得吧?”

蓝必旺心服口不服,说:“我现在不是晓得了吗?”

樊家宁说:“我再问你。你晓得耕地耙田吗?你晓得上山砍柴下河捕鱼吗?你晓得公鸭和母鸭的区分吗?五谷是哪五谷,是怎么种出来的?”

“这重要吗?”蓝必旺回嘴说。

“怎么不重要?农民不懂这些怎么当农民?你现在是农民哎,你以为你还是公子少爷。”樊家宁说,他的口气像老兵教训新兵。

蓝必旺说:“我现在是农民,我承认。可我做个不一样的农民,不行吗?”

樊家宁一个冷笑,“行呀,刚被你替换的那个蓝必旺,好赌,以赌为业,他就是一个不一样的农民。你学他呗。”

“请不要把我和那个蓝必旺相提并论!”蓝必旺气恼地说,他朝空气踢了一脚,显然是被激怒了,“他是他,我是我!我爸是我爸,你也是你。那个蓝必旺就不算了。我爸,你,我,我蓝必旺,我们都是农民,都当农民。但是我不想和你们一样。你们走你们的阳光道,我走我的独木桥。何况你和我爸走的农民的路子,我以为并不见得是阳光道。因为那么多年,你们仍然被苦难压迫,被钱折磨,甚至,生不如死!”

樊家宁被蓝必旺这么反驳,傻了。他傻傻地笑,然后傻傻地说:“蓝必旺,蓝必旺哪,我以为你跟你爸蓝保温一样,其实不一样。”

十、同学

七月的这一天，蓝必旺看父亲做木工活。他像一名惊奇的观众，看别人走钢丝一样，已经看了半天了。

父亲在制作一个柜子，已经成形了，正在打磨之中。比常人高比姚明矮的柜子在父亲的打磨下逐渐变得光滑、漂亮，像一个蓬头垢面的人进了美容院，出来的时候已经让人赏心悦目一样。蓝必旺虽然是外行，但是他注意到，父亲制作的这个柜子，一颗钉子都没有使用。光凭这个技术，父亲高超的工匠水平可见一斑。至少，能把一小堆木头，变成一个柜子，就很不简单。

父亲蓝保温在儿子蓝必旺的心中，已经不再矮小。在与父亲生活的四个月中，蓝必旺发觉自己的亲生父亲，像芝麻开花节节高。最开始，他觉得父亲懦弱、胆小，是个任人欺负和宰割的角色。然后他发现父亲很乐观，家庭的苦难仿佛都被父亲的快乐化解了。现在，眼见为实，有根有据，父亲真有本领呀。

事实上蓝保温一直都是顶天立地的男人。他从小就跟他的父亲学木工。长大后他凭着这门手艺，娶了上岭村最难娶的姑娘做老婆。老婆韦幼香在还是姑娘的时候，十分漂亮，心高气傲，多少俊朗、家底厚的小伙，都没法让她心动。瘦小、贫寒的蓝保温能征服并最终娶了韦幼香，靠的就是精湛的制造本事。他亲手造了一座房子，全部的木质结构。分上中下三层：下层是禽畜和杂物房，戏称畜牧局；中层住人，称人事局；上层是粮仓，称粮食局。层与层之间的隔板，组合得天衣无缝，密不透风。比如下层，禽畜再怎么喊叫，味道如何臭，都不会传到中层来。上层的粮仓，是直接堆放的粮食，却永不生虫，蟑螂和老鼠更是别想趁虚而入。这座非凡绝伦的房子在当年的上岭村是一枝独秀或绝无仅有，前来参观的人络绎不绝，它让人羡慕和佩服得五体投地。在参观的人们中，便有韦幼香。在参观三个月后，韦幼香再次走进这座房子，成为它的主人。她在这座房子里相夫养子，一直到五年前，它被大火烧毁。

这座房子的毁灭，跟之前的儿子蓝必旺有关。

蓝必旺赌博，将这座房子做抵押。他又输了。

那是一个深夜，蓝保温眼看自己的作品，第二天就要变成别人的财产。他万念俱灰，在和老婆韦幼香商量后，决定与房子同归于尽。他亲手点着了房子。

熊熊烈火惊动了村里的人。尤其还在赌桌上赌博的人，这些唯利是图的人在灾情面前还是能舍生取义。他们把牌局一封，奋勇当先冲到火灾现场。

蓝必旺远远一看就知道着火的是自家的房屋。他飞速地往前冲，像一匹领头的黑马。只见他在自家附近的小水塘里打了个滚，然后跃起来，一头钻进房子里。

他先救出母亲。再回头救出父亲。

参与救火的人都目睹了蓝必旺救母救父的大孝之举。他们看到了一个无耻赌徒的另一面。昏迷的父母醒后也知道了是儿子夺回他们的命。他们看着被火焚毁的房子，又看着仿佛浴火重生的儿子，露出了欣慰的笑容。如果烧毁一座房子，能够达到惩戒儿子并从邪路上挽回儿子的目的，这个代价是值得的。

那以后的两年间，蓝必旺悔过自新，果然不再参赌。他洗心革面，与父母厮守在临时搭建的棚子里，同呼吸共命运，一起谋划生活，一起劳动——在蓝家的责任田和地里，终于看到了蓝必旺的身影，与他的父亲蓝保温、母亲韦幼香一道，成为不可多见的好风景。

蓝保温决定在废墟上重新建起房子。为了不勾起伤心的往事，抑或为了与时俱进，他把房子改成了砖瓦结构。全家人勠力同心，在不到两年的时间内，一座新房子拔地而起，像下水的一艘新船，准备试航。

就在这时候，蓝必旺又重新赌博了。他像戒毒不成功复吸的吸毒者一样，再次坠入深渊。

蓝必旺给出的理由是，就想搏一把，挣来房子装修的钱。

结果一发不可收。一输再输,屡败屡战,一败涂地。

父亲蓝保温对儿子蓝必旺的嗜赌成性、债台高筑,这回是选择了无视。他像对待一个无可救药的绝症病人一样,任由其在绝路上狂奔,即使这个人是自己的亲儿子。

也许天可怜见,这个令父母绝望伤心的人竟然不是亲儿子!他是三十三年前错抱的,本来就不属于这个家庭,或者说搞乱了家庭,就像一块玉佩应该装在精美金贵的盒子里,却被当成石头扔在箩筐里一样,而石头却被当成了玉佩。

不管怎么样,如今已经“拨乱反正”了。经过科学验明正身的亲儿子就在眼前,在看父亲做木工活,欣赏父亲和父亲的手艺。

父亲蓝保温感觉到了被儿子注视和欣赏,他干得更加起劲和细心。直到儿子递给他水,还递给他毛巾,他才停止干活。

“必旺,你是不是想学木工的手艺?如果你想,我就传授给你。”蓝保温对儿子说。

“爸,你做这么一个柜子,能卖多少钱?”蓝必旺说。

“这个柜子是给你的表弟结婚用的,不卖。”

“如果卖,能卖多少钱?”

“一千块。”

“成本是多少?木材和人工。”

蓝保温说:“木材不要钱,都是从河里捞的,有的是我们自家的林子取的。人工也讲不清楚，断断续续弄，完整地算有十来天吧。”

蓝必旺算了算，想一想，摇了摇头，似乎觉得这么一个柜子才值一千元钱很不划算。木材不要钱难道就可以不计入成本吗？十来天的工夫做成一个柜子，人工费每天不到一百元。这样的柜子，是给亲戚打造的礼物可以说情义无价，但是如果变成商品就太低廉了。

蓝必旺已经注意到，上岭村遗弃的木头比比皆是。他们大多是从河里捞上来的浮木，成山地堆放在河的岸边和各家各户的房前屋后，当柴火和建牛栏猪舍的材料备用。即使一些木头当商品被买卖，估计那也是按重量和大小交易，跟买卖牲口一样，还不一定比牲口有价值。而且木头多数还是上好的云杉，是制作钢琴最好的材料。一根架在粪池上的云杉，如果用在钢琴上，那会升值上千倍。还有，这些连根拔起的云杉和其他树木，它们千姿百态的根茎，如果做成根雕艺术品，变废为宝，产销一体，那该是多么前景广阔的产业呀?!

接连几天，儿子蓝必旺都在打电话，说的都是外语。父亲母亲虽然听不懂，但是能懂与儿子通话的是外国人。

今天，儿子一大早，就骑摩托车出去了。到了晚上，儿子回来，车后面多了一个人。这个人金发碧眼，鹰钩鼻子，白皮肤，个头几乎跟门一样高，一看便知是外国人。

蓝必旺跟父母介绍这个外国人,说:“他叫保罗·戈尔茨,你们记不住叫他保罗就可以了。保罗是我在美国读书时候的同学。”

保罗的另一个身份,蓝必旺没有向父母介绍或暂不介绍,比如他是美国著名钢琴品牌公司总裁助理,也是总裁的儿子。他不介绍自有他的考虑,因为他的想法还没有得到保罗的完全赞同。

保罗是被蓝必旺请来的,说是引诱也不为过。他在电话里对保罗说,他在中国广西上岭,发现了世界最好的云杉,而且价廉木丰。这无疑是制造钢琴的上等材料。他希望与他们公司合作,利用他们的品牌、技术优势及上岭的原材料、土地、劳动力优势,在上岭建分厂,创办钢琴制造产业,让他们的钢琴在中国市场流通畅行,让上岭当地农民发家致富。

保罗显然被蓝必旺说动,来了。今天中午,他在南宁机场看到了来接他的同学罗光灯。他还不知道罗光灯已经更名改姓叫蓝必旺,也不知道这位中国同学身世发生的变故。但是一看到同学罗光灯,保罗是大惊失色。他想不到罗光灯竟然用一辆破旧的摩托车来接他。据他所知所见,罗光灯可是出身于中国的富豪之家,在美国开的是宝马车,怎么回中国后却开摩托了?

罗光灯没有立刻解释,先拉保罗上车。摩托车搭载世界著名企业的总裁助理更是总裁的宝贝儿子,像毛驴背上捆绑沉重的奇珍异宝，小心翼翼、缓慢而晃荡地驶出机场，驶上高速。然后驶出高速，驶向县道和乡道。一路心惊胆战，山重水复。

保罗一路用英语狂叫和怒吼，罗光灯，我跟你同学四年，既没有抢你的女朋友，也没有剐蹭过你的豪车。我和你无冤无仇，你为什么要这样虐待我？

我已经不叫罗光灯，改名换姓叫蓝必旺了！

为什么？

因为我原本就是蓝必旺！我也不是富豪的儿子了。我现在是中国农村的农民。我现在带你去我农村的家，认识我做农民的父母。最重要的是要看我们上岭村的云杉，美丽的河流，英雄的土地……

蓝必旺用英语断断续续、声情并茂地向保罗解释和描述。

蓝必旺，我管你他妈是农民还是总统，你放我下来，我要走路！保罗说，他已经被折腾得声嘶力竭，紧张得汗流浃背。

蓝必旺只得把保罗放下车，让他步行。蓝必旺仍骑在摩托车上，双脚点地，挪动着车伴保罗走，像遛一头怀孕的牛。

走了不到一公里，保罗说蓝必旺，你老实告诉我，上岭村还有多远？

七十公里。

保罗立即就爬上了摩托车。

他们终于在晚间到了上岭村。

保罗见到了蓝必旺的农民父母。

保罗用英语问蓝必旺："他们才是你的亲生父母？"

蓝必旺用英语回答："我出生的时候，在医院被错抱了，一直生活在另一个家庭，直到今年三月。"

在不怎么明亮的灯光下，保罗注视蓝必旺的双亲。他看到一个黑色、矮小的老男人和一个黑色、瘦弱的老女人，在朝他咧嘴笑，他们都露出了参差不齐的黄牙齿。笑过之后，两人便忙开了。老妇人去厨房添柴烧水。老男人往屋外跑，很快逮回了一只鸡。

一个小时后，鸡变成了桌上的主菜。这是壮族人招待客人必备的菜。其他菜还有腊肉炒竹笋、豆腐圆、油炸蜂蛹、烘河虾等。它们花团锦簇，香味扑鼻，一下子抓住了饥肠辘辘的美国人的胃。

狼吞虎咽了一会儿，大概是饱了，保罗对蓝必旺说："我不远万里，被你请来中国你的家里做客，怎么没有酒呢？"

蓝必旺说："酒有，但怕你喝不惯。"

保罗说："是茅台酒吗？"

蓝必旺说："是茅台酒，但前面加一个'土'字——土茅台。"

保罗稍一思索，说："噢，我明白了，茅台酒埋进土里，五年十年再拿出来，就叫土茅台。"

蓝必旺说："不是，我们农村管自酿的酒，就叫土茅台。度数低，很醇。但如果掌控不住，喝多了，醉了，可能两天缓不过劲来，因为我们中国南方湿气重，北方人往往不适应。”

保罗说：“我是美国人，又不是北方人。”

“但美国是赤道以北，我先把话说在前面，少喝。”

“快上呀！”保罗说，他显得迫不及待。

蓝必旺朝父亲使了个眼色。酒其实已经备好了。父亲身体一闪，便看见一个酒坛，摆放在那儿，像一个火药桶。

蓝必旺吩咐父亲，给每人分配一碗就行。

保罗喝了一碗，还要喝。

蓝必旺摇摇头。

“中国人热情好客，我看未必。”保罗说。

蓝必旺被刺激了，说：“那就再来一碗。”

第二碗喝完了，保罗还要再来。

蓝必旺坚决不同意，把保罗前面的空碗收了，说：“我要保证你的身体健康。”

“你首先要保证让我高兴！”保罗说，他已经脸红脖子粗，“你请我来是为了什么？合作，对不对？而且要合作愉快！如果我不高兴不尽兴，怎么叫合作愉快呀？”

蓝必旺没办法，只好让父亲给他和保罗又各倒了一碗酒。

第三碗酒全部下肚，保罗和蓝必旺几乎同时趴下。

蓝必旺醒来的时候，已经是第二天的晚上。他着急地看保罗。保罗还没醒。他躺在另一个房间的床上，像一头瘟猪。父亲蓝保温寸步不离守护着他，表情却很得意或很有成就感。在农村，让客人喝高兴，喝得烂醉，醉的时间越长，才是请客的最高境界和标准。父亲此刻仍很满足的样子，因为有客人在他家醉了一整天了，而且这个客人还是个外国人。

蓝必旺看着昏睡不醒的保罗，自言自语也像是对父亲说："我可能要把事情搞坏了。"

父亲说："为什么？什么事情？"

蓝必旺说："保罗明天就要回去了。可我们的事情还没谈好，该看的都还没看。"

父亲又说："为什么？什么事情？"

蓝必旺忽然冒火，说："为什么？因为时间不够了！什么事情？重要事情！关乎我未来的事情，关乎上岭村的事情！"

父亲蓝保温这才被吓得脸青，慌了。过了一会儿，他像是镇定了些，想起什么，看着儿子，说："要不，我喂他蜂蜜？让他早醒。"

蓝必旺说："有用吗？"

蓝保温说："有用。我们家的蜂蜜还是野蜂蜜，肯定有用。"

蓝必旺瞪着父亲，像笨蛋捋笨蛋，"那为什么不早说，不早用？"

父亲急忙去拿来蜂蜜，用温水稀释了，然后喂保罗服下。

保罗渐渐苏醒过来,恢复了神志。他起床走动,在蓝必旺陪护下出屋,然后到了户外。

夜晚的村庄凉风习习,仿佛一个天然的氧吧,实际上就是。从林木茂盛的山上产生的负氧离子,铺天盖地,浩浩荡荡,沁人心脾。

保罗呼吸着新鲜的空气,他望着几乎什么都看不见的四周,说:“上岭是个好地方。”

蓝必旺说:“是的。”

“明天我要好好地看一看。”

蓝必旺听了,松一口气,说:“明天你不走,太好了。”

保罗把脸向着蓝必旺,纳闷地说:“我没说明天走呀?我今天来的,明天在这儿一天,后天才走。”

蓝必旺心头一紧,也只能实话实说:“你昨天来的。我们都喝了太多的酒,我醉到今天傍晚,你醉到刚才。今天已经是第二天,夜里了。”

保罗听了先是吃惊,然后是爽朗地笑,竖起拇指,说:“上岭的土茅台这么厉害!能让人昼夜不分,神魂颠倒。”

蓝必旺却哭笑不得,“可我们的事情还来不及谈,该看的还来不及看,如果你明天要走的话。”

保罗毫不犹豫地说:“我明天必须要走。明天是中国时间19 日对吧?日本也是 19 日。我 19 日夜飞到日本,20 日上午要和我们的钢琴日本区新代理商签约,不能耽误。”

蓝必旺难受得想哭。

保罗感觉到了同学的难过,说:“我是明天下午四点,从南宁飞上海,晚上八点飞日本。那么明天上午,其实是可以看看的,不过你那破摩托车送我,一定是来不及了。”

蓝必旺心头一亮,说:“我换车。我们村有人有汽车!”

父亲蓝保温在儿子的胁迫下,连夜去找人租车。车主也姓蓝,叫蓝景照。他开有赌场,有一辆接送赌徒的专车。蓝保温先前的儿子被捅伤的时候,送儿子去医院的正是这辆车。现在他花三千元而且没有还价租下这辆车,为了现在的亲儿子,明天顺风顺水。

天蒙蒙亮,蓝必旺便去叫醒保罗。保罗哼哼不肯起床,说刚睡不久,还要睡。蓝必旺问原因。保罗说胃疼,拉肚子,至少跑了十趟厕所。蓝必旺心想一定是那蜂蜜水出了问题,醒得了酒却感染上了病菌。他感到深深的内疚,只好让保罗继续睡。

保罗睡到差不多上午十时,才起来。等他梳洗完毕,又吃早餐,出门的时候已经十一时了。

该看的东西只有草率地看。

蓝必旺指着四面山上的林木,说大多数是云杉,我估算了一下,大概有五百万立方米。这是活的。

蓝必旺接着带保罗去河边。他指着连绵的堆砌如山的木头，说这大多也是云杉，是每年发大水的时候，从上游漂下来的浮木，被村民们捞起来，当柴火烧或廉价卖掉。如果把这些木材利用来做钢琴的材料，那价值就会增加数十倍。

保罗被动地跟着蓝必旺走，也被动地听他介绍。他虚弱得像一只产了一窝崽的猫，脸上还直冒冷汗。

“你爸昨晚给我吃的是什么东西呀？我胃疼腹泻，一定是吃了那东西引起的。”保罗忍不住说。

“蜂蜜水，是解酒醒酒的良药。”蓝必旺说。

“什么药厂生产的？我要投诉它！”保罗说。

蓝必旺说：“是我爸自己在山上采的，野生的蜂蜜。”

“也就是说，没有经过杀菌和消毒？”

“对不起，保罗，”蓝必旺说，“当时急着让你清醒，忽略了卫生的讲究。另外，农村的医疗条件和卫生环境，也比较差。生病了，就用土方子医，迫不得已才去医院。口渴，通常是喝生水。”

保罗说：“我体验了。”

“对不起。”

保罗看了看手表，“我们是不是该走了。”

蓝必旺说：“厂房的地还没看呢。”

保罗说：“不看了，你就说有多少亩地吧。”

蓝必旺说：“我家有五亩地，可以全部用来建厂。”

保罗说：“五亩不够，远远不够！”

“我可以跟其他农户协商，或者开垦置换。”

“我们上车，路上再说吧。”保罗说。

蓝必旺和保罗上了租来的车。开车的司机是车主蓝景照，他的车子第一次拉上外国人和在外国待过的人，朝南宁的方向驶去。

一路上，蓝景照只听见外国人和蓝保温的亲儿子蓝必旺说的全是洋话，意思他不懂，但从口气和腔调能感觉到他们在理论或争论什么。一直到机场，也没争论出结果。

保罗和蓝必旺下车。蓝必旺送保罗去登机。

在候机楼，保罗对蓝必旺说：“我现在告诉你我的决定。”

蓝必旺平静地面对保罗，像是提前知道了结果。

“对不起，这个项目，我们公司不跟你合作。”保罗说。他顿了顿，“主要的理由是：一、交通不便，仅上岭到南宁，汽车就用了四小时。二、工人的素质不行。如果在上岭建厂，就需要大量的当地农民改行当工人。我这次接触的农民虽然极少，就你父亲，还有那开车老不停抽烟的司机。但是，以你父亲为例，你说他是村里最好的木匠，水平最高的人。可是他给我喝的酒和蜂蜜水，却有严重的问题，没有经过权威、专业的部门检验和检疫，就私自饮用和供人饮用，这是严重地不遵守规矩和法律。第……”

蓝必旺举起手，往前一推，像交警拦车的手势一样，制止保罗说下去。

“再见。”

“再见。”

两个不同种族和国籍的同学，冷静、理智地握手，然后分手。

蓝必旺回到车上，坐在副驾驶座。车主蓝景照看他沮丧的样子，说：“必旺啊，我这个车拉过很多赌徒，但没拉过像你们这么大的。你和那个外国佬一定是赌什么，而且是大赌。看样子你输了。”

“开车吧。”蓝必旺说。

蓝景照不发动车，说：“必旺，我跟你商量个事，行不？”

“你说。”

蓝景照说：“我儿子蓝木村，你可能见过晓得，也可能见过不记得了。他现在在你原来那个家的集团公司，当办公室主任。还有我们村的韦努，也在那儿管保安。好不容易来一趟南宁，我想拐进城去，看看我儿子。”

“你去吧。”蓝必旺说。他打开车门，要下车。

蓝景照一把扯住蓝必旺，说：“我的意思是，我们一起去。你不是正好顺便看望看望你的养父母嘛。”

“租车的钱，我爸付清了没有？”

“三千，已经付了一半。”蓝景照说。

“那好，是你违约，另一半不用付了。”蓝必旺说。他甩手，要下车。

蓝景照急忙说:“我守约!我守约还不行吗?!”

于是原路返回。

夜晚,车子回到上岭。汽车的长灯照进黑暗的村庄,像一把利剑插进人的胸膛。

一路无话的蓝必旺忽然说:“你儿子叫蓝木村?”

蓝景照说:“对。”

“他现在是马到成功集团办公室主任?”

“对。”

“凭什么?”

“凭什么?”蓝景照说,“我儿子跟蓝必旺是拜把兄弟,他救过蓝必旺的命。还有我,蓝必旺那条命也是我救的,要不然就死翘翘了,哪有他今天的富贵?”

蓝必旺说:“请不要叫错别人的名字。你说的那个人,是罗光灯。罗光灯是富贵的命。谁叫罗光灯谁富贵!”他指着自己,“蓝必旺是我,我是蓝、必、旺!明白吗?”

蓝景照愣怔,然后一个急刹车。他看了看车内怒吼的蓝必旺,像一头笼里暴动的熊。他赶紧推开车门跳下车,再把车门关紧。他对熊样的蓝必旺说:

“你他妈的也只配叫蓝必旺!”

十一、转行

罗光灯当着集团高管的面，宣布他的一项重大决策。

他说："我们马到成功集团，从今往后，将不再以房地产为主业。以什么为主业呢？影视业！"

话音刚落，众声喧哗。大惊失色的高管们按捺不住，纷纷表达了不解，甚至不满。这些房地产业的行家里手，对突如其来的变革，自然难以接受。房地产业是马到成功集团兴旺发达的强项，而影视业是从未涉及的短板。成语说扬长避短，而罗总现如今却要把它改写，反其道而行之。他是不是疯了？

罗光灯的话其实没有说完，就被高管们打断，而且全是非议。这是对上司极不尊重的行为，甚至是忤逆。没想到罗光灯竟一反常态地容忍，他闭嘴，任由部下们大鸣大放、口诛笔伐。在场的集团办公室主任蓝木村一面喊叫一面张手，示意高管们安静，还被罗光灯阻止。他落落大方、淡定沉着，像一名高僧。

高管们终于觉出了失态，逐渐降低了调门，直至闭嘴。或许他们还意识到闯祸了，每个人都变得战战兢兢。现场安静了，安静得可怕，连掉一根针都听得见。

罗光灯说："你们都说完了吗？没话讲了是吗？那我继续说。"他清了清嗓子，"为什么不再以房地产为主业了呢？这个我后面再讲。先讲新主业，影视业。为什么要以影视业作为我们马到成功集团未来……明天就开始……的主业？因为，我感兴趣，我有兴趣！我这个人爱好不多，除了玩牌，就是看电视，看电影！我看那些电视和电影里的故事，经常感动得流泪。我喜欢那些电视明星、电影明星，男明星、女明星。想到那些明星，我就兴奋，睡不着觉。那些明星为什么讨人喜欢？被人崇拜、追求？因为长相好，演技好，还有钱多得命不要。为什么他们挣那么多钱？一部电影几百万几千万地挣，谁愿意又给得起那么多钱？投资影视的老板，对不对？那么，影视业不赚钱，怎么给？肯定大赚才舍得给给得起，对不对？今年，上半年刚过，上半年票房最高的电影是哪一部？周星驰的《美人鱼》。票房多少？三十三亿几！三十三亿几哪同志们，赚翻天了。所以，影视业一定是个盈利、暴利的产业，虽然我们集团先前没有搞过，但是可以从头开始呀，就像我们集团的房地产业，我爸创业的时候搞过房地产吗？没有。他懂起房子卖房子吗？不懂。他原来是搞矿的，管矿的。矿管局局长不当，辞职下海，搞房地产，摸着石头过河。在干中学，学中干，他不是成功了吗？成功了，很成功。集团那么大的产业，我那么大的家业，是我爸创下来的。我现在已经接我爸的班,但不意味着我要走我爸的路子。那是一条老路,我要走新路子。新路子怎么走?关键有两条,首先要感兴趣,有兴趣。感兴趣有兴趣,人才有心思去学,有激情去干。第二条,要看准,认准。看准和认准了的路,往下走就是了。好啦,现在说我们集团为什么不再以房地产为主业了。因为,我对它没有兴趣。一点兴趣都没有,你让我有什么心思去学?有激情去干?噢,有人会说,能赚钱呀,能赚钱就行。赚钱就快乐吗?未必,未必!不赚钱,但是一样获得快乐,可能哦。比如玩牌,就说赌博吧,谁都希望赢,但肯定有人输。结果不管输赢,那过程肯定是快乐的,那就是期待和希望得好牌走运的那种心情,很紧张,但是又很舒服。还有男女之间的那种事情,要心甘情愿才爽(下面有人害臊、鄙夷),噢这个话题不高雅不说了。总之,我们马到成功集团下一步,就是要以影视为主业,向影视界要效益,要快乐,向影视界进军!”

一直察言观色、等待时机的蓝木村这时候率先鼓掌。在他的带领下,高管们的掌声争先恐后响起,像一阵雨。

罗光灯最后说:“事业光靠一个人不行,要靠大家去努力,去奋斗。最关键是,大家在一起做事,一定要同心同德,要志同道合。关于我们下面的主业影视业,在座的各位集团高管,不懂业务不要紧,可以学嘛。但是一定要专心、忠心,不能离心、离德。专心忠心的人留下来,离心离德的人,请便!”

在场的高管们没有一个人轻举妄动。他们一个比一个沉稳老练，像是江底潜伏多年的木头。

晚餐的时候，罗光灯被蓝木村和韦努一顿赞美，都说大哥今天的发言太好了，盖帽了，把所有人全部镇住，全部征服。没想到大哥还是个超级演说家，太有才了。

罗光灯笑眯眯，看着身边的周文婷："你怎么看？"

周文婷说："我的想法，被他们全说了。"

像是讨得欢心，罗光灯悄悄对她说："今晚你留下。"

这晚，周文婷睡上了罗光灯的床。她已经一个多月不和罗光灯做爱。自从她主动让出了位置，罗光灯真的不客气地接受了别的女人。这个恶贯满盈却三十多岁刚结束童贞的男人，情欲汹涌，野性激荡，就像开闸放水的大坝。他似乎要体验天下各种女人，尝遍人间美味。周文婷看懂了这个生机勃勃男人的强烈欲求，她不得不满足他，甚至主动地帮助他得到满足，因为有的女人还是周文婷亲自介绍给罗光灯的。这得是多大的牺牲？又得是多大的气量才能承受？多深的城府才能做得出来？情形就像鸡把孔雀和其他丽鸟引到熊猫身边，供熊猫开心、取乐，它不担心熊猫喜新厌旧吗？它被抛弃了怎么办？这么冒险的赌博不是谁都敢，周文婷就敢。

她像是初步取胜，赢得了罗光灯的喜欢和信任。

马到成功集团主业的转换，由房地产业转战影视业，起意便来自周文婷。她在罗光灯的耳边吹风，文化产业是朝阳产业，而产业中的最大利好便是影视。这个行业既能获利，又能获得无穷无尽的欢乐。她的话让感性的罗光灯心动，尤其是欢乐那个词，像闪闪发光的金子，让他心知肚明。罗光灯和他的心腹蓝木村、韦努商量，一致认为，投资影视，既能赚钱，又能泡女演员，甚至女明星，为什么不干？于是主攻影视业的重大决策，在三兄弟的商量下产生，并在集团高管会议上宣布施行。

这个决策有创意者或智囊的功劳。就像吃水不忘挖井人一样，罗光灯感念周文婷的点拨或智慧，留她睡觉，就像佳丽无数的皇帝难得一次地临幸皇后一样，形式大于内容，象征意义重过性爱需求。

周文婷想要的其实也是罗光灯的信任而已。她感受到马到成功集团这艘大船的舵手，能够因为她的主意而改变航向。这种革命性的作用是其他女人所不能有的。她的获得感或成就感也因此大于其他女人。

“我们将要进行的事业，今后要多靠你，因为我业务不熟，完全不懂，”罗光灯说，“集团的高管们也都不是这方面的人才。所以现在，引进专业人才非常紧要、关键。你的表弟李楚要尽快到位，我任命他为集团的副总。”

“他还在德国，参加柏林电影节。”周文婷说。她拨弄罗光灯胸膛上的毛，像是人工智能的机器在清理草坪。

罗光灯说:“跟他一起去的,都是哪些明星?”

“放心吧,只要你想,你努力,我们共同努力,”周文婷说,“多大的明星,都能来到你身边。”

十二、钢琴

“如果我有图纸,给你图纸,你能不能造一台钢琴的木工部分?”蓝必旺问父亲。

蓝保温仍然在为那个柜子做最后的打磨,这个上岭村最好的木匠头也不抬,说:“只要有图纸,我什么都能做。”

蓝必旺看着自信的父亲,点点头,像是父亲的话给了他底气。

父亲忽然觉得儿子问得奇怪,说:“你问这个做什么?”

儿子说:“你等着吧,以后就知道了。”

儿子问话后的第二天就出去了,背着行李包,想必是出远门。

第十天,或者是第十一天,儿子回来了,还带回一个男人。

这个男人眼看有七十岁了。他的头光溜溜的,不晓得是剃光的呢,还是脱光的。他穿着粉色的衬衫,扎着领带,裤子笔挺,皮鞋锃亮。如果不是这身装束,蓝保温会以为这个男人是个老和尚。

可是儿子对这个不是和尚的男人，比对和尚还要尊敬。他殷勤、细致地服侍来家的客人，亲自端水上茶，说话软声细语。说实话，蓝保温还没有从儿子那里得到过这样的待遇。

蓝必旺对父母介绍说："这是从上海请来的钢琴制造师，余海明师傅。"

尽管对来客的身份诧异，父母还是由衷地表示了欢迎。具体的行为便是快速地进厨房，烧火做饭，杀鸡煮肉，像招待那个外国人一样。

儿子和上海来的余师傅讲的话，蓝保温能听懂一些。他们在饭前饭后的谈话，蓝保温总结归纳，大概是这么几个意思：

一、蓝必旺决心在上岭村建钢琴厂。

二、在建厂之前，先造一台钢琴。余师傅便是来帮助造这台钢琴的。

三、钢琴造出来后，取名"必旺"，这是自主的品牌，将来所有的钢琴出去，都打这个牌子。（儿子本来想给钢琴牌子取名"红水河"或"上岭"，但余师傅不同意，他说世界钢琴的牌子，大多是以音乐家或制造家族的名字命名的，这是惯例。儿子说那就用余师傅您的名字吧。余师傅又不同意，说我就是一个技术的师傅，你才是真正的制造者，就叫"必旺"吧。"必旺"挺好，真的挺好。）

四、首台钢琴的制造时间要小半年，如果木匠的工艺精到的话。

蓝保温归纳出这几个意思的时候,已经是三更半夜。儿子和余师傅已经睡了,他如果有什么话要说,只能等到明天。他当然有话要说,有问题要问。

第二天早晨,趁余师傅还在睡。蓝保温跟上出门跑步的儿子。陪跑了一小段,儿子觉得别扭,停下来,说:"爸,有什么话就讲。"

蓝保温说:"你为什么要造钢琴?"

儿子说:"因为我需要造钢琴。"

"你会弹钢琴吗?"

"会。我三岁的时候就开始学,练了差不多十年。后来就丢了,很少弹了。"

"你造钢琴不是为自己弹,而是为了卖?"

"是的。"

"卖给谁呀?"

"卖给需要的人呀。"

"我们这里谁需要钢琴呀?方圆一百里,很多人连钢琴都没见过。花那么大的本钱,还要建厂,将来造出来的钢琴,谁要?"

"爸,方圆一百里没有人要,我就卖到方圆一百里以外的地方去,卖到国外去。"

蓝保温盯着信心满满的儿子,像盯着一个吃饱了撑的人。

"必旺,你不能造钢琴。"

"为什么?"

"因为你这是浪费工夫,还糟蹋钱。"

儿子说:"不会。功夫不负有心人。钱用对地方,便能生钱。在我们这地方,用我们本地的云杉木造钢琴,可以用最小的成本赚最多的钱。"

"钢琴不是钢造的吗? 怎么用木头?"

儿子笑笑,说:"钢琴除了拨弦和击弦是钢丝,还有固定调音钮等少量部件用钢以外,绝大部分都是用木头制作的。木头质量越好,造出来的钢琴,质量就越好,卖得就越贵。我们村的云杉,是最好的云杉。这次去上海,我也拿木材去测试了。专家说,这是制作钢琴的上等材料。"

蓝保温说:"用木头也不能造!"

"不用木头造用什么造? 难道用钢造吗? 那才是闹笑话呢。"

"闹笑话的是你。"

"为什么?"

蓝保温说:"我们这是农村,你还是农民。农村农民造钢琴,还要卖钢琴,还想卖到外国去。这不是笑话是什么?"

蓝必旺也盯着父亲,像一头牛和另一头牛对峙一样,说:

"我就是要造钢琴!"

“不能造钢琴的,必旺呀。这肯定是赔本的买卖,我们这是农村,就算你不想当农民,那也得干点靠谱的事呀。你有点钱,要造钢琴,还不如拿到赌场去赌呢,反正都要打水漂。运气好的话,去赌兴许能赢点。”

蓝必旺厉声说:“不要跟我说赌字,我不是你原来那个儿子!”

蓝保温被慑住了。但也只是一会儿,又和儿子顶牛起来。

吵着吵着,蓝必旺突然想起什么,看看表。他扔下父亲,跑回家了。大概是估摸余师傅已经起床,照顾师傅去了。

蓝保温还在气头上,不想跟儿子一条路。他朝反方向走去。

走着走着,居然走上南山,进到了林子里。

他在当年樊家宁想吊死的那棵树旁遇到樊家宁。

蓝保温对樊家宁说:“你先前都跟我儿子说了些什么?你是怎么开导他的?”

樊家宁说:“怎么啦?”

“我儿子疯了。”

然后蓝保温便跟樊家宁讲儿子要造钢琴还要建钢琴厂的事。

樊家宁听了后,看着比儿子死了还难过难受的蓝保温,说:

“你儿子有骨气,你没骨气。你儿子有脑,你没脑。你们父子,我看就这两样不一样。”

蓝保温边想樊家宁的话边回家。樊家宁为什么要赞赏儿子？儿子明明是烧脑，脑残了，外国人都不支持他干的事，他为什么还要干？请一个快七十岁的老头来，当神一样伺候，有用吗？

回到家，余师傅已经起床了，在吃早餐。余师傅看见蓝保温回来，放下筷子。他进去他住的房间，拿来图纸，交给蓝保温。

厚厚一沓图纸，像发牌一样一张一张分开，蓝保温一看，全蒙，因为他的心思不在图纸上面。

余师傅说："能看懂吗？"

蓝保温摇摇头。

一旁的儿子说："你不是说只要有图纸，你什么都能做吗？"

蓝保温说："我愿意，才能做。"

余师傅看看蓝保温闷闷不乐的神情，又看看同样憋气的蓝必旺，觉察到了什么。他把图纸收起来，然后对蓝保温说：

"老蓝，你带我去村里走走看看，行不？"

蓝保温领着余师傅在村里走。一个上岭的木匠师傅和一个上海的钢琴师傅，像一只山里的羊和一只草原的羊，很不搭配地走在一起。

余师傅说："老蓝，知道我为什么跟必旺来这里吗？"

"他请你来的。"蓝保温说。

"请我的人不少，可我只愿意来这里。"

“他请得起你呗。”蓝保温说，言外之意儿子一定给了余师傅足够的钱。

余师傅当然听懂了话外音，说：“你都没有我懂你儿子。”

蓝保温说：“我是不懂他，越来越不懂。”

在一堆木头边，余师傅请蓝保温坐在一根单放的木头上。然后他开始讲述蓝必旺去上海请他的过程——

一个星期前，退休八年的余海明在上海家中，接待了一位来自广西农村的农民，他说他叫蓝必旺。

这个农民让余海明震惊。

他钢琴弹得不错，熟悉世界著名的钢琴家和他们的曲子，并讲得一口流利的英语。

他说他要在他的家乡办一个钢琴厂。因为在他的家乡，有着制作钢琴最好的云杉。

他把带来的云杉木给余海明看。有着四十年钢琴制造经验的余海明，凭肉眼就能断定这的确是制作钢琴的上等材料。当然他最终用仪器，对木材的密度、纹理、色差、声学性能和含水率进行测试。测试的结果与他的判断一致。

这上好的木材让余海明心痒和手痒。他制造了无数的钢琴，但还没有用这么好的材料造过。

这么顶级的材料造出的钢琴，会是怎样的效果呢？它能超过斯坦格列泊索纳吗？或者甚至可以和斯坦威媲美？

余海明跃跃欲试，那情形就像琴手遇上一把好琴，肯定想一试身手，人琴合一，对于一个钢琴制造师来说也是一样。虽然他这个钢琴制造师已经退休，但那是工作的退休。他现在想创作和创造。

对于蓝必旺的邀请，余海明只有两个问题：

一、为什么请他而不是别人？

二、你(蓝必旺)为什么要创造自己的钢琴品牌？

蓝必旺回答说：你是上海最好的钢琴制造师之一。上海最好的钢琴制造师也就可以说是中国最好。你身体自由，心也自由。我为什么要创造自己的钢琴品牌？那是因为我寻求过与国外的钢琴公司合作，但是被拒绝了。所以我只能自力更生，中国制造，具体地说，是上岭制造。

余海明说：我增加一个问题。我发觉你是一个特别和罕见的农民，能说说你特别和罕见的原因吗？

于是蓝必旺讲了他身世转变的故事。

蓝必旺的故事让余海明感慨和同情。这位独居的上海老人，恍惚中把面前的年轻人当成了远在国外的儿子。

他接受了蓝必旺的请求。

此刻，上岭村的木头上坐着两个父亲，在谈论一个儿子。一个父亲认为这个儿子疯了，另一个父亲认为这个儿子没疯，认为没疯的父亲开导认为疯了的父亲，像是老师启蒙一个愚钝的大人学琴,十分困难。

“你有儿子吗?”蓝保温突然说。

余海明说:“当然有。”

“他是干什么的?”

“钢琴家。”

“我儿子可不是钢琴家。他是农民。”

余海明说:“你儿子是个特别的农民,他一定会成功的,我相信。”

蓝保温说:“就靠我这个老头,和你这个老头,造出一台钢琴来?”

余海明说:“先造一台。以后还要造更多。”

蓝保温不吭声了,他紧急地东张西望,像是要找地方排泄。

余海明说:“如果第一台钢琴没有造好,就没必要往下造。钢琴厂当然也就不用建了。”

“造一台钢琴需要多少钱?”蓝保温开口问。

余海明说:“比你造一个柜子多。”

“多多少?”

“五倍吧。”

蓝保温心里盘算着,损失似乎承受得起。

“如果钢琴造好了卖出去,价钱却是你柜子的五十倍,甚至一百倍。”余海明说,他循循善诱,像个生意人。

蓝保温吃惊，说："你是说一台钢琴能卖五万，甚至十万？"

余海明点头，"因为这是世界上最好的材料做的。现在世界顶级的钢琴，最有名的牌子斯坦威，一台的价格是四十万。将来我们的牌子有名了，打响了，也可以卖到这样的价钱。"

"当真？"

余海明说："我不骗人的。"

蓝保温看着余海明，想想，确实有道理。他站起来，拍拍屁股上的草屑，然后帮接着站起的余师傅拍了拍屁股，说：

"余师傅，讲好了，先造一台。造不好，就造一台。"

余师傅说："如果你图纸都看不懂，也就只能造一台。"

"哪个说我不会看图纸？我是说只要我愿意，就会！"蓝保温激动地说。他抑扬顿挫地挥着手，看上去像个乐池里的指挥家。他面前一片摇曳的竹子，像是启奏的管乐，叙述父亲对儿子的爱护。

十三、剧本

南宁飞往北京的航班，头等舱的十二个座位，都被马到成功集团包下了。实际乘坐就五个人：罗光灯、周文婷、蓝木村、韦努，以及新上任的副总裁李楚。

他们此行目的是去北京拜会各大影业集团或公司的大咖们，向他们取经，也希望与他们合作。

前排座位坐着蓝木村、韦努。中间一排坐着罗光灯。第三排坐着周文婷和李楚。罗光灯像坐在儿童椅上的儿童，被宠护着。一登机，漂亮的空姐便立即来到身边，递上热毛巾、上茶，询问送餐的时间，要不要毯子。优雅贴心的服务，把第一次坐头等舱的罗光灯、蓝木村和韦努，照顾得目瞪口呆。

飞机刚起飞，罗光灯便感觉到寂寞了。他把李楚和周文婷叫到中间一排来，让李楚坐在自己身边。

罗光灯问李楚：“你当明星经纪人的时候，好当不？”

聪明伶俐的李楚说：“好当我就不投奔罗总了。”

“他们脾气很差吗？”罗光灯说。

“有的差，有的还好，”李楚说，“这都不是经纪人难当的原因。”

“什么原因?”

“难就难在帮明星选戏和讲价钱!”李楚脱口而出，显得十分懂行。

“哦? 说说!”罗光灯感兴趣地说。他习惯地掏出香烟，却发现没火机，登机时被没收了。他只好捏着一支烟，放在鼻子下闻。

前排的蓝木村、韦努也侧出身子向后，准备倾听的样子。

李楚说:“先说选戏呢? 还是……”

“都行，讲喂!”罗光灯说，他是个急性子，受不了李楚还吊胃口。

于是李楚开讲。他先讲为明星选戏——

为明星选戏为什么难? 因为明星其实也是人，生来都是肉眼凡胎。他们大多没上过多少年学，出道比较早。上到大学的，也基本上是艺术类的院系，专学舞蹈或者表演。专业以外的知识，他们基本上不学或没有兴趣学，比如文学、哲学和历史，都很浅薄。即使后来他们当上了明星或已经是明星，学养都很差，没几个博学多才。没有学养带来什么问题呢? 艺术鉴赏力弱，不懂什么戏好，什么戏不好，或者把烂戏当好戏接，把好戏演烂了，所以经纪人就显得特别重要! 一个好的经纪人，首先知识必须全面，他要懂文学，懂历史，说白了要懂人生、人性和命运。人生、人性和命运，是一切艺术作品要表达的重要主题，谁把这主题演绎和表达得越深刻、越广博、越生动，谁就能成为大师。那么，帮演员选好戏，或者推荐好角色给演员，是经纪人义不容辞的责任。但是也很难，难在哪儿呢？演员不接受呀！她、他，由着性子来，尤其当了明星的，经纪人的意见或推荐只当参考还好，有的当你是放屁！不管剧本好不好，角色合不合适，哪个钱多选哪个。经纪人如果坚持和反对，要么辞职好了，要么被开掉。

“你被开过吗?”蓝木村问。

“当然！我被李××开过，被杨××开过，被赵××——这个我是主动辞职的，”李楚如数家珍地坦白承认，然后他笑呵呵，“没有被明星开掉的经纪人，不是好的马到成功集团副总裁!”

罗光灯、蓝木村、韦努和周文婷都哈哈大笑。刚过来续杯的一位空姐听见了也笑，露出的两个酒窝特别好看。

“继续讲。”罗光灯说。

李楚接着讲为明星谈价钱——

明星的价格往往跟卖石头是一个样的。同样或同等一块石头，有人愿意花两千万买，有人只肯出十万，那么这颗石头最终是贵卖还是贱卖，取决于卖石头的人的识别、吆喝和忽悠能力。经纪人就是那个卖石头的人。一个好的经纪人，必须把他代理的明星的价值捧上天,而又足于让人相信并且心甘情愿地接受。请王××是吧?两千万!黄××,也是两千万。这个价还不一定有档期,还要看剧本好不好,角色合不合适。嫌贵?要不我推荐便宜一些的?一千万就够了,但是票房的号召力我可不保证哦。一提票房,投资方或制片方往往就选择那票房有保证的两千万的明星。卖房子跟卖明星是不是也是一个样?不求最好,但求最贵。再贵的房子,最终是有人买的,就像多贵的明星总是有人请一样。前提是什么?实力是肯定要具备的,然后是要有定力。讲到定力,经纪人的难度就来了。明星其实大多都不自信,因为他们大多是靠颜值吃饭的而不是靠演技,尤其是女明星和小鲜肉。两千万不行是吧?那就降五百万,甚至降一千万,而且她、他背着经纪人就答应了,甚至把合同签了。真是傻×!明星不跟经纪人默契配合,这经纪人还怎么当?就像病人把医生当杀人犯、吸血鬼,这医生还怎么给这病人治病呀?对不对?

在场的人听了,无不点头认可和口赞李楚讲得准确、生动和传神。尤其是蓝木村、韦努和罗光灯,这三个对演艺圈一无所知、半年前还是上岭村农民的男人,李楚的讲述,就像是给了他们一副准备进攻影视界的望远镜。是的,他们的队伍正在雄赳赳气昂昂地北上,飞越长江、黄河,直奔北京。心潮澎湃的罗光灯、蓝木村和韦努,只盼飞机早点降落。

飞机终于降落了。头等舱的五个人最先走出飞机。然后,他们走出机场。

一辆租来的商务车迎接他们。租车人是李楚。

罗光灯心里有点凉了,为什么没有相应的人接?老子也是堂堂的马到成功集团总裁,资产过百亿,在南宁呼风唤雨,怎么到了北京像个草民一样?他一边想一边不满地瞪着李楚。

李楚像是料到了会被总裁这么一瞪,这位马到成功集团新任不到一个星期而且还有一年试用期的副总裁,气定神闲,平静地说:"罗总,这是北京。"

罗光灯说:"我晓得是北京!北京怎么啦?"

李楚说:"北京能人多呀,而且到处藏龙卧虎。"

你的意思我到了北京什么也不是?北京人傲慢到我这么有钱的人都看不起吗?罗光灯想说这句话,但说出口的却是:"北京不好混呀。"

李楚听出罗光灯是在含沙射影嘲弄他,说:"罗总,你想要排场或隆重的欢迎仪式,我可以做得到。花钱就行。但我不想骗你。北京就是这么现实,尤其影视界更加现实。我们集团在南宁虽然实力雄厚,在全国也有一定知名度,但也只限于房地产界。影视界是不知道我们的,即使知道也是小看我们,因为我们才刚刚起步,刚在北京落地。被冷落很正常,罗总你要有思想准备。"

罗光灯点了点头,像是听进了李楚的话,但还是心有不甘,说:“你的意思我们这次来,张艺谋不会来见我们? 冯小刚不会来见我们? 还有范冰冰、李冰冰等等?”

“罗总,一切皆有可能,”李楚说,他看着车上烦躁的罗光灯,“关键是看我们的态度!”

“什么态度?”

“两点,”李楚竖起两根手指,然后扳下一根,“第一点,诚心。”又扳下一根,“第二点,耐心。如果具备了这两种态度,”他把两根手指重新竖起,像个 V 字,“形势就会对我们有利,攻无不克,战无不胜!”

罗光灯听完,不说话。他不停地眨眼和摸头,像是眨眼和摸头能辅助他思考和决断。过了一会儿,他把摸头的那只手掀开,像从火炉里抽出一把烙铁一样。他把烙铁朝李楚击去。李楚也以掌迎击。

两掌相击,发出响声,像战役或进攻开始的第一枪。

一行人入住国际俱乐部饭店。这是超五星的饭店,也是影视界明星、大佬喜欢光顾的饭店。罗光灯听从李楚的建议和安排住在这里,走对了第一步,或许是走对第二步。第一步是年薪一百万请了李楚担任集团的副总裁,这个在影视界打拼多年的小子,聪明伶俐而又熟门熟路,谦虚谨慎还能不卑不亢,看来是请对了。

罗光灯对进入总统套房送温暖的周文婷说:“你这个表弟是

什么表？是舅表还是姨表？”

周文婷说："姨表，我妈和他妈是姐妹。"

"哦。我看也是。"罗光灯在客厅抖着二郎腿说。

周文婷说："什么我看也是，就是。"

罗光灯说："我没说不是。"

"舅表还是姨表，为什么要这么问？"

"因为表亲的话，是有舅表和姨表的分别呀。"

"舅表怎样？姨表又怎样？"

罗光灯一愣，像是不好回答。"都一样，"他最后说，"是你表弟就行。"

周文婷说："如果李楚不是我表弟你就不信任他了是不？"

罗光灯说："我就是这个意思。"

周文婷坐到罗光灯的腿上，"李楚是我表弟。"

"我信任李楚。"罗光灯对腿上的周文婷说。

这天晚上的宴会，相继来了众多的人。有制片人，有导演，有演员和影视机构的负责人。更多的还是经纪人，他们是李楚当经纪人时候的同行，现在是朋友。他们之间那个熟悉、友爱，就像一根绳子上的蚂蚱。张艺谋虽然没来，冯小刚虽然没来，范冰冰、李冰冰虽然没来，但这帮人的嘴里却没断过谈论他们，一口一个"艺谋、小刚、冰冰"，连姓都省了，可见与他们的交往之密切、关系之铁。这些人让罗光灯感觉新奇和眼花缭乱。

这顿相当于拜码头的宴会，就设在国际俱乐部饭店，相当有气势和气派。茅台喝掉了九瓶，拉菲葡萄酒干掉三瓶。蓝木村去结账，十三万七千！客人临走，还要送礼物——广西合浦A级珍珠项链。有的人单份，有的人则是双份或多份——请他们代转给没有到场的明星和导演。

客人都走光了，依然兴致勃勃的罗光灯看着他屹立不倒的精兵强将，说："到我房间开会！"

会上，罗光灯问李楚："我们这顿饭，够不够诚心？"

李楚低下头说："诚心。"他的头低下去，便没有抬起来。

罗光灯看着还有意识的其他人，说："我打算买一架飞机。"

蓝木村、韦努和周文婷惊得都翻起白眼，嘴巴张开可以塞进一个大杧果。

"刚才吃饭的时候，听说赵本山有私人飞机，成龙有私人飞机，范冰冰有私人飞机，"罗光灯咬牙切齿说，"我们也要有！"

韦努摩拳擦掌响应，"好！"

蓝木村说："这个可以有。"

周文婷说："凭我们集团财力，是买得起，不过……"

"周文婷，这个事交给你去办。"罗光灯打断说，"要进口的，要比他们的都好！"

交代完毕，罗光灯的头一歪，睡着了。

其他人也相继倒在沙发上，进入梦乡。

第二天临近中午，服务员呼叫没有回应后开门进来，看见一屋子男女东倒西歪，以为中毒，正要报告，李楚醒了。

李楚说："我们是剧组，昨晚彻夜谈论剧本，天亮才睡。"

服务员道歉后退了出去。

李楚把人一一唤醒。

韦努发现所有人都睡在罗光灯的房间里，说："我们好几间房呢，白开了。我要回我的房间睡去。"

蓝木村说："你大气一点好吗？我们都是要坐上私人飞机的人了，还在乎白费开房间的钱！"

周文婷一愣，"什么私人飞机？"

蓝木村说："昨晚大哥决定要买私人飞机，你忘了？你问我大哥！"

周文婷看着咕嘟咕嘟喝水的罗光灯。

罗光灯放下瓶子，然后笑眯眯，说："是的。"

周文婷说："你现在醒了吗？"

罗光灯说："醒了。"

"你昨晚醉酒做的决定，可以作废。"

罗光灯说："我昨晚没醉，说的话都记得，决定有效。"

周文婷说："那你重复一遍昨晚的话。"她看李楚，"李楚你听哦，昨晚你没听见。"

罗光灯坐直了，说："我决定买一架私人飞机。这个事交给周文婷去办。要进口的,要比赵本山、成龙、范冰冰的私人飞机都好!”

李楚听了,竖起拇指。

罗光灯看着李楚,像看待一个值得信赖的人。“我们第一部,是要拍电影呢,还是电视剧?”

李楚说:“电影。现在电影市场很好。”

罗光灯说:“谁来导?谁来演?需要投多少钱?”

李楚说:“现在说这个还太早,罗总。”

“为什么?要我有耐心吗?”罗光灯说,“你所讲的耐心是什么?怎么做才是有耐心?”

李楚说:“罗总,我的意思是,拍电影,首先得有剧本。有了剧本,才好去请导演,请演员,就像起房子得先有地一样。我们现在还没有剧本呢。剧本是一剧之本,就像做饭的米一样。没有米,做不了米饭。剧本要编剧来写。”

罗光灯像个蠢货一样被李楚教导,却又虚心地接受了教导。他点头,“哦,是这样。昨晚吃饭有编剧来吗?”

轮到李楚傻了,“没有。”

罗光灯忽然发飙,指着李楚,“你说剧本第一,编剧重要,昨晚吃饭来了一大堆人,却一个编剧没有!为什么不请编剧?”

李楚心慌脚软,就差没有跪下,“对不起罗总,是我疏忽,我原本是想请……”他脑筋一转,“为什么没有请呢?因为我们广西就有很好的编剧，北京的人还去广西请他们呢。所以，昨晚在北京请客，就没有请编剧。”

罗光灯半信半疑，“广西有好编剧吗？”

李楚大幅度点头，“有的有的。张艺谋导演的电影《英雄》《十面埋伏》《幸福时光》，还有陆川导的第一部电影《寻枪》，姜文演的，还有大画家陈逸飞导演的电影《理发师》，国际上获大奖的电影《天上的恋人》，等等，编剧或者原著，都出自广西作家、编剧的手。”

周文婷在一旁帮腔，说：“是的，李冯、鬼子、东西，还有凡一平，这些作家、编剧都是广西人。”

罗光灯说：“都认识他们吗？”

周文婷和李楚都摇头。“但是他们不难找。”李楚说。

罗光灯站起来，迈步走。其他人都不知道他要去哪里。

韦努问：“大哥要去哪里？”

罗光灯头也不回，说：“回广西！”

一行人飞回广西。罗光灯命令周文婷和李楚：

“你们把那帮编剧，给我找来！”

李楚和周婷婷千辛万苦，通过北京和广西各地的熟人，要到了广西一帮作家、编剧的号码，然后诚恳地给他们打电话。

受到邀请的鬼子、东西、李冯、凡一平、胡红一，除了已在北京定居的李冯，都来了。

宴席设在马到成功集团自己的酒楼。

罗光灯好奇地问鬼子:“你为什么叫鬼子?”

长发飘逸的鬼子说:“因为我是鬼子呀。”

“你跟日本鬼没关系吧?”罗光灯说,然后哈哈大笑。

鬼子说:“你今天遇见鬼了。”

罗光灯略感惊悚,转而问东西:“你为什么叫东西?”

平头且略生白发的东西说:“因为我还是东西,有的人连东西都不是。”

这话意味深长或绵里藏针,罗光灯避开锋芒去问胡红一:“你是东西吗?”

这帮作家中最帅的胡红一说:“为了和货真价实的东西有个区别,你可以在东西前面,加个狗字。”

“狗东西!”罗光灯迅速拼起一个词组,然后又是哈哈大笑。笑声像波浪推动他的目光转移到肥面大耳、头上光秃的凡一平时,戛然而止。他像遇见了佛似的肃穆起来,双手合十,恭敬地说:“大师是从什么地方来的?”

凡一平说:“既然你把我当和尚,我这和尚来自上岭。”

“上岭? 上岭村的上岭吗?”罗光灯惊讶和激动地说。

“正是。”

“那我怎么没见过你,也不晓得你?”罗光灯说,“我也是上岭村的呀!”

凡一平说："老乡好。"

罗光灯两眼放光，就差眼泪汪汪。他起立，准备过去和凡一平握手或拥抱的时候，停住了，像是意识到上当受骗似的，说："不可能！是老乡我一定晓得你，你也一定晓得我！上岭村有多大呀，就六百口人。"

凡一平说："我十六岁离开上岭，已经快四十年。我离开时你应该还没出生，我往年也不常回去，一年最多一次，待半天。所以你不认识我，我不认识你，很正常。"

罗光灯说："你爸是哪个？你总有家人亲戚在上岭吧？"

凡一平说："你先说你爸是谁吧。"

罗光灯脱口而出："蓝保温。"

"哦，"凡一平似懂非懂地说，却心生疑窦，"那你怎么姓罗呢？"

"我原来姓蓝，叫蓝必旺，刚刚改名换姓不久，"罗光灯说，他眉头一皱，像是又觉得受骗了，"我被错抱到上岭村三十三年，这么轰动的事情，你不晓得？没听说过？"

"原来是你，"凡一平说，"我今年清明回去扫墓，听说了，只是略知一二，具体是怎么回事不知道。"

"说来话长！"罗光灯说，他看着被冷落一边的其他人，"以后再说。"他直接站着端起酒杯，"各位文豪，今天请大家来，几个意思：一是和大家交朋友，希望大家把我当朋友；二是请大家帮我的忙，给我写剧本。我们集团从今往后的主业，就是影视，要拍很多很多的电影、电视剧。所以，你们的生意来了。我们一起做生意，一起发财！来，我茅台酒请大家，干杯！”

被称作文豪的鬼子、东西、胡红一和凡一平，极不情愿地起立，与罗光灯和他的部下蓝木村、韦努、周文婷一一碰杯。

第一杯酒饮下去，四位作家、编剧当即愁眉苦脸，毫无疑问喝到了假酒。然后他们面面相觑，个个心领神会达成共识的样子。

罗光灯毫无觉察，接连举杯，一杯换一个话题或换一个主敬对象。

但这些作家、编剧再也不喝了，只是象征性地抿了抿，托词要么是酒量有限，要么是肠胃不行，一个比一个婉拒得有板有眼，全变成表演艺术家。

罗光灯和他的部下都信以为真，不再勉强。

宴席早早就散了。

送走作家、编剧们，罗光灯对身边的人说：“听这帮作家、编剧讲话，我觉得他们都挺有才的，都用他们吧。”

李楚说：“只是不知道他们的价钱，给多少合适？”

蓝木村说：“一部电影剧本，我看十万可以了，电视剧一集一万。”

李楚摇摇头，“我虽然没和他们打过交道，但凭他们的知名度和文学影视界的地位，肯定不止这个数，远远不止。”

周文婷说：“我觉得也是。”

韦努骂咧咧：“×！坐飞机打摆子，抖上天了！蝙蝠身上插鸡毛，算什么鸟？嫌少不干，就换人！”

罗光灯当头打了韦努一掌，“你蚂蚁放屁，麦秆吹火，怎么这么小气？我们就是要大方，舍得把床单当尿布，懂不懂？”他转身对着李楚，“跟他们谈，他们要多少就给多少！”

李楚说：“是。”

罗光灯手一挥，蓝木村、韦努、周文婷和李楚，跟着罗光灯回到宴席，继续喝。

在航洋美食城，鬼子、东西、胡红一和凡一平也在喝着。他们把盏推杯，原形毕露。

鬼子说：“这罗老板，懂不懂得茅台是假的？”

胡红一说：“看他那爽神的表情，应该是不懂。”

凡一平说：“也不能怪他不懂辨别假茅台真茅台，很多老板其实也是不懂的，就像文艺作品的好坏、黑白，评论家常常也是看不准一样。”

鲁迅文学奖获得者东西说：“一个把假的当真的人，你们说怎么给他写剧本？”

给张艺谋导演的电影《幸福时光》写过剧本的鬼子说：“现在请我们喝的是假酒，下次给我们的就是假币了。”

全国“五个一工程”奖获得者胡红一说：“影视界水那么深，这罗老板为什么要去蹚呢？”

跟影视界比较有缘的凡一平说：“像罗光灯这种大鳄，不在股市里祸害散户，已经够仁慈了。”

东西说：“你们想写就写，反正我是不写。”

鬼子说：“我觉得我现在钱够用了，多得没地方花。”

胡红一说：“给这种外行的老板写剧本，一稿过不用改，我还真不习惯。”

凡一平迟迟不表态。大家看着他。

东西说：“老凡，罗老板是你上岭村的人，你就帮帮他啰。”

胡红一说：“陈逸飞是导你写的《理发师》累死的，你再成全一个，让他撑死。”

鬼子说：“一个人喜欢喝奶，非要办一个奶牛场，你就做那个养牛的或者挤奶的。”

凡一平抽完一支烟，喝了一杯酒，最后说：“我一定不让罗老板认为，我们是一群见钱眼开的人。”

不久后的一天，李楚的电话打给这些作家、编剧，只有凡一平接。李楚约凡一平去某个茶庄谈。凡一平到了那个茶庄，只见李楚、周文婷，不见罗光灯。凡一平说你们背着我的老乡罗老板，想拍什么样的电影或电视剧？李楚说题材不限，创作自由，只要满足我们老板的要求就行。我们老板的要求是，第一，把钱花出去,收回来,赚到钱。第二,捧红他喜欢的女演员,还有让他泡到他喜欢的已经当红的女明星。剧本要为她们量身定做。

凡一平说:“我们从第二开始谈。罗老板喜欢哪位女演员,哪位女明星?”

周文婷说:“这是老板的秘密,你不需要知道。”

凡一平说:“如果……我是说如果,我要写剧本的话,按照你们的要求也好,你们老板的要求也好,我都不知道演员是谁,怎么量身定做?”

周文婷和李楚交换了一下眼神。李楚说了两位演员的姓名。

“意思是说,我这位老板老乡,想脚踏两只船,在影视界这个汪洋大海中航行?”凡一平说。他语气和蔼,又吞云吐雾,看不清他是什么表情。

周文婷说:“她们当然是要分开的,一人一部。白鸥只演过电视剧,想演电影,就让她演电影,捧红她。王××,已经是很红的明星了,老板非常喜欢她,电影也好电视剧也罢,只要她当女一号,砸多少钱都愿意。”

“好,下面我们谈第一个要求,”凡一平说,“第一个要求是,把钱花出去,收回来,赚到钱,是不是?”

李楚和周文婷点头。

凡一平说:“你们不觉得第一个要求和第二个要求,是自相矛盾的两个要求吗?"

"怎么矛盾法?"周文婷说。

凡一平说:"我把第一个要求比喻为鱼。你们或你们老板,想在影视界逢凶化吉,如鱼得水,说白了就是赚钱。第二个要求我比喻成熊掌,直截了当说就是泡女演员女明星吧。你们同意我的比喻吗?

李楚和周文婷点头表示同意。

凡一平说:"两个要求都要满足,是不可以的!"

"谁说不可以?"周文婷说。

凡一平说:"孟子说的。孟子懂吧?战国时代的思想家和教育家,和孔子并称孔孟。他在《鱼我所欲也》中说,'鱼,我所欲也;熊掌,亦我所欲也。二者不可得兼,舍鱼而取熊掌者也。'鱼和熊掌不可兼得,就是这么来的,是流传千古颠扑不破的真理。后面还有一句,是关于舍生取义的,更有高度,不适合对你们说。总之,两个要求都要满足,无法做到。"

"影视界可以的,既赚钱又享乐的事例,有的是。"李楚说。他接着举了某出品人的例子、某导演的例子、某女明星的例子、某男明星的例子,甚至举了某编剧的例子。

凡一平说:"刚才你举的那些人,迟早会出事。所以,鱼和熊掌……"

"你剧本写得好,票房有保证,就没问题。"李楚说。

凡一平说："我写不好这样的剧本。"

"要多少钱吧？你开个价。"李楚说。

凡一平沉静了一会儿，然后慢悠悠地说："我不卖我的艺术良知。请转告我的上岭老乡罗老板，或安排我跟他再见个面，我奉劝他最好别蹚影视界的深水和浑水。"

李楚和周文婷交换眼色，"我一定把你的态度，向罗老板转告到位。"李楚说。

喝茶过后，李楚和周文婷来到罗光灯在集团的住处。罗光灯正在和他泡上的女演员白鸥谈自己的传奇身世和悲惨遭遇，白鸥聚精会神并且眼泪汪汪地听着。李楚和周文婷进来了。

李楚汇报说："东西鬼子凡一平胡红一这些作家编剧，我和文婷姐都分别和他们谈了。他们统统表示不干，就是不写。"

罗光灯一听就急，说："我不是跟你说了吗？他们要多少钱，就给多少！"

周文婷说："他们不要钱。难就难在这儿。"

"奇了怪了，哪有见钱不要的？"罗光灯说，"那他们想要什么？"

"要命！"李楚说，"这帮作家把命看得比钱重，性命，还有什么使命。他们以健康为由，拒绝了。"

"我那上岭老乡呢？我看他身体蛮好的嘛。"罗光灯说。

"你这老乡凡一平态度最为强硬和恶劣，他从根本上就看不起你,鄙视你。”李楚说。

“看不起我什么？鄙视我什么?”

“说你没文化,不懂艺术。”

“他认为有你这老乡,是他的耻辱。”周文婷补充说。

“啪!”罗光灯将手里的打火机狠狠一摔,打火机爆炸了。同时爆炸的还有他的脾气。他在房间里横冲直撞,像一头愤怒的公牛。

女演员白鸥上去拉着他、抚摸他:“光灯哥哥息怒,请息怒。发怒会伤身体的。没有人写剧本,我大不了不演就是了。光灯哥哥,我红不红没关系,光灯哥哥身体最重要。”

仿佛火上浇油,罗光灯更怒了:“我就是要捧红你,怎么啦?他妈的,说我没文化,不懂艺术?我要亲自写剧本,给他们看看!”

在场的人都错愕了。

然后李楚突然说:“好啊！老板亲自写剧本,这是大创意,大卖点!”

周文婷说:“我看可以。”

罗光灯却冷静了,像是意识到牛逼吹大了,他不自信地看着鼓动他的人:“我行吗?”

李楚说:“行的。”

“可是我从来没写过剧本呀?”

周文婷说:“你父亲,罗董事长在从事房地产之前,也没有从事房地产，但是后来一样做得风生水起。这是你在演讲里说的。”

“我有我爸的才干吗?”

李楚说:“一定有，因为你是他的亲儿子。”

“剧本怎么写？我字认识得可是不多。”

“剧本主要是讲故事，塑造人物，把故事讲好看，把人物塑造生动，就OK!”李楚诱导说，“字认多认少不重要，无所谓，我们再找人修改纠正就是。”

“那我讲什么样的故事呢?”罗光灯说，他现在考虑的已经不是当不当编剧的问题，而是怎么编剧的问题。

女演员白鸥说:“我觉得光灯哥哥本身的故事就很好，好精彩，好神奇，刚才光灯哥哥跟我讲，感动得我眼泪汪汪的。真的好感人!”

李楚拍掌说:“对呀!”

“罗总的故事天下少有，中国独一无二。”周文婷说。

罗光灯又在房间里走来走去，像是在又一重大决策前，做最后的定夺。

他突然停下，看着女演员白鸥，说:“可是我以前的故事里，没有女人呀！有也是老女人、丑姑娘。她怎么办？演什么?”

“这个问题好解决，编进去!”李楚说，“故事本来就是虚构的，虚虚实实，实实虚虚。”

罗光灯信心十足，像一辆即将跑长路、险路的汽车加满了油和检修完毕。他要亲自驾驶他这辆车，朝陌生却充满诱惑的领域狂奔。在他的身边，还有李楚、周文婷、白鸥和其他鼓励他的人，他们像是他的教练、导航员和开心果，他们的陪护和服务，是他信心和力量的源泉。尤其白鸥，这位性感妩媚的天生尤物，不甘屈居二线、一心想上位的女演员，她的献身给他的欢乐体验，真是太刺激了。仅仅为了报答她，他也必须一往无前，携她上路。

李楚和周文婷一走，白鸥立即就扑进罗光灯的怀里，满满的幸福和感动，像一头麋鹿置身在向往的森林或草原。

“谢谢光灯哥哥。”白鸥说。

“谢什么？”

白鸥说：“你总是为我着想，哪怕在没有我的你的故事里。”

罗光灯说：“我的故事不能没有你。”

白鸥说：“你其实可以用钱打发我，但你懂我需要的不是钱，而是实现梦想。这是你令我感动的地方。”

“首先是你感动我。”罗光灯说。

“我什么地方让你感动啦？”白鸥娇滴滴地说，其实明知故问。

罗光灯边指边说：“你的脸，脸上的眼睛、鼻子、嘴唇，你的胸脯、屁股，还有这儿、这儿、这儿，都令我着迷和感动。”

紧接着，罗光灯在他点到、罗列的白鸥的部位，都亲了个遍，遇到被衣裙丝袜遮挡、包裹，他便把它们撕开，像逢山开路、遇河搭桥。

十四、樊贞秀

那个迷住蓝必旺的姑娘,有着一双勾人的大眼睛和一张樱桃似的嘴。她留着不长的头发,恰到好处地不让人误以为是男子,而显现着女孩子的温润和精气神。她穿着也不鲜艳,是冷色调的一件灰羽绒服,延长到了膝盖,这使得她在花花绿绿的女子中,显得与众不同。她个子也不高,但也不显矮。这里的女孩子个子普遍都不高,又不喜欢或不方便穿高跟鞋,她们仿佛约定俗成,站在一起基本平等,像是同一个时间栽种的同一树种。即使是这样,她也显得很特别。那是因为她不好动,几乎是文静地站着,在来往穿梭的人群中,像是一个忧郁的女孩。她对别人也会露出笑容,但看上去是强迫出来的,像挤牙膏一样,挤到最后越来越少,也更吃力。

她是在蓝必旺表弟的婚宴上,被蓝必旺发现的。

蓝必旺和父母去参加表弟的婚礼,就在本村。表弟是舅舅的孩子,今年二十八岁,在农村这个年纪娶亲,算是比较大了。当然他的两个表哥——假表哥和亲表哥,年纪更大,三十四岁了也还没有成亲。这两个表哥对表弟的婚姻影响比较大。受前面假表哥恶劣品行的影响,没有姑娘愿意嫁给表弟。自从假表哥走后亲表哥来了,形势莫名其妙发生了变化。三个月前抱着试一试的心态说的一门亲事,居然成了。这亲表哥是谁呀?留学美国,斯斯文文,因为错抱的原因,医院赔了一百万,实际到手是两百万。虽然这钱财不会分到舅舅家,而且据说已所剩无几,但是富亲戚好表哥的名声是传出去了。因此表弟的成功婚姻,有亲表哥蓝必旺的催化作用,像使玉米苗壮成长并且丰收的化肥一样。蓝必旺便是那化肥。

父亲精心打造的柜子,数天前已送去表弟家。因此今天蓝必旺一家可以说是空着手来的,不用再随礼。父亲蓝保温没有邀请余师傅一同去参加婚宴,也是出于不想让懂礼的余师傅破费的考虑。母亲韦幼香煮好了饭菜给余师傅,才出门。

新娘是外村人,蓝必旺是第一次见。毫无疑问那个红衣红裤的女人就是。她没有让蓝必旺产生任何错觉和感觉。倒是站在她身边的姑娘,穿着灰色羽绒服、大眼睛短头发、强颜欢笑的伴娘,让蓝必旺觉得特别抢眼。她就像是为他而出现的,他也仿佛是为她而来。事实上蓝必旺一出现,两人的眼睛就对上了。他们的目光像两条溪流交汇在一起,只有他们自己觉察到心潮的澎湃。

蓝必旺听到有人唤她贞秀。

蓝必旺借给表弟和表弟妹敬酒的机会,接近贞秀。他反复地去敬酒,把百忙中的表弟和表弟妹弄得极不耐烦,最后把他推给了贞秀。

贞秀端着本来给新娘随时使用的酒壶,举向新郎的表哥。她礼貌而冷静,边倒酒边说:“又不是你结婚,你为什么比结婚的人喝得还多?”

蓝必旺拿着牛眼大的杯子,接酒。酒满杯了,他通红的眼睛看着不再倒酒的贞秀,说:“你也不是新娘,为什么我觉得你更像新娘呢?”

贞秀说:“你喝酒呀,继续喝。”

蓝必旺喝酒。结果发现,他喝的是水。

蓝必旺满意地笑了。

贞秀也笑。笑得很自然,完全不是逼出来的。

山村的婚宴很热闹,到了最后就剩下闹了。留下来的都是酒中豪杰和撒泼的人。划拳猜码、吵架论理声不绝于耳,像昼夜机声隆隆的建筑工地。

蓝必旺和贞秀趁乱离开了现场。

他们盲目地在村里走。说是盲目,其实是有意识地选择没人的地方走。蓝必旺起先是带着贞秀走往南山的那条路。但到了上山的路口,贞秀不走了,或者说调转了方向。

蓝必旺跟着贞秀走。“你知道不?那南山上有一个怪人。”

他说。

贞秀回头说:“你见过他了?”

蓝必旺说:“我每天跑步上南山,都见到他。”

“怎么怪法?”

“其实也不是怪,是特别。特别有意思。他每天都对一排坟墓点名,坟墓里是他的战友。他和他的战友每天军训,风雨无阻。”

贞秀说:“你觉得这有意思吗?”

“我觉得这个老头可敬,也可爱。”

“真的吗?”

“真的。”

贞秀停下步子,“你说的这个怪老头,是我阿爸!”她说,然后大踏步往前走。

蓝必旺惊呆得像无意中撞上太岁,不知好歹。他缓过神后,急忙追上去。

“那你是姓樊啰?”蓝必旺问贞秀。

“废话!”

“我叫蓝必旺!”蓝必旺说,他想起还没介绍自己。

“我以前见过你。”樊贞秀说。

“是吗?什么时候?”

“你被人打的那天。”

蓝必旺的脸忽然难看,像伤疤被揭了一样。

“你刚来上岭的那天,我也看见你了。”樊贞秀说。

蓝必旺说:“哦,那是去年,三月二十三号。”他跟着她又走了三五步,“那我怎么不见你呢?”

“我在人群里,”樊贞秀说,“你哭哭啼啼的,给亲生父母下跪,还顾得上看别人?”

“那倒也是。”蓝必旺说,然后笑嘻嘻的。他明白提到南山的怪老头,是一件好事情。想不到他竟然是眼前樊贞秀的父亲。

这时他们来到了河边。冬天的季节,河水已经退到竹林以下,并且变清。清澈、平静的河面,又像锦缎。

“你为什么要用蓝必旺这臭不可闻的名字?”樊贞秀突然说。

蓝必旺迟疑一下,说:“我现在觉得挺吉利的。”

“钢琴造得怎么样了?”

蓝必旺吃惊,“你知道我在造钢琴?”

樊贞秀说:“全世界都晓得你在造钢琴。”

“我的确想把钢琴卖到全世界去。”

“我会弹一点点。”

“是吗?”蓝必旺看着樊贞秀,“想不想上我家看看?”

樊贞秀跟着蓝必旺,来到了蓝家。

余师傅正在对组装完毕的钢琴进行试音和调律。他修长的手指在琴键上娴熟轻快地跳动,像雨天河畔里自由游翔的小鱼。用了小半年心血制造的钢琴,它显得淳朴而高贵,正发出悦耳和亮丽的声音。

蓝必旺和樊贞秀站在余师傅的身后,甜蜜地听着。蓝必旺闻到一缕清香,像来自崭新的钢琴,又像来自年轻的樊贞秀,总之混合在一起的一致的味道,像行云流水和优美的琴声,沁入他的肺腑。

蓝必旺冲动地说:“我想把这台钢琴送给你。”

樊贞秀吓了一跳,“你发什么疯?”

蓝必旺说:“你说你会弹琴。”

樊贞秀说:“我说我会一点点。”

“所以有了钢琴,你就会弹得更熟练,更好。”

“这是你造的第一台钢琴,我不要。”樊贞秀说。

“正因为是第一台钢琴,才有意义。”

“等你造出第二台,我让学校来买。”樊贞秀说。

“学校?”

樊贞秀说:“我是上岭小学的老师呀。学校没几个老师,就我和校长。校长是我叔叔。”她说完情不自禁地笑了。

蓝必旺说:“好吧。等第二台造出来,我卖给学校,只收一块钱。”

樊贞秀说:“我走啦。”

送走樊贞秀，蓝必旺回到余师傅身边。耳聪目明的余师傅看了看情深意浓的蓝必旺，说："那姑娘要比你冷静和理智许多。"

蓝必旺说："想不到上岭村竟然有这么可爱的姑娘。"

余师傅说："就像上岭村竟然可以造出精美的钢琴一样。"

蓝必旺惊喜交加，"真的吗？余师傅！"

"完美。没有瑕疵。"

蓝必旺扑到了钢琴上。他的脸贴着琴盖，手温柔地伸张，去抚摸琴身让他快慰的颜色、质地和部件，像亲热一个性感女人的肌肤和器官。

"你要不要试一试，弹一曲？"余师傅说。

蓝必旺想了想，说："我不配，也不行。这台钢琴的第一首曲子，我要请您的儿子来弹。他是伟大的钢琴家。"

余师傅说："我儿子在世界到处演出。我已经两年多没见到他了。"

蓝必旺转身望着余师傅，顺势跪下。他抓住余师傅下垂的两只手，说："师傅，你回上海，好好休息一段时间吧。"

余师傅说："我回去干什么。这里空气、食品比上海要好许多倍。"

蓝必旺说："我下一步就要忙于注册商标和筹建工厂的事了，就没办法尽心照顾师傅您了，请多包涵。"

余师傅说："我比你爸妈身体还好，本来就不需要你照顾。"

正说着，蓝保温和韦幼香回来了。蓝保温被韦幼香扶着，踉踉跄跄地走进家门。醉醺醺的他还是发现了完整、洁净发亮的钢琴。他推开妻子，扑到钢琴上，一顿狂摸拍打。

蓝必旺扭住父亲，被余师傅阻止。

"让他弄吧。这也是他的作品。"余师傅说。

胡乱中，父亲蓝保温掀开了琴盖。黑白分明的琴键，像整齐规矩的禾垄，诱惑勾引他的眼睛和双手。只见蓝保温的手臂高高举起，又重重地落下。这位农民和木匠的双掌拍在琴盘上，再拍，持续不断地拍。钢琴发出强大的轰鸣，像打开了闸门的大坝水流奔腾的那一刻。

父亲亲自创作并演奏的曲子，被钢琴传播，响亮在上岭村傍晚的天空。

儿子、妻子、余师傅，还有归巢途中的鸟、猪圈里的猪，都成为他的听众。

十五、地

办理钢琴厂的手续，比蓝必旺预想的还要难。

难办的不在乡里，而是在县里。事项多，时间长。

乡政府很重视，很快口头表示支持。乡长是个年轻人，比蓝必旺的年纪还小，不到三十岁，姓蒙。蒙乡长想必急于拿出政绩，抑或是因为熟悉业务，对蓝必旺的支持热心、周到。他把接下来要上报的单位或部门，审批步骤、流程，都给蓝必旺做了交代。蓝必旺算计，建设前期所涉及的行政审批事项有十二项，涉及部门十个，耗时较多。主要部门和事项是：

一、规划局用地规划科办理《建设项目选址意见书》并划定用地红线图；

二、国土局提供同意选址的函件；

三、发改局办理基建立项手续；

四、环保局环保监督管理科环评审批；

五、规划局用地规划科总评审批，即办理《建设用地规划许可证》；

六、规划局建审科《建筑设计方案》审查；

七、消防大队消防设计审核；

八、气象局防雷检测中心，防雷设施施工设计图纸审查；

九、人防办人防审批；

十、规划局建审科，办理《建设工程规划许可证》；

十一、供电公司，用电开户，含高压开关柜业扩流程；

十二、建设局建工科，办理《建筑工程施工许可证》。

蓝必旺开着他刚购买的二十万的奔驰二手车，开始奔跑。

第一项就被卡住了。

厂址不能使用耕地。

蓝必旺本来是想在自家的承包地上建厂。他家一共有五亩地，第一期建设足够了。为这五亩地，他好不容易做通了父母的工作。父亲本来就不同意造钢琴，如今还要办钢琴厂，用的还是自家养命的地，难度和阻力可想而知。蓝必旺除了通过余师傅游说，便是自己对父母软硬兼施——对母亲来软的，对父亲则来硬的。他抓住母亲一心想让儿子早点成家的软肋，说同意用地建厂，就考虑成家。父亲的软肋其实也在儿子的成家上，只是反对建厂的态度比母亲坚决强硬。蓝必旺不得不强硬回应父亲，说办厂是我的事业，也是正业，如果工厂办不成，我无所事事，我就去赌。迟早，我会把我们家五亩地输掉，你信不信？

父母终于同意了。

国家不同意。

不再批准使用耕地做建设用地,是国家的红线。

怎么办？上哪儿找地去?

蓝必旺开着二手奔驰车快快返回。经过乡政府的时候,他瞟了乡政府一眼,瞟上正走进乡政府的蒙乡长的屁股。他鸣了声笛。蒙乡长转身看见了奔驰。

在首先付了一百元给蓝必旺当餐费后,蒙乡长才跟蓝必旺进了街上唯一的饭店。

蒙乡长得知情况后说:“如果你把工厂地址放在工业园区呢?”

蓝必旺说:“哪有工业园区?”

“我们县里就有,只不过离我们乡有点远。”

“有多远?”

“四十公里。在红渡乡。”

蓝必旺说:“那也比没有地方建厂好!”

“不过,”蒙乡长说,“工业园区也不一定有地了。园区刚成立的时候,我看抢的人蛮多的。”

“有没有我都要去看看!”蓝必旺说。菜刚上桌,他却站了起来。

“你把菜打包了吧!”蒙乡长说。

蓝必旺这才觉得失礼,忙说对不起。然后坐下来。

“现在过了下班时间，你去也晚了。”蒙乡长说，“明天我陪你去吧。”

蓝必旺看着细心、旷达的蒙乡长，感觉到有一股暖流，朝他身上涌。他想不到会在政府官员身上得到主动的关心。在还当马到成功集团总裁的时候，他接触了太多的官员，而且都是比蒙乡长级别高很多的官员。有些官员要么懒政怠政，要么阳奉阴违，极少是真正为企业着想的。而在他命运多舛、人微言轻的时候，在穷乡僻壤，却有这么一位官员，对他如此重视。在这个姓蒙的乡长身上，他看到了廉洁和奉公。

蒙乡长以茶代酒与蓝必旺喝了一口后说：“其实我看你上报材料的时候，就知道你办不成。但是我又希望你办成。”

“为什么？”

“使用农用地建设工业项目，国家已经不允许，这是红线。但是我又希望你能侥幸办成。我以为你有关系，通过关系能办成。为什么呢？因为工厂办在上岭村，就是我乡所在地的企业，而且我看好你的项目。不瞒你说，企业办好了，我就有政绩呀。”

蓝必旺说：“蒙乡长，你来我们乡当乡长几年了？”

“叫我蒙非，”叫蒙非的乡长说，“四年。我二十六岁就来这个乡当乡长。原来是县规划局副局长。”

“蒙……蒙乡长，其实你很年轻有为嘛。”蓝必旺说，他发觉自己仍改变不了奉承官员的习惯。

“早年，提拔确实是快，硕士毕业嘛。”蒙非搓着自己的小胡须说，“现在硕士分量不够了，博士才容易提。博士我已经没精力读了。要提拔只能靠政绩。”

看着实话实说有抱负的蒙非，蓝必旺说：“我是货真价实的美国加利福尼亚大学经济管理学博士，现在的身份是农民。”

“你的情况我知道，”蒙非说，“所以我深表同情，会全力支持你。”

蓝必旺听了既感动又激动，再次要求上酒，被蒙非再次拒绝。

虽然没有酒，但两个人却能继续往下聊，甚至是推心置腹或互不提防地聊。

“当你忽然间从一个亿万富翁的儿子变成农民的儿子时，是什么感觉？”蒙非说。

“想死。”蓝必旺说。

“这种想法可能跟那些忽然从台上被纪委带走的高官是一样的。”蒙非说。

“我现在的感觉变了。”蓝必旺说。

“看得出来，你已经浴火重生，”蒙非说，“不然你不会为办厂的事跑上跑下，志在必得。”

“我就是想证明自己，我是农民的儿子，但不是孬种。”

“我也是农民的儿子，”蒙非说，他两指轻敲桌子，像是举重若轻，“所以，我们要奋斗。我们的奋斗，比富二代、官二代，不知要难多少倍。”

“你在仕途上一定会前程似锦，不会有那些贪官污吏的结局。”蓝必旺说，他心里恨不得拥有绝对的权力，立刻提拔眼前这位明智并且愿意帮助他的官员。

第二天，蒙非果然带着蓝必旺去了县工业园区。

地，都已经划光了，全部有主。

但是真正建起厂房并且生产的，寥寥无几。

蓝必旺看着大片闲置的土地，断断续续或吞吞吐吐地说：“可不可以……有没有……转让的？”

蒙非说：“你看上哪一块？我来问！”

蓝必旺又转了一圈，像个风水先生似的一边看一边盘算。然后他停在一块地上，立定，说：“这儿！”

不到一天，蒙非问出了结果——蓝必旺看上的工业园区空置的那块地，一共二十亩，业主叫黄大章，他愿意每亩二十万转让。

蓝必旺想了很久，轻声或喃喃地说：“好的。”

蒙非却说：“你再好好地想想，认真地考虑，是不是贵了？我觉得是贵了。因为据我所知，工业园区这些地，原来卖给业主，每亩也就五万左右。”

“地是升值的，我搞过房地产我知道。”蓝必旺说。

“那也升得太快太高了,”蒙非说,为他打抱不平,“这个工业园区开发也就两年多而已,不到三年。”

蓝必旺说:“请带我去见这位叫黄大章的业主。”

蒙非露出了为难的神态。“我只能帮你到这儿。”他说。

蓝必旺立即就觉悟到什么,“明白。”

“但是在交易之前,你一定要弄清楚,并且要得到保证,转让完全合法合规!”蒙非补充说。

“谢谢!”蓝必旺说。他的感谢发自内心。看着热心却小心的官员,真诚而谨慎的蒙非,他觉得自己过去没有兄弟,现在有了。

因为有蒙非做顾问和提醒,接下来蓝必旺与业主黄大章的谈判,严谨而顺利。

转让手续逐项进行。

最后一项是付款。

蓝必旺将四百万(含税)人民币转入经过公证的指定账户。

这四百万几乎是蓝必旺的全部积蓄。他的积蓄,有他当马到成功集团总裁时的三年年薪,有养母苏莲奉送的二百万。他本来计划,建厂使用上岭自家的地,可以免费,积蓄就用来建厂和购买设备。但现在情况发生了根本的变化,建厂用地需要购买。

付了四百万后,蓝必旺剩下的资金,便只有不到五十万了。

这难不倒经济管理学博士和曾经的大集团总裁。

蓝必旺打算，办下建厂手续后，便用工厂的土地做质押，向银行贷款。

建厂手续重新进行。此时距上次的申办，已经过去了一个月。

第一项，《建设项目选址意见书》，被县规划局用地规划科接受办理，7 个工作日后通过了。

第二项，国土局提供同意选址的函件，也在审理中，只是需要等。

接下来的各项都需要等。如果顺利，夏初的时候，建厂手续就可以全部办完。

有希望在，心总是热的。

十六、药

蓝必旺热火难耐。

他想樊贞秀了,特别想。

但是他没有充足的理由去找樊贞秀。于是他设想偶遇,比如放学的时间去小学的附近或门口溜达,比如去河边看风景,希望等来樊贞秀,像守株待兔。

他果然这么做了。

但是几天都没有遇上或等来樊贞秀。

那就通过旁门左道吧,樊贞秀的父亲樊家宁,是一条接触樊贞秀的路径。何况,如果将来他和她相好的话,樊家宁始终是绕不开的大山,不如先攻克这座山,宜早不宜迟。

蓝必旺许久不跑南山了,一是因为忙,二是因为冷。百事缠身,春寒料峭,况且,他还真有点怕见樊家宁了。因为对他的女儿动了心思,有了欲念,总觉得做了亏心事或冒犯一样。

但今天蓝必旺豁出去了。

他跑上南山,进了树林。只见一排坟墓像散兵游勇,不见他们的指挥官。坟前墓后，洒满落叶，看上去已经多日没人清理了。

蓝必旺回家，向父亲打听樊家宁家在哪里。

父亲蓝保温说："樊家宁生病住院好长时间了，他不在家。"

"在什么医院？谁照顾他？"蓝必旺说。

父亲说："县医院，他女儿照顾。我正想过了春节再去看望他呢，又不晓得他熬不熬得过这个春节。"

"他得的是什么病？"

"癌症，说是肝癌。"

"我明天去县里办事，代表你先去看望他。"蓝必旺说。

晚饭后，蓝必旺陪余师傅在村里散步。他不苟言笑，一句话都不主动与余师傅说，旁若无人、心不在焉的样子和神态。

余师傅就说："你想好与一个农村姑娘结婚成家了？还是只想玩玩？"

蓝必旺说："你以为我能变回过去吗？"

余师傅说："虽然你不能变回过去，但不意味着你可以降低婚姻的标准，或择偶的品位。"

"我冒昧问一句余师傅，您和师娘是志同道合，或门当户对吗？"

余师傅难得蓝必旺主动问话，乐意地讲述了他和妻子的婚姻和爱情——

1969年，二十岁的余海明，遇上如今定居美国的妻子程志娟的时候，是上海钢琴厂的一名学徒。有一次，余海明上门修钢琴。准确地说，是去搬运钢琴。他把钢琴搬回厂里，让师傅修。钢琴是德国产的贝希斯坦牌子，在当时的上海没有几台，也只有师傅能修。它是被人砸烂的，后来知道是红卫兵。余海明配合师傅修了四个月，修好了。那天，余海明把钢琴送回去。在把钢琴送到主人家外面的时候，突然被红卫兵包围。红卫兵企图将钢琴从汽车上拉下来，重新砸烂。

像是战士守护钢枪、保卫财宝一样，余海明本能地保护钢琴，不被他人夺去。他站在汽车的货箱出入口，阻挡上来的人。谁上来将谁推下去，后来发展到踢下去。

然后就惹祸了。

义愤填膺的红卫兵正式发起武斗。他们拿着砖头、棍棒，朝车上攻击。余海明一个人用血肉之躯进行抵挡，他眼观六路，重点盯防，灵活移步，最大限度和准度地扑住、挡住飞来的砖石和捅来的棍棒，像捍卫荣誉的足球守门员一样。

最后的结果可想而知。余海明头破血流，遍体鳞伤。而钢琴保住了。

在主人家二楼的窗户边，站着一个静美的女子，默默地看到了楼下惊心动魄的一幕。

钢琴的主人——上海音乐学院钢琴教授程仁，她是他的女儿，叫程志娟。

恐怖事件发生的时候，程仁教授已被揪出去批斗，还没有回来。等他回来的时候，先是看到家里摆着修好的钢琴，然后才发现钢琴边躺着一个受伤比他还严重的人。他似乎明白了什么，或下了什么决心。他呆滞的眼睛看着手拿药物护理伤者的女儿，说：你不能让他死，你也要活下去。

就在这天夜里，教授离家出走。三天后，人们在黄浦江发现了他的尸体。

根正苗红的余海明，照顾起了自绝于人民的反动学术权威的女儿程志娟。这在当年是吃了豹子胆都没人敢作敢为的举动，余海明就做了。两年后，他索性和她结婚，成为夫妻。

余海明和程志娟在那个年代的结合，既不般配，也不对等，按照人们的说法，是一个红人拱了一棵糟白菜，变成猪。但是余海明很享受这种不般配和不对等。妻子程志娟对他的那个温顺、服从，真是舒服呀，尊大呀。

但夫妻的地位，在 1977 年后发生了改变，越变越大。

程志娟先是考上了上海音乐学院钢琴系，而且很轻易地考上了。因为她本来就是本校附中毕业的，已故父亲又曾是本校教授，琴艺和身世无人可比。那年儿子刚一岁。

那年，程志娟也劝余海明考大学，但被余海明拒绝。一是因为孩子小，二是因为不自信。余海明只有初中文化，认定自己考不上。

那年钢琴厂也有初中文化的人参加高考,有人考上了。

余海明跃跃欲试,参加1978年的高考。

就在这时候,余海明提拔当了车间主任。

志得意满,他不考了。

妻子本科毕业,立马去了德国留学。然后又到美国,在旧金山音乐学院,开始读博士。

七年过去,余海明还是车间主任。儿子却已经八岁了。儿子是个钢琴天才,四岁考过钢琴九级,五岁能演奏《野蜂飞舞》。八岁的他,在国内已经没有敢教、敢收他的老师和学校。

心急如焚的程志娟连哄带唬:再不跟儿子来美国,离婚,儿子随我!

余海明只好跟儿子去了美国。

在美国,余海明开始也是照看孩子,兼顾服务妻子,成为地道的家庭煮男。

时间一长,有五年吧,他已经近四十岁了。妻子已经成为芝加哥音乐学院教授。十三岁的儿子更厉害,刚刚拿下肖邦国际钢琴比赛银奖。

也是在他四十岁那年,中国有一部电视剧《篱笆·女人和狗》,电视剧有一首歌《篱笆墙的影子》,余海明恰好看了、听了。他后悔得要死。"星星咋不像那颗星星哟/月亮也不像那个月亮/河也不是那条河哟/房也不是那座房/骡子下了个小马驹哟/乌鸡变成了彩凤凰/麻油灯呵断了油/山村的夜晚咋就这么亮/只有那篱笆墙影子还那么长/在那墙上边爬满了爬满了豆角秧……”这首歌词仿佛是为他量身而作,句句像一把刀,插在他胸膛。

我不能再这么活！他跟妻子提出来。

妻子说好呀,你弹琴弹不过我和儿子,你想干什么?

余海明脱口而出:我修琴比你们强吧?调琴比你们强吧?我还会造琴呢。对,我去学造琴!

程志娟说你去呀,你选世界上钢琴造得最好的,我送你去!

世界钢琴造得最好的是德国汉堡施坦威钢琴制造厂。

余海明果真去了那里学习,整整学了两年。他本来基础就好,两年学下来,造琴功夫已炉火纯青。他学成回到美国,在一家钢琴公司当质量检验官,年薪赶上了妻子。但不能造钢琴,他郁闷呀。

他决定回国,造中国血统的钢琴。

妻子、儿子反对阻拦,没用。

他回到上海,在上海海派钢琴公司,当上一名钢琴制造师。

那一年他四十五岁。

他从四十五岁,造到六十岁退休。

造钢琴的十五年,他和妻子分居十五年。每年,他最多去两趟美国,但妻子是从不来中国看他。两人的隔膜和差异,越到晚年越明显,也越难以调和。

所以退休后,他哪儿也不去,留在上海。直到被蓝必旺邀请,他离开上海,来到上岭。

余师傅的故事讲完,蓝必旺露出不易觉察的笑容,因为只是微笑。他说:“我的情况跟您恰好相反。师娘早年嫁您是高攀。我现在跟樊贞秀也不对等,我是农民,她是公办教师。况且,我对她还只是单相思,她愿不愿意还不知道呢。”

余师傅说:“有一点我们是一样的,那就是乘人之危。”

蓝必旺错愕。

第三天,蓝必旺去县城。他到发改局送完材料后,思想斗争了一会儿,最终去了医院。

樊家宁斜躺在病床上,樊贞秀正在给他喂水。

见到蓝必旺,樊家宁和樊贞秀都感到意外,仿佛该来的不来,不该来的来了。

但是高兴是肯定的。樊家宁水不喝了,硬撑着坐直了。樊贞秀拉了一把凳子,请蓝必旺坐。

看着骨瘦如柴的樊家宁,蓝必旺立马感到心疼,像是他第一次看到亲生父母那一刻的反应,亲切、揪心。樊家宁是他什么人呢?是樊贞秀的父亲,而樊贞秀是他确定心爱的姑娘。所以他心疼合乎情理,像水连波,波连水。

樊家宁还能说话，但声音微弱、沙哑。蓝必旺为了不让他说，就积极主动不消停地说：

“我刚刚知道你得病的消息，因为我最近比较忙。我忙着办钢琴厂手续的事。刚才还去了发改局送材料呢。已经比较顺利了，但还得跑，不断地跑县城，起码还有三个月。那么我可以顺便常常来看你。但我希望你尽快好起来。你肯定能好起来，现在的医疗技术和手段越来越强。实在不行我们到南宁去治，我在医科大一附院、自治区人民医院，都有认识的专家。你什么都不用担心，安心治病就行，我来帮助你……”

蓝必旺其实是说给樊贞秀听的。

说了半小时，蓝必旺告别樊家宁。樊贞秀送他。

他们一直走。走出医院，那就不是送了，是结伴同行。蓝必旺是这么认为的。他还自认为八字有了一撇。

两人来到横穿县城的江边。这条江蓝必旺有印象，小时候还在江里学过游泳。

樊贞秀以为蓝必旺不知道这条江的名字，说：“它叫澄江，下去十公里后，流入红水河，红水河又经过我们村。”

蓝必旺说：“我们村山青水……夏天后变红，冬天后变清，变化无穷，气象万千，真是个好地方。”

樊贞秀说：“那是你自己这么认为。我不信你这么认为。”

“我就是这么认为的呀。”

樊贞秀瞟着蓝必旺，“你刚来上岭村的时候，也是这么认为的吗？”

“不是，”蓝必旺实话实说，“那时我认为是自杀、死去的好地方。”

“现在呢？”

“生活的好地方。”

樊贞秀又说：“那是你自己这么认为。”

“怎么啦？”

“怎么啦？”樊贞秀瞪着眼睛说，她的眼睛本来就大，现在大得惊人。“很多人活得像狗一样，像猪一样，比如我爸，比如你……不说你爸，就说我爸。”

蓝必旺看着樊贞秀，等她继续说。

“我爸到底造的是什么孽，背了一辈子，最后还得了这样的病！”樊贞秀说，她纯净的眼睛多了泪水。她饱满的胸脯因为激动而颤抖，像是超负荷的汽车在坎坷的路上产生颠簸。

蓝必旺的手搭上了樊贞秀的肩，看似顺理成章稳定她的情绪，实则别有用心欲将她的情感与自己拉近。“没事，不用担心，不要着急。我们一起努力，治好他的病，呵？”

“怎么没事？不用着急？他都是晚期了！”

“那就好好地照顾他。我们共同来照顾他。”

樊贞秀平定了些，像是蓝必旺的安慰有效。“我不要你照顾。”她突然说。

蓝必旺说：“那仅仅你一个人不行呀，你又是学校老师，要上课。嗳，你妈呢？”

“我没有妈！”樊贞秀说，荫翳出现在她的眼睛，“她跑了，早就跑了。”

蓝必旺看见附近的草坪有一块石头，说：“我们去那边坐吧。”

两人在石头上坐下。蓝必旺的手没有再搭樊贞秀的肩，但两个人的身体却贴得很近，侧身接触在一起，像两只粘连的馍。这得感谢窄小的石头。他们四脚并拢，像树根扎在大地。

樊贞秀望着清幽流动的江水，沉默了很久，说：“我妈跑的时候，我十一岁。”又沉默一会儿，“我妈要是不离开我爸，不扔下我，我们家的状况可能会好一些。不过我爸这个人，他那样……谁也忍受不了他那样。”

樊贞秀的这段话，蓝必旺听懂一半，另一半没听懂。他当然想听懂，想听樊贞秀继续往下讲。

他像对某篇课文特别感兴趣的学生看着老师，看着樊贞秀，虽然眼睛是斜的。

樊贞秀还是望着江水，说：“我爸打仗回来，娶了我妈。因为在那时候，仅仅他一个人活着回来，被当英雄一样受欢迎。想嫁我爸的人不少，我妈嫁给了他。但他们六年才生下我，什么问题我不知道，肯定有问题。我爸长年做噩梦、酗酒我是知道的。他做噩梦、酗酒的原因，跟那场战争有关，跟死去的我们村的他的战友有关。他的战友们是怎么死的？我们只知道是被敌人打死的，但具体是怎么死的，他不讲，从来不讲。平日里也不讲话，闷闷的，像一门纸糊的炮，永远打不响。我妈可能以为生了孩子他就会好，就偷偷怀上我，任我爸怎么逼，拒不流产。我生下来后，我爸做噩梦、喝酒更厉害，梦话全是喊打喊杀，喝酒一喝三四斤，而且全是木薯酒，因为木薯酒便宜，管它甲醇有多少。他半夜经常出走，又回来，却什么事都不记得。我六岁那年，我爸跳河想死，没死成。我十岁那年，我爸想吊死，又被人救了，没死成。这次是被你爸救的。你爸救了我爸后，我爸确实是不再寻死了。但是他做了一件我妈更无法理解和容忍的事。那就是把死去的七个战友的遗骨迁回上岭，重新葬。你说那七个战友，国家已经将他们葬在烈士陵园了，你还惊扰他们做什么？迁他们回来做什么？还要自己花钱？你有钱呀？钱在哪里？我妈是这么跟我爸吵的。但我爸不听，固执己见。他卖树，种树，打工，卖苦力，一分钱也不给我妈。我妈在我十一岁那年跑了。她跑的那年三十一岁，跟我现在一样大。她跑去哪里谁都不知道。我现在知道她在哪里了，但我不告诉我爸。我也不会告诉你。我妈走后，我爸更苦更拼命了，因为他要送我读书。这点我非常感念我爸。他一直坚持送我读完中学、大学。我中学毕业考上大学的时候，是不想读了的，被我爸一顿打。那是我爸第一次也是最后一次打我。他把我打醒了。我上了大学，念的是师范，广西师范大学。大学毕业，我不是没想过在桂林、南宁找工作。但我还是回来了，回上岭小学，当了一名老师。这当然是为了我爸，照顾我爸。我当老师的第二年，像是我爸的负担减轻了，也像是攒了一些钱，把他战友的遗骨迁了回来，但只迁回五个，还有两个没迁。肯定是因为钱不够。他的心愿就是把剩下的两个战友遗骨迁回来，墓地都留好了，连他自己的都留有了。可他现在病了，医生说……他的心愿我可以帮他完成，但我想让他活着看到。天哪，我怎么跟你讲这些？还讲那么多！”

蓝必旺仍然斜着眼看着樊贞秀，等到了樊贞秀转过脸来看他。两人的目光温柔地交集在一起，像两条相汇的河流。这是他们第二次以这种眼光相互看待了。上一次是在蓝必旺表弟的婚宴上。

“我们一定要完成你爸的心愿，并且让他活着看到心愿的完成。”蓝必旺说。

“你全心全力建你的工厂吧。我家的事，不用你管。”樊贞秀说，她又变脸了，转过去看江水，准确地说，是看江的对岸，因为她的视线抬高了。江的对岸迷雾重重，像覆盖了蚊帐的床。

“我们送你爸去南宁治疗吧，那儿医疗条件好。”蓝必旺说。

“不可以。”

“为什么?”

“在县医院,我爸都不想治了。去南宁,花更多的钱,他是坚决不去的。”

蓝必旺说:“医疗费,我来付。”

樊贞秀说:“为什么是你付?我付,我爸付,都不要你付。这不是钱的问题,况且医疗费可以报销大部分。”

“那是什么问题?”

“他就是想节约钱,把他战友的遗骨迁回来!”樊贞秀说。

“那还是钱的问题,”蓝必旺说,“这个问题我可以帮助解决。”

“他就是不要别人帮助,这就是问题!”樊贞秀说,“他那么弱势,还倔强!”

蓝必旺看着其实同样倔强的姑娘,说:“既然他不肯去大医院好医院,那么,我们可不可以请大医院好的医生过来,给他诊治?但不告诉他是请来的医生。”

樊贞秀眼睛闪亮,像是心动了。“这倒是可以,只要能让他活得久些,可以这么骗他。但是我不认识大医院的医生,只好你来请。这个我接受你的帮助。”

蓝必旺松了一口气,紧张尴尬的心情得到舒缓,像是建厂的阻碍得到排除一样。当然这和那不同,没有可比性。建厂的事小,樊贞秀的事大。为了樊贞秀,也为了她父亲,他什么都可以去做。不管樊贞秀同不同意、愿不愿意，他都乐意帮助她。当然最美的结果是，她同意，她愿意。

现在樊贞秀同意和愿意接受帮助了，虽然只是很小的事情，却意义重大，像是长征走出了第一步。何况这不是长征，是追逐一个心仪的姑娘，说白了就是求爱。应该不是远征，没有远征难。

趁热打铁，救人如救火，蓝必旺急着去南宁请医生，委婉地把樊贞秀打发走了。

樊贞秀回到病房。父亲樊家宁看着送人送了两个小时的女儿，说："蓝必旺这小伙子，将来不是一般的人，现在就不是了。"

樊贞秀说："我去找医生谈你的病情了，你以为我去什么地方了，我有那个心情去吗？"

"医生怎么说？"

"医生说，再给你换医生。"

第二天，果然是换了医生。

医生姓李，也是县医院的。樊家宁就知道这些。

他不知道的是，这李医生全名李继清，是广西医科大学教授，肿瘤专家，留美博士。因为同是留美博士的原因，原来就认识，蓝必旺才请得动他。

蓝必旺亲自开车，接李博士来到县医院。一路千叮万嘱，不能对病人泄漏真实身份。也就是说，既要求李继清当好医疗专家，又要求他做个表演艺术家。李继清满口答应，说我现在医术是没什么长进了，表演能力反而很强，因为我天天对病人说谎，只对病人家属说实话。

到了县医院，蓝必旺与李继清、樊贞秀，先会同县医院的领导和医生，进行一番讨论和商量后，才去的病房。

李医生对患者樊家宁望闻问切。他的脸上总是堆着笑容，眼睛充满仁慈，口吻平易、和蔼，像一名普度众生的大佛。

然后转个身，离开病人后，他对病人家属及县医院的主管医生、蓝必旺，说出他的诊断和治疗建议："根据医院前期对病人的检查资料、治疗手段及病人目前的症状综合分析，患者樊家宁属于肝癌晚期形态，如果继续沿用前期的治疗方法和手段，他的生存期不会超过一个月。那么，我的建议是，采用胚胎干细胞疗法。肝癌患者直接单独采用胚胎干细胞疗法治疗，能迅速全身精确杀伤肿瘤细胞，缓解症状，减轻患者的痛苦。在治疗的同时，有效调节患者的免疫功能，改善生活质量，延长生存期。肝癌术后结合肿瘤生物免疫治疗，可以快速恢复手术造成的免疫损伤，清除术后微小残余的肿瘤病灶，防治转移与复发。而且患者做过化疗，那么肝癌放化疗后结合胚胎干细胞疗法治疗，可以增强对放化疗的敏感性，减少放化疗的毒副作用，抵抗化疗药物的免疫抑制作用，全面支持骨髓功能衰竭后的免疫重建。但是，这种疗法费用比较贵，胚胎干细胞需要从国外进口，不能报销，纯粹自费。美国是干细胞研究最受欢迎、排名最前的国家，其次是伊朗。已标准化生产出临床级即用型干细胞的，只有美国。那么，是否采用这种疗法，请家属考虑。”

“有多贵？”唯一的家属樊贞秀说。

李博士正要回答，看到了在樊贞秀侧后的蓝必旺向他丢过来的眼色，他急中生智，说：“那要看对什么人，因人而异。对经济条件好的家庭，觉得没有什么，承受得起。很穷很穷的家庭的话，就觉得很贵了。”

樊贞秀说：“我家就很穷。”

蓝必旺就说：“李博士，两万够吗？不会超过两万吧？”

李博士会意，说：“差不多吧。”

“两万，是美金还是人民币。”樊贞秀说。

“人民币。”

“是一个疗程两万人民币吗？还是一针或一剂两万人民币？”

李博士说：“如果一个疗程没有见效，可以停止使用。”

旁边的县医院的医生，自然也看到了李博士和蓝必旺对患者家属的表演，助演说：“值得一试。”

“好的，我同意做。但即使是两万，也希望对我爸保密。最多说两千。”樊贞秀表态说。这个蒙在鼓里的姑娘，以为自己还在医生、蓝必旺这个表演的阵营里。

稍后，蓝必旺送李博士回南宁，并等药和取药。

在路上，蓝必旺问李博士："实际的费用是多少？"

"一个疗程五十万，最少。"

"干细胞疗法真的有效吗？"

"生存期多延长两三个月没问题。"

"好的。"蓝必旺说，他的口气很轻松，像是从富豪的嘴里出来一样。

李博士看着举重若轻的蓝必旺，"你认真考虑考虑，为一个我看对你还不怎么样的姑娘，是否值得？"

"姑娘是其次了，为姑娘的父亲是首要。他是一个值得尊敬和帮助的男人，是上岭村上过战场唯一还活着的人。我需要他继续活着。"蓝必旺说，他拔高了救命对象的形象，也提升了自己的境界。

"出诊费我免你的。我也高尚一回。"李博士说。

第三天，蓝必旺取了药物，回到县医院。县医院的医生将来自美国的胚胎干细胞，输入患者的体内。

连续几天，蓝必旺和樊贞秀守在无菌病房外。对蓝必旺来说，这是难得的幸福时光。对樊贞秀或许也是。在长椅上，有时候樊贞秀就靠着蓝必旺的肩膀睡，每当她入睡，蓝必旺就用手搂着她，让她稳定地睡眠。在她醒来之前，他一动不动，不管手臂如何发麻，她的头始终都在他的臂弯里。他的眼睛也一刻不停地注视着她的脸庞、她身体让他激动的部位。他的目光真挚坦白,甚至肆无忌惮,像照射雪域高原的光芒。

这天,无菌病房终于开放。医生告诉樊贞秀和蓝必旺,植入的干细胞在患者体内成功造血,产生了红细胞、白细胞、血小板等血细胞,移植成功了,下一步,是等待免疫系统逐渐重建。

穿着防菌服的樊贞秀和蓝必旺进了病房。樊贞秀看见她脸上有了血色、眼睛泛光的父亲。而蓝必旺看见的则是一个努力坐立和发笑的乐观男人。

樊家宁握着蓝必旺的手不放,他像是知道是这个喜欢自己女儿的小伙子救了他,使他的生命延长。

“我要赶快出院,把樊刚和樊忠的坟迁回上岭。”樊家宁说。

蓝必旺说:“你现在还在恢复之中,不能出院。迁坟的事,由我来办。相信我能办好,你就放心地疗养吧。等迁坟的事宜妥当了,我们就接你出院。”

“把我的坟也一并造了吧,我也很快了的,就差那么一两天。”樊家宁突然说了不祥的话,像是预知自己的死期。

蓝必旺极力安慰和鼓励他,嘱咐他休息,然后和樊贞秀离开病房。

他们走出医院散心,来到街上。

街上张灯结彩,一些小孩在放炮。

蓝必旺和樊贞秀几乎同时记起,今天是大年三十。

樊贞秀催蓝必旺赶紧回家。她像个罪人一样对蓝必旺道歉。

蓝必旺不从。他拉着樊贞秀找到开始空虚的市场,买了年夜饭的食材。然后阻止一家饭店关门,给了饭店老板双倍的加工费。蓝必旺和樊贞秀亲自在厨房里忙活,将做好的饭菜打包。

饭菜在病房里飘香。诱人的香味远远盖过刺激的来苏味和其他药味。蓝必旺打开了一瓶红酒,摆上三个杯子。曾经嗜酒如命的樊家宁酒瘾复发,以为可以破戒。但是蓝必旺和樊贞秀不允许他喝,只给他象征性地举起杯子,要一个过年仪式感和气氛。

三个不是一家的人,过了一个快乐和特殊的除夕。

蓝必旺回到上岭自己家的时候,已是晚上八点多钟了。

父亲母亲和余师傅还在等他,桌面上的菜肴毫无热气,像被霜雪打过一样。但等他的人没有一句怨言,反而是满面春风,像是喜盈门。想必他们当然知道蓝必旺为什么晚归,也乐意他的晚归。尤其是蓝必旺的母亲韦幼香,欢笑的嘴没有合拢过,因为她中意樊贞秀做自己的儿媳妇,已经很久了。

这其实是蓝必旺第一次与自己的亲生父母过年。

三十四年。血脉相连的骨肉,方得在一起辞旧迎新,同甘共苦。

蓝必旺举起酒杯,敬向喜泪滂沱的父母。

第二杯,他敬也已情同父子的余师傅。

余师傅高兴,说:“我今天一定要过了十二点,给你红包和收了你的红包以后,才睡。”

十七、剧组

大年初八,上岭村来了一个剧组。

这是上岭村破天荒的事件。

这个有千年历史的村庄,在二十世纪七十到八十年代,来过放电影的。每当电影队到来,这个村庄便像过节一样。而到上岭村来拍电影,是破天荒的第一次。

从长长的房车上,下来九个人:导演吴栋,摄影谢宇,美工向东,策划李楚,制片主任蓝木村,剧务韦努,制片人周文婷,女主演白鸥,出品人、编剧罗光灯。

他们像从一条母蟒身上屙出的蛋,一个接着一个展现在发现他们的人眼里,并迅速被众多的村人围观。

上岭村翻天覆地热闹起来,情形不亚于去年蓝家和罗家的换子认亲场面。

这个引发地震的剧组其实也与蓝罗两家有关。

电影是罗家人投钱,讲的基本是蓝罗两家的故事。

出品人、编剧罗光灯重新来到野生惯养了他三十三年的村庄，带着意气风发的一帮随从，像是在外风光无限的一头熊猫，率领徒子徒孙再次回顾寄生多年的山林。他走进他曾经的窝，见了养父和养母，必然也见了替换自己的蓝必旺。

蓝必旺和罗光灯是第二次会面。上一次是蓝罗两家换子的时候。那时候两人没有过多的交流，只是礼貌或客气地握了握手和问候，像是赛场胜败的双方互相祝贺和安慰一样。蓝必旺毫无疑问是失败的一方。他当时的心情的确是很难受。当了三十三年的富家子弟，突然转变为穷苦人家的孩子。独霸锦标的王者，猛然被人打败和取消称号，那沮丧、颓废的心境可想而知。加上胜者趾高气扬、虚情假意的安慰，让他感到特别恶心。

这次再见罗光灯，蓝必旺依然感到特别恶心。恶心的缘由多种多样，像气不打一处来。

首先，罗光灯带来蓝必旺的前女友周文婷，她无疑已是罗光灯的现任女友。在现任女友身边，还站着一看便知跟他是姘居关系的女演员白鸥。她们居然还像情深谊长的姐妹一样和平相处、亲密无间。而罗光灯怡然自得地享受着这种怪诞融洽的男女关系，像是霸气肆意的土豪。事实上就是。

其次，罗光灯居然投资拍起了电影，而且亲自写的剧本。这太他妈的无知、无耻和无畏了！蓝必旺禁不住在心里骂道。

趁着剧组其他人走村串户的时机，蓝必旺和罗光灯终于有了一次深度的交流。他们坐在蓝家附近那棵大榕树下。现在尚是春天，榕树刚长出新叶，没有蝉鸣。两人的对话鲜明清晰。

“听说你在造钢琴？”罗光灯说。

“你刚才在我家里看见的那台钢琴，是我的师傅和我的父亲造的。”蓝必旺说。

“你还要建钢琴厂是吗？”

“看来你知道的并不少。”

“我之前欠下的赌债，我还晓得是你替我还的。”

“我那是认命，不叫还债。”

“钢琴厂的建设，需要多少钱，我来投资。将来亏了不要你还，赢了是你的，算是对你悲惨遭遇的补偿。”

“我不需要施舍。”

“你离开罗家的时候，我晓得你没有带走很多钱。况且，你担任马到成功集团总裁的那三年，业绩还不错。我奖你一千万，行不？”

“你还是留着拍电影吧。”

“这部电影你晓得我投资多少吗？”

“不知道。”

“两亿。”

“真够豪气。预祝你的电影大卖。”

“你真以为我投资电影是为了卖钱吗？”

“那是为什么？”

“你懂的。”

“我不懂。”

“为了我们集团那么多年积累的巨大财富，变得干净和安全。”

“你的意思是洗钱？”

“你觉得没有洗的必要吗？”

“我当总裁的三年，给集团的盈利是合法合规所得。”

“但是你的养父我的亲生父亲，在他执掌公司、集团的时候，很多钱是来得不明不白、不清不楚的呀？!”

“这个我真的不知道。”

“万一……完全有可能，财富的大坝崩溃的时候，遭罪和遭殃的可是我这个继承人。所以我必须把发现的漏洞及时修补。”

“你居然能发现财富的漏洞？”

“我文化没有你高，但是我的洞察力比你强。别忘了我曾经是名赌徒，资深老鸟的赌徒，我能记住所有出过和还没有出的牌。”

“那你怎么还欠下那么多的赌债？还因为出老千被人捅了刀子？”

“那是因为运气不好。不是。那是天注定和命该这样。如果不这样，怎么可能发现我是被抱错了呢？怎么会有我的今天呢？当然你变倒霉了，只是可惜你了，委屈你了。”

“我现在活得很好。”

“是吗?”

“你现在享受的,我已经享受过了,比你还早。我现在享受的,你未必能享受得了。”

“我承认,我睡了周文婷,那是你的前女友。你的确享受在前,我享受在后。不过,我想你看出来了,我现在享受的不是她,而是我带来的女演员白鸥。另外,你现在享受什么?山里的北风,河里的浑水,还是我留下的气味?”

“除了你列举的这些腐败和腐朽,我都是享受。”

“你觉得好,那就好。”

“谢谢。”

…………

两人一直谈到剧组其他人出现,走回蓝家。

蓝家的宴席准备就绪,虚位以待。在蓝木村和韦努的张罗下,蓝保温和韦幼香积极配合,招待到来的养子一行。这对善良的夫妇,对之前的儿子已经没有怨恨,因为这个儿子所遭受的磨难、不幸和凄凉,已经全部去除,剩下的只是爱。他们的脸上洋溢着欢笑,忙前忙后的脚步生成温暖的风。夫妇俩的举动令人感动。与蓝必旺谈话后的罗光灯,来到了养父养母身边,为养父点烟,给养母递茶,嘘寒问暖,像个孝子。

八桌宴席很快坐满。有的是请来的,有的不请自来。当然也有请了不来的，不来就不来，无所谓得很，就当喝不惯茅台抽不惯中华烟好了。罗光灯带来的十件茅台、一件中华烟，就摆在那儿，像充足的弹药，可以发起一场大战。

大战开始了。村庄的人和外来的人混在一起，豪喝暴食起来。他们大多酒风凶悍，胃口贪婪，呈现出一醉方休的气象。尤其是蓝木村和韦努，这两个衣锦还乡的上岭村的男人，磨刀霍霍，举止轻狂，掀起了对本村人的拼杀。他们拿的都不是杯子，而是海碗。一个一个拿着海碗拼酒的人，仿佛烈火金刚。

相比之下，罗光灯显得低调、理智许多。他只和蓝必旺一个人斗酒。就像是龙和虎、王者与王者的对等争斗一样，他和蓝必旺互相亮剑，你来我往。

最后败下阵来的，居然是罗光灯。

大概是喝第五碗酒的时候，罗光灯眼冒金星、体力不支，突然像抽掉横梁的房屋一样，垮塌了。

而蓝必旺依然站着，面带微笑。

众人吃惊蓝必旺好酒量。

蓝必旺说："我也没想到我这么能喝。看来喝酒这玩意，不是靠练出来的。基因很重要。今天的事实再次证明，我是百分百上岭村人的儿子。"

罗光灯被抬到了房车上睡觉。他带来的干将们继续喝酒。

周文婷有了和蓝必旺相处和谈话的机会。

他们从房车边往山脚走，又从山脚走回房车边。听见房车里的罗光灯鼾声如雷，便又走开。

这对曾经的恋人别别扭扭走在静美的山河之间，像两支生硬的画笔。

可他们曾经和谐、默契，甚至相知和相爱。

蓝必旺记得，他和周文婷认识，是2012年深秋的一个下午。那是美国加州的深秋，在加利福尼亚大学的校园里，在校园假山的旁边，他被三名黑人同学继续敲诈勒索，他继续答应接受勒索的时候，周文婷出现了。她当时在假山的另一边，或许在看书。她出现的时候手里拿着书。她用书指着黑人团伙，指责他们的勒索行为，然后掏出手机，扬言说如果再不停止勒索，便报警。黑人知趣或被震慑走了。他没有向她表示感谢，反而有些责怪她，你不该管我们的事，他说。看见有人倚强凌弱，我为什么不管？何况还是黑种人欺负黄种人，她说，你是中国人吧？蓝必旺说，是，中国广西。罗光灯。她改口用中文说周文婷，云南人。他与她握了握手，说，你还是不该管这事。周文婷说，为什么？他说，不就是要点钱吗？给他们就是，钱去人安。周文婷说，绝不可以！他说，那你要管就管到底，否则真的要惹来麻烦。周文婷说，好！他说，你怎么管？她愣了愣，说大不了把火惹到我身上来。他看着美得出奇的周文婷，说，那不行，我还是花钱买平安吧。周文婷瞄了瞄他，说你不会是官二代或者富二代吧？什么都用钱打发。他说,算是富二代吧。她说那我以后傍上你了,做你女保镖。他开玩笑说,做我女朋友吧,保镖我另外雇。没想到周文婷答得很认真,说,那你看是我搬去你那里,还是你搬去我那里?他说都行。真是爱如闪电,当晚他们便住在了一起。在同居的半年里,两人情投意合,形影不离,像鸳鸯一样。半年后,他毕业即将回国,还有两年毕业的周文婷表示文凭不要了,跟着他回。他没有反对,只有感动。

周文婷记得,她跟那时还叫罗光灯的蓝必旺回国后,直接进入了罗光灯父亲的集团。她在罗光灯鞍前马后操心操劳,直到董事长罗仕马将大权移交给罗光灯,完全执掌集团的事务。却在这时,形势突变,罗光灯竟然不是董事长罗仕马的亲儿子!她当然难过,或许和罗光灯一样难过。罗光灯别无选择,脱离罗家,来了上岭,这回她没有跟随。真相是,她想跟随,罗光灯坚决不同意。罗光灯对她说,你绝对不要忘记你跟我这么些年,是为了什么。不是为了爱情。你必须放弃我,我也必须放弃你。但我这么做,是因为我爱你。周文婷记得她当时听了,是泪流满面。

周文婷说:"你好吗?"

"好。"

"你为什么不问问我好吗?"

"你好吗?"

“光灯，希望你不要恨我。但如果你恨我，也是我活该。”

“别叫我光灯。”

“马到成功集团已经不是原来的马到成功集团了。”

“我知道。”

“我也不是原来的我。”

“你帮助罗光灯洗钱，会得到多大的好处？”

“如果你需要，将来我可以帮助你。”

“我有喜欢的对象了。”

“她是谁？是村里的姑娘吗？”

“她与众不同，至少和你不一样。”

“就像你造的那台别具一格的钢琴一样？”

“为了钢琴和她，我可以不惜一切。就是这样。”

两个昔日的恋人，进行了短暂的交流。

越来越多的人向房车涌来。房车要开走了。

房车离开村庄，像一艘轮船驶离码头。

到了南宁，罗光灯还没醒来。就在大家准备将他送往医院的时候，罗光灯突然坐将起来，像一名负伤却不下火线的战将，说：“把我送回去，我要杀回去，把蓝必旺搞残，把上岭村杀个片甲不留！”

身边人就劝说罗光灯，留得青山在不怕没柴烧，君子报仇十年不晚。

导演吴栋甚至说:“我们这部电影,不去上岭村拍了。”

罗光灯说:“为什么?”

导演说:“根据我们的考察和访问,上岭村今非昔比,场景和气场已经不符合剧情的要求。因此我建议找块地,重新搭建一个上岭村。将来剧组撤了,电影放了,这个村可以当旅游景点对外开放,持续产生效益。”

真实的情况或真相是,剧组在上岭村采景和访问的时候,遭到多数村民的强烈反对。他们不允许以恶贯满盈的“蓝必旺”为原型的电影,在他曾经为非作歹的村庄拍摄。给多少钱都不行。

信以为真的罗光灯接受了导演的建议,说:“地有,那就新建一个上岭村,多花它一个亿两个亿!”

十八、隐私

父亲罗仕马这天很晚回家的时候，意外地看见在家中闲坐的儿子。儿子和他母亲坐得很近，却互不相扰。罗光灯在看手机，苏莲在念佛。明知丈夫回来，苏莲依然笃定地打坐，口中念念有词。

在丈夫归家之前，儿子和她有过谈话。

儿子告诉母亲，父亲罗仕马极有可能有外遇，就是说，在外边养有女人。

他是从公司的报表发现或看出来的，罗光灯对母亲说出证据。他查阅了公司近十年的账册，发现在每年的慈善支出中，有一笔一百万，都固定汇入一个私人账号，汇给一个叫张雯雯的人。张雯雯是谁？她有那么大的困苦或功德受得起如此厚重的恩惠？这不难查。只要母亲同意，他就一查到底。

母亲这样回答儿子，你是你父亲的儿子，我们有今天的一切，是你父亲亲手创造出来的。只要你父亲还回家，你就不要管他在外面干什么。

罗光灯说即使他做了对不起你的事情?

苏莲说即使他做了对不起我的事情,也是功大于过。他创下这么大的家业,很不容易。从当县矿管局局长开始,他走的每一步,都在冒险。天天战战兢兢,小心翼翼。你出生第三年,他就辞掉矿管局局长不干。那时我反对他辞职。他说你懂什么?这矿管局局长再当下去,立马出事,坐牢,甚至杀头。他把这重要位置让了出来,让给对手,一走了之,下海。下海初期也不是做房地产,做别的。具体什么我也不是很清楚,他告诉我的那些我知道也是编的,为了不让我担心。后来你爸的事业转到了房地产来,开始也不顺利,四处碰壁,焦头烂额。他用了很多非常手段,才使产业走上正轨。不容易。如果你发现了他的什么不是,那就原谅他吧。我现在天天在家,除了遛狗,就是烧香念佛,为了什么?就是祈求你们父子平安。平安是福,平安大过天。

正说着,传来门锁钥匙扭动的声音。母子俩急忙做戏,各自装出淡定、从容的神态和模样。

罗仕马看见儿子在家,显然是高兴的,虽然高兴得不够自然。他随口对儿子说今天从北京来了个老朋友,聊得很欢,所以回来晚了。他忘了他只要出去,每次都是这么晚才回来,难道都是会老朋友吗?没错,养了十年的女人如果确有其人其事,是算老朋友了。

儿子罗光灯也随口对父亲说:“爸爸,我这么晚还等你,是想把集团近期的工作,向你汇报。”

父亲罗仕马摆摆手,“集团的事情,已经全权交给你了,不用不用。”

“可是我怕我做得不对,所以向你请教。”

罗仕马这才同意听取儿子的汇报。

罗光灯报告了集团产业转型的事项。

罗仕马听后,说:“投资影视业,有把握赚钱吗?”

罗光灯说:“赚钱没把握。但是可以把我们集团历年赚取的财富,彻底地洗干净,这个我很有把握。”

罗仕马眼睛蹬亮,像是黑暗中看到曙光,也像是苦恼的沉疴有了疗治的手段。他举起拇指,对儿子说:“好!你比光……蓝必旺有办法,能干。他在位的时候,就没有找到解决这个难题的方法和手段。”

罗光灯说:“我上个星期回了一趟上岭村,见到他了。”

苏莲突然睁开眼睛,经也不念了。她转身看着儿子,“光灯,光灯现在怎么样?他过得好不好?”

罗光灯说:“跟以前的我相比,他要好很多。”

“他有没有问到我?问候你爸?”

“问了。他说他很想你们。”

“那……他怎么不回来看看我们呀?都一年多了。”苏莲说,她的眼睛在流泪。

“他在操忙建一家工厂,钢琴厂。”罗光灯说。

“那他资金够不够呀?”苏莲说。

罗光灯说:“我表示支持他一千万,但是他不要。”

“为什么不要呀?我们应该支持他的。他也是我们家的人,对不对?”苏莲说,她看看罗光灯,重点看着罗仕马。

罗仕马说:“那孩子的性格,我懂。他是个自尊、自重的人。”

罗光灯一听,像是被烧着一样,不由火起,“我是个没有自尊、不自重的人,是吧?你们后悔,为什么你们的亲生儿子是我,不是他,是吧?那把他换回来好了,我回上岭村去!”

罗仕马和苏莲慌做一团,像是老弱的国君受到逼宫威胁一样,他们齐上前,每人抓住罗光灯一只手臂,一个求饶,一个认错。

只有那只目睹罗家变故的藏獒,静静地俯卧着。它无动于衷,像冷血的动物。抑或它看破红尘,已然成佛。

十九、高利贷

钢琴厂建设的各项手续，终于办理完毕。

蓝必旺兴冲冲地去银行贷款。他计划将已购买的二十亩建设用地做质押，贷款四百万。

但是，他跑了四家银行，一分钱都没有贷到。

银行拒绝的理由是：信贷政策收缩，中小企业本年度一律暂不放贷。

这个强硬和无情的理由，像一条高压线，将蓝必旺打了回来。

他急躁不安，忧心如焚，像是一个雄赳赳气昂昂的人被阉割一样。

他现在需要钱，迫切需要。

工厂建设可以缓一缓，他本来也是这么打算的。蓝必旺打算将土地质押贷到钱后，先挪用，用在樊家宁的治疗以及完成他迁坟的心愿上——这是当务之急，重如泰山。

樊家宁第一期胚胎干细胞疗程，已经耗尽了蓝必旺所有的积蓄。第二疗程在进行之中,医院天天催着缴费。

樊刚和樊忠的遗骨迁回上岭的详细计划,已经制订。计划要求务必在樊家宁离世之前,完成他的心愿。村庄的人也发动了起来,群策群力,分头行动。所有人都在和时间赛跑。

可是没有钱,怎么跑下去?

银行的停止放贷,就像赛跑途中裁判的一声吹哨,让人泄气和心凉。

蓝必旺愁死了。他的忧愁,还不能跟乡亲们说,不能跟父母说,更不能跟樊贞秀说。

他跟樊贞秀只能是报喜,说一切都很顺利,尽在掌控之中。比如说她父亲的医疗费,蓝必旺是这么说:我把你父亲是伤残民兵如今身患重症的情况,跟民政部门反映了,是省级的民政。他们同意医药费全额报销。再比如烈士樊刚和樊忠的遗骨迁回上岭,蓝必旺说:我通过众筹,目前已经筹了十八万,二十万众筹额度指日可待。

樊贞秀说以谁的名义众筹?众筹信息在哪里?我怎么看不到呢?

蓝必旺说你外语怎么样?你打得开国外的网站吗?

樊贞秀说不行。都不行。

蓝必旺说我是在国外发起的众筹,德语网站。我委托我留美的德国同学负责。

樊贞秀不再追问，像是把她支吾过去了。

所有的问题，只有蓝必旺自己扛。

他想过把二手奔驰卖了。但是二手奔驰再卖，就变成三手了，杯水车薪，差得远呢。

如果之前罗光灯表示支持的一千万，他接受的话，就不会有如今的窘境。

但那是万万不可能接受的，接受一个得势小人的施舍，他自尊心不答应。宁可借高利贷，找地下钱庄，也决不向罗光灯摇尾乞怜。

对呀，找地下钱庄借钱，也是一条路子！蓝必旺急中生智，像是江郎才尽的作家突然有了灵感。

他找到村里开赌场的蓝木村的父亲蓝景照，先问他能不能借一百万，利息按当地的规矩付。蓝景照说我开小赌场的，只抽水，不借钱，也借不出一百万。蓝必旺说哪里有可以借一百万以上的钱庄？蓝景照说我晓得有两家，一家比较快，利息高，一家稍慢些，利息稍低，你想借哪一家？蓝必旺说最快的一家。蓝景照说需要我带你去吗？

蓝景照带着蓝必旺去了位于县城豪华地段的地下钱庄。

钱庄老板竟是曾经到过上岭逼债的瘦弱老头！他的儿子把蓝必旺打得七窍流血。

这父子俩今天都在。

双方都很惊讶。事过境迁，被打的一方找到了打人的一方，却不是为了复仇雪恨，而是不思悔改不计前嫌的明知山有虎偏向虎山行的高息借贷。

蓝必旺现在知道了瘦老头姓韦，他叫他韦老板，并说明来意。

蓝韦双方进行了一番商讨，达成共识。

韦老板说："你拿你二十亩地做抵押，我借你一百万，每月利息三万，借期十个月，就是三十万，连本带息一共是一百三十万。如果十个月还不了钱，二十亩地就归我。是这样吧？"

蓝必旺说："是的。"

于是立协议、写借据。

协议是跟韦老板的儿子签的。蓝景照在场，并且做了见证人。

蓝必旺想要放贷方转账，放贷方却只给现金。韦老板的儿子说："不留痕迹，我们钱庄和银行的区别就在这儿。你放心，现金是中国人民银行印的，保证不假，这是我们和银行相同的地方。"

一百万现金一叠一叠清点后，装进一个编织袋里，有十多斤重。说实在话，蓝必旺还真没亲眼见过这么多这么重的现钞。他之前见过的都是数目或数据，上千万上亿，简单明了，一扫而过。此时一百万现金，却数了半天，还感觉特别沉重。就像报章、电视上耀眼却与已无关的明星政要，突然真人出现在自己面前，并与自己发生重要而危险的关系，那感觉一定是茫然、激动和紧张的。

最后，韦老板的儿子对曾经被他毒打的蓝必旺说："不打不相识，对于上次我上门要债打了你的事情，我深感抱歉。"

蓝必旺抖抖编织袋说："如果到期我不能连本带利偿还，那就是咎由自取。你取我命都可以。"

离开钱庄老板家那栋流光溢彩却固若金汤的楼，蓝必旺把车钥匙给蓝景照，让他开车。蓝必旺紧紧抱着钱袋，坐在副驾座上。袋子里的钱，生硬和冰冷，贴着他的胸膛，像抵着他的尖刀。

车子开到村口，蓝景照把车停下。蓝必旺以为蓝景照想把车交给他来开，准备换座，却见蓝景照不挪屁股，只是扭头，用黄鼠狼一样的眼睛看着他。

"怎么啦？"蓝必旺说。

蓝景照说："我今天陪你跑上跑下，帮了你这么大的忙，你总要给点利市吧？"

蓝必旺想想该给，"给多少？"

"一万。"

"一万？太多了。"

"我还做了见证人呢，这也是要担风险和容易得罪人的。"

"你知道我借这个钱是拿来做什么的吗？"

“建工厂造钢琴呀，这人人都晓得。”

“如果是拿来救命和做善事呢？”

蓝景照一愣，“你是说拿来救樊家宁和迁坟？”

蓝必旺点头。

“那我要一千就成，挂挂红，免走霉运。”蓝景照说。这个虽唯利是图却也识相的男人，一下子把要价降了九千，就像阴险狡诈的庄家把股价做空几近跌停一样，让观望犹豫的蓝必旺暗喜，像是空仓的股民躲过一劫。

蓝必旺数给了蓝景照一千元。

一下子节约了九千元，蓝必旺感觉自己赚了九千元一样。他心情马上好了起来。

他甚至和蓝景照聊起了家常。

“你儿子蓝木村常回家看看吗？”蓝必旺问。他居然还记得蓝景照儿子的名字，仿佛蓝景照的儿子，是他的眼中钉或肉中刺。

“那次跟拍电影的那帮人回来后，没有再回。”蓝景照说，他眼看着窗外，像是想念和盼望。

“他现在是集团的骨干和罗光灯的心腹，肯定是忙得不可开交。”

“是呀，上阵父子兵，打虎得靠亲兄弟。罗光灯、木村，还有韦努，他们就像亲兄弟一样，分不开的。”

“他没说罗光灯每个月或每年,给了他多少钱?”

“只要我儿子,还有韦努,肯为罗光灯卖命,肯定是亏待不了的啦!”

“我认为有你儿子做经济保障,你可以不用开赌场了。”

蓝景照思忖了一会儿,说:“赌场还是要开的,当娱乐场。邻里八村的人,到赌场来,也不都是纯粹为了赌钱的,是来玩耍的。农村的生活太枯燥了,太闷了,赌场让人兴奋、刺激!”

“被公安查过吗?”

“当然。当然现在再查就很困难啰,都有放哨的。再说派出所就四个公安,一个乡二十五个村几百个屯,哪儿查得过来?”

“罗光灯,你儿子,还有韦努,这三个主力干将不在了,移师南宁了,村里的赌风小了好多吧?”

“那是。”蓝景照含蓄地笑着说,“连狗叫都小声了,太平多了。他们在的时候,那个闹呀打呀,真是鸡飞狗跳。”

“你的意思是说南宁不太平了?因为他们把祸乱都带去了南宁。”蓝必旺说。

蓝景照还是听懂了蓝必旺的讽刺挖苦,睥睨蓝必旺,说:“他们再怎么烂,也比你现在这窝囊样、鸡巴屌样强!”

他说完下了车。

剩下蓝必旺在车上。他的耳根又红又热,像是被骂红骂热的,也像是被人惦记。

蝉虫这个时候不失时机地鸣叫起来，单调和舒缓，像是大合奏的序曲。从泥地里最早蜕变的蝉虫，像一场大战役前奋勇当先而机智的侦察兵，潜进了敌阵。它们藏在村庄葳蕤的树木中，在发信号，召唤大部队的进攻。

蓝必旺明白，惊心动魄的夏天，又来到了。

二十、弟弟

桂秀小学超级豪华。

此刻至少有一百辆车排在学校的门口和周边，一辆比一辆名贵，像是名猫名狗的比赛和展览。它们的主人也一个比一个珠光宝气，咄咄逼人而望眼欲穿。

这些阔人毫无疑问在等待他们的儿女或孙子孙女。

罗光灯躲在其中一辆车里，望见了他的父亲罗仕马。

罗仕马已经下车，站在车头，朝着学校的门口远望。他的身边还站着一个女人，与他一同等候。那女人身材高挑，因为背向这边，还看不见她的相貌。她上身穿着黄色的T恤，下身是黑色的热裤。她的头发盘起，像一个丸子。罗仕马一会儿拉着她的手，一会儿揽着她的腰，像把她当成一件易碎的宝贝护着，不让活动的人触碰。

她终于回过头，朝这边望过来，像是觉得有人想看她的脸，或者是提高了警惕，总之是露面了。

这女人还很年轻和好看呀。最多是三十岁，没有化妆，眼大肤白，和她身旁六十七岁的男人比对，更像是父女关系。

她望了望后，又转过去了。身体和样貌都展现过的她，在罗光灯的眼里，像一尊精美的玉雕，既想拥有又想摧毁。

拥有是不可能的，因为她属于父亲。

身边的蓝木村告诉罗光灯，这女人就是张雯雯。她无业，三十岁，住在幸福里二栋一单元1801。儿子八岁，读二年级。

“儿子叫什么？”罗光灯说，他似乎对男孩的身份姓名更敏感。

“罗光火。”

罗光灯一愣，像是被刀片划过了喉咙但又不知道有多严重一样，“到底是不是姓罗？你们他妈的有没有搞错？”

坐在驾驶座的韦务回头说：“我们调查有一个月了。千真万确，是张雯雯和罗老的孩子。”

“意思是说，他们的孩子，就是我的弟弟？！”

蓝木村说：“同父异母的弟弟。”

罗光灯气呼呼说：“那他妈的有什么区别？”

“区别还是有的，”蓝木村说，“你是正室生的，你弟弟是小三生的。”

罗光灯一掌打在蓝木村的头上，“我说的是这个意思吗？你理解我说的什么意思吗？你这个蠢猪！”

被骂做蠢猪的蓝木村说：“大哥，我错了。但我真不晓得大哥是什么意思。”

罗光灯对前排的韦努说：“韦努，你说是什么意思？”

韦努摸着方向盘，像摸弄启迪智慧的玩具一样，瞎猜说：“我想，大哥的意思，虽然罗弟弟是另一个妈生的，但是如果公开的话，老爷子承认、老太太接受的话，将来罗家的财富，小罗弟弟也是可以继承的。”

韦努还真蒙对了。

罗光灯说：“你脑瓜子变聪明了，比蓝木村聪明多了。我明天就换你到办公室，当主任。”

现任集团办公室主任的蓝木村说：“那我呢？”

罗光灯说：“你降为副主任。”

正说着，学校放学了。天真烂漫的孩子们涌出校门，奔向他们的亲人。

只见一个秀气的儿童，走到罗仕马和张雯雯的身边，被他们亲吻和拥抱。然后罗仕马打开车门，用手护在门框下，让孩子安全上车。他也坐进了车子里。

张雯雯将车开走。

韦努请示罗光灯：“要跟吗？”

罗光灯却不满了，说：“你都调查和跟踪一个月了，跟有屁用？能解决根本问题吗？”

韦努说：“大哥想怎么解决？”

“怎么解决用我想吗？养兵千日用兵一时，关键时刻，要你们来有什么用？”

蓝木村这回心领神会，抢在韦努前面觉悟，说：“我明白怎么解决了。大哥你放心，我会把事情做得万无一失。”

罗光灯看着蓝木村：“你真明白？”

蓝木村眨眼，说：“保证妥妥的，滴水不漏。”

罗光灯把手放在蓝木村大腿上，边摸边说：“事过以后，我提拔你当副总裁。”

韦努说：“我还是当办公室主任，不变吧？”

蓝木村说：“韦努，这个时候，你还想自己的事呀？保住大哥的江山，一个人独揽不动摇，这才是天大的事。我们要做的事，千刀万剐也是我和你来承担，决不能牵扯到大哥。打死都不能说，你明白吗？”

韦努回应说：“当然明白。我聪明可以不如你，但是我对大哥的忠心，超过你。”

罗光灯听着两个兄弟对自己的表忠，感到得意和满意。他心情放松了些，身体也跟着松软下去，伸展开来。他斜躺在座椅上，凝神闭目，在豪华宽敞的车厢中，像陵寝里安息的帝王。

二十一、溺

桂秀小学二年级学生罗光火失踪三天后，他的尸体在邕江里找到了。

这个八岁的男孩，全身赤裸，肚子肿胀，从江里被捞出来的时候，像一条死了的大鱼。实际上他已经死了。

他是溺死的。目前没有证据表明，他死于他杀。

他是七月十日失踪的。

那是放暑假的第二天。

罗光火留在家里，与母亲张雯雯一起。这是上午和中午。下午三点，张雯雯出门办事，具体地说要去做美容。这是她今年以来必做的常规功课，因为她发现她的脸上出现了皱纹，像水坝的裂痕一样引起了她的惊恐，她必须及时修补。七月十日是她约定的又一个美容时间。她问儿子要不要跟她一起去，正在玩游戏的儿子说不去。在得到儿子不出门的保证后，张雯雯去了美容院。

张雯雯去的是位于凤凰岭路的莉莉美容院。这是南宁规模和名气最大的美容机构。她在这里做美容。三个小时后,美容结束。她来到停车场,发现她的车前轮胎瘪了。她叫汽修厂的人来打气。多了这个环节后,她回到家已经是傍晚七点了。她在家里没有看见儿子,以为是儿子的父亲把他接走了。她给罗仕马打电话,回答是没有。她急忙下楼,在小区和小区周边寻找,没有儿子的踪影。夜晚十点,张雯雯和罗仕马报警。因为是十岁以下的少年儿童失踪,派出所不受二十四小时立案时间限制,立即出动警员寻找和调查。警察首先调出小区的监控查看。在十八时零一刻的屏幕里,看到了离家出走的罗光火。他穿着白蓝相间纵条纹的球衣球裤,是他崇拜的阿根廷球星梅西的10号球服。但他走时没有带球。他空着手离开幸福里小区,视频里再也不见他回来。

警察又调出小区外的监控,发现近几天的视频记录是空白的,原来探头坏了。那么八岁的罗光火去了哪里?是出去找不按时回家的母亲?还是玩耍?查看监控的区域一步步扩大,都看不到孩子的行踪。

警方和家长开始都怀疑孩子是被绑架,但是一天过去了,没有接到任何一个索金的电话。

第二天的下午,有人报告在邕江四桥的附近江边,发现一套球衣和一双小鞋子。是一个钓鱼的人发现的。

警察、家长赶到。张雯雯确认,是她儿子罗光火的球衣和鞋子。

救援人员迅速打捞,却直到一天之后,才在球衣鞋子发现地的下游三公里处,捞起孩子的尸体。

张雯雯当场就疯了。这位看上去也自以为坚强、理性的美丽女人,她的神经系统最终也经受不住丧子的打击,毁坏了。

她依靠的男人没有疯。他沉着、诚实地配合和协助警方对事件的调查和推理,并理性地接受警方初步认定其非婚生子罗光火是窒息死亡的结论:

经尸检,死者肺腔积水,内有泥沙和其他水中的杂质,在检验时呈现硅藻阳性反应;内脏淤血;睑结膜、黏膜、浆膜瘀点性出血;口鼻腔前可见多量淡红色泡沫;尸斑呈淡红色;手抓异物和甲沟内嵌塞泥沙;呼吸道有溺液和泥沙;肺部有严重水肿、气肿;左右心血液改变及主动脉内膜染红。这些属于溺死尸体的征象,是窒息性死亡。

警方排除他杀后抛尸的可能。也就是说,孩子是活着下水的,在水中溺亡。

胡子拉碴的罗仕马回到凤岭的别墅,回到法定妻子身边。他年老色衰的妻子正在专心致志地念佛,仿佛对外界的事毫不关心和一无所知。事实上就是。这对有外遇并且焦头烂额的丈夫,兴许是一种侥幸和安慰。他没有打扰妻子,更没有告诉妻子,自己在外面发生和经历的一切。他悄悄地经过妻子身边,进了浴室。他打开淋浴喷头,让冷水冲洗自己。在刺激的水流中,他想象自己八岁的私生子,在湍急的江中沉没和挣扎,感受他的痛苦和不幸。儿子罗光火喜欢游泳不假,但往时游泳都有父亲或母亲的陪伴,从来没有一个人外出游泳的情况。这一次究竟怎么了?第一次私自外出游泳便发生了意外。他是不是被害的?可警方的尸检报告和结论,又判断是溺死。如果是人为被害,那这害人的凶手必定有极高的智商和手段,才能逃脱和误导警方的追查。是妻子苏莲吗?她即使有害人之心,也没有这个能力和胆量。是大儿子罗光灯吗?他天不怕地不怕,但是他智商和手段能有这么高吗?何况,他并不知道有罗光火这么一个弟弟的存在。他会不会知道呢?

罗仕马来到集团儿子罗光灯的办公室。罗光灯和蓝木村、韦努、周文婷等正团坐一起,像是开会。见到董事长突然大驾光临,所有人喜出望外,起立欢迎。

儿子罗光灯对父亲的到来虽然意外,但乐意的神情无法掩饰。他将沙发主位让给父亲,请父亲坐下。“爸,有事吗?”

罗仕马说:“没事。”

“你平时都不来,今天突然来,一定有事。”罗光灯说。他给部下使眼色,示意他们离开。

部下们离开了,剩下罗仕马父子俩。

“爸,有事请直说吧。”

罗仕马端详着失而复得的亲儿子，或者说盯着他。儿子罗光灯镇定自若，迎迓对待父亲的目光充满亲切和真情，仿佛是爱的流露。他服务照顾父亲的动作和细节轻松自然、温柔细腻，那是孝子才能做出的举动。满腹惶惑、猜疑的罗仕马，看着眼睛纯净、行为挚诚的儿子，想说的话到了嘴边，全部吞了回去，却吐出没有准备的话："没事，就是……你好多天不回家了，想看看你。你没事吧？"

"没事，集团的事一切顺利，我也好得很，"罗光灯给父亲的水杯续上茶水，"我正打算今天回家，陪你和妈吃饭。"

罗仕马说："你忙就不用了。你妈成天念经拜佛，已经超脱。我今天看见了你，平安顺意，也就踏实了。"

罗仕马起身离开。罗光灯将父亲送到电梯口，想送到楼下，被父亲阻止。

看着父亲独自进了电梯，在电梯消失，仿佛巨兽的血盆大口将父亲吞噬了一样，罗光灯的心情是疼痛和难受的。那是无法伪装的疼痛和难过，是焚烧十指连心痛的状态。他是父亲亲生的，没有父亲就没有他。他是爱父亲的。

父亲，我爱你。

罗光灯在心里默默地说。这个亦恶亦善的家伙，此刻心血来潮，亲情澎湃，像一条云谲波诡的大河，或一座白云苍狗的高山。

二十二、葬礼

夏季的一个黄道吉日，在上岭村的南山，樊刚和樊忠烈士的迁葬仪式即将举行。山上山下，已是白花遍布，人头攒动，红幡高起。被惊动或识大体的鸟兽，让出它们的地盘，或转移到别的山上，或飞翔在空中，像卫戍疆土和领空的军团。树林里的蝉虫，已经开嗓，像庞大乐队各就各位的乐手，在试音。它们虽然不是今天仪式的主唱或主角，但有它们的助力，仪式一定多了一种高亢的声音。至少，它们的鸣唱今天不会令人讨厌。

今天的主角是樊刚和樊忠，这两位壮族人民的儿子，1979年牺牲在支前路上的民兵、亲兄弟，葬在边陲墓园三十八年后，他们的遗骨迁回故乡，安葬在家乡的土地上，与先前移葬于此的五位战友（黄乃鹏、蓝华为、韦小帅、覃宝林、韦成念）会合，再次抱团，并永不分开。

实际上今天的主角还有一位，就是仍然活着的樊家宁。这位身患绝症的男人，靠金钱和意志维持、支撑生命的独腿英雄，他比预想的活得要久，注定完成多年的心愿。

他是一大早被接回来的。在医院的时候,他已迫不及待换上洁净的军装。他的军帽没有帽徽,军衣没有领章,因为他只是一名民兵。但不影响他以一名军人的姿态参加战友的葬礼。

他被担架抬上山,然后坐在轮椅上,注视葬礼的全过程。

在领导致辞撤退之后,大成乡著名的风水师兼道公樊光良和他的团队,开始为归葬的遗骨招魂和安魂。一排长号指向天空,发出长啸,像轮船起航的汽笛。深情的唢呐吹起,白云飘移,似魂兮归来。鞭炮和烟花竞相鸣放,山河颤动,细雨纷飞,像神在抽搐和流泪。

迷蒙的烟雾和轰隆声中,樊家宁清楚地望见和回忆起他率领的民兵班——七个上岭村的兄弟,在战场的前方,将死亡的官兵运回后方。

那一幕幕前仆后继、舍生忘死的情景,激动、悲壮和惨烈。

1979 年 2 月 17 日,战斗打响后,大成乡民兵连也开始了行动。这个民兵连编入某部战地救护运输队,负责搜寻、收殓和运送牺牲官兵的遗体,被人称和自称"收尸连"。樊家宁是"收尸连"一排二班的班长,含他一起共八个人。这个班其中有两个是亲兄弟,就是樊刚和樊忠,而他们又是樊家宁的堂弟。另外其他人也是有瓜葛的亲戚关系。所以这个班也被人称和自称"兄弟班"。

"收尸连"一行动就遇到了死尸,成片地倒在那里,多数肢体分裂，骨肉破碎，想必是踩中地雷或遭受炮击。残缺的尸体一开始让人害怕，收殓尸体的民兵大多战战兢兢、手足无措。唯有“兄弟班”无所畏惧，迎难而上。樊家宁奋勇当先，与上岭村另外七个不怕鬼也不怕死的小伙子，每人用一个铁皮带柄勺子、一个铁齿抓耙，轮换使用，撮土、刨碎尸和断肢，然后将收拾的尸骨交由随同的法医，以验证人体二十六块大骨。经验证、查对、尽量认准后的尸骨，就用一块白布裹住，放进事先钉好的木板箱里，盖上盖，四周用铁丝捆紧，抬到停在公路上的汽车里，待装满一辆汽车，便由专门拉尸的司机拉回后方。

“兄弟班”的表率，让“收尸连”所有民兵迅速或逐渐胆大包天起来，熟练而细致。他们在山头、水边、坑道、河沟、树枝上、茅草堆里、荆棘丛中，找到一具又一具血糊糊的或完整或支离破碎的躯体。他们忍着臭、腥、酸等各种味道，一面捡尸、入殓，一面流泪，为那些同样年轻却牺牲了的战士，为他们的英勇行为骄傲，为他们悲壮的死哀伤——有很多战士死后还保持着各种拼搏姿势：手里还握着手榴弹，刺刀还插在敌人胸膛，卡敌人脖子的，咬敌人耳朵的，抠敌人生殖器的……那种拼尽全力肉搏置敌于死地的姿态，让活着的民兵们难过和敬佩。

3月6日，“收尸连”随军撤出战场。活着的民兵们喜不自胜，庆幸自己活着。“兄弟班”八个兄弟全部健在，不免洋洋得意，活蹦乱跳。他们的松懈和涣散造成了悲剧。

那是 3 月 14 日，这个不幸的日子。在离边境已经不远的一个山谷，回撤的部队遭到敌人的伏击。部队突围后，各营连和班排清点人数。樊家宁发现他的班少了樊刚和樊忠。

突围的时候，樊刚和樊忠还在呀，怎么突然就不见了？疑问像锄头敲着樊家宁的脑袋，他感到了恐怖和不祥。

活要见人，死要见尸，必须搞清楚。樊家宁对他的兄弟说。他决定回转寻找樊刚和樊忠。

其他五个兄弟坚决要求和樊家宁一道去。

就这样，“兄弟班”悄悄地返回了刚突围的战场。

他们在山谷搜寻，在洞中找，在来不及回收的我军尸体中找，甚至在敌军的尸体中找，都没有找到樊刚和樊忠。

“兄弟班”继续找下去。在钻进一片树林，准备从树林另一头钻出的时候，他们望见在开阔地上被八九个敌人围住的樊刚和樊忠。

敌人在对樊刚和樊忠喊话，像是在劝降。

樊刚和樊忠指着自己的耳朵，像是表示耳聋听不见。他们的身上没有枪支。

敌人于是向他们靠近。等敌人全部靠近，突然响起两声手榴弹的爆炸声。全部的人死的死，伤的伤，都躺倒在地上。

樊家宁命令身边的其他人不动。他一个人朝开阔地爬过去，爬到伤亡的敌人和兄弟那里。他发现樊刚死了，樊忠没有死。但是樊忠伤得很重,也快死了。樊忠临死前还跟樊家宁说话,他的话结结巴巴,但是实话。意思是部队进攻的时候,他和哥哥樊刚去觅尸,在一个炸开的坟墓周边,发现了很多铜钱。他们把铜钱捡起来,装了一袋,然后埋起来。撤回经过埋钱地方的时候,他们想起了这袋钱,但没有机会去挖取,因为人多。突围以后,他们想如果不回去取,就再也没有机会了。于是两兄弟偷偷跑了回来,却迷了路。还没找到埋钱的地方,就被敌人发现和包围了。兄弟俩诱敌靠近,然后引爆了身上的手榴弹。樊忠最后说:我们兄弟俩虽然爱财,但决不投降。

樊家宁背起奄奄一息的樊忠,朝树林走。

不知从哪里,一枪打过来,将背上的樊忠直接打死。

又一枪打过来,打在樊家宁的右大腿上。他扑通跪下。背上的樊忠掉落,像断了抓绳的麻袋。然后樊家宁迅速卧倒,滚到了一个小石坑里。这个卧倒和滚动的动作是他主动的,为了不再被子弹击中。

树林里的兄弟们急了,冲过来救他。不管樊家宁怎么喊叫阻止,他们就是不听,横冲直撞,像一群疯牛。

黄乃鹏。蓝华为。韦小帅。覃宝林。韦成念。

他们一个接着一个中枪倒下去。都是一枪丧命,应该是敌人的狙击手所为。

兄弟们都死光了,敌人再也没有动静,像是子弹打光了。也像是要留下他这个活口，带着屈辱和愧悔回家，过着卑贱、痛苦和凄惨的人生。

他屈辱和愧悔了三十八年，也卑贱、痛苦和凄惨了三十八年。

这一切终于要结束了。

就在今天，他活着最大的心愿，将要全部完成。

樊刚和樊忠正在下葬。分别装着他们遗骨的两只金坛，缠着黄绸，像尊贵的龙珠，缓缓放入各自的墓穴。他们将在故土安息，或从故土出发，在另一个世界飞黄腾达。

只有我樊家宁还在人世间活着，并且保守秘密。樊家宁心想。

没错，关于樊刚和樊忠的死因，关于黄乃鹏、蓝华为、韦小帅、覃宝林、韦成念为何而死，樊家宁始终没有对任何人如实讲述。他们因此成为烈士。而隐瞒真相的樊家宁，却在无时无刻不受折磨。为了七个愚蠢死去的兄弟变得光荣，他不得不善意地撒谎。在大腿汩汩流血的时候就开始编造故事。当大腿被锯断康复出院的时候，他的故事已经编得十分圆满了。在故事里，他保留了樊刚和樊忠引爆手榴弹与敌同归于尽的事实。黄乃鹏、蓝华为、韦小帅、覃宝林、韦成念为救人全部牺牲也是事实，但不是为了救他樊家宁，而是救樊刚和樊忠。为什么不想说不能说是为了救他樊家宁？因为他觉得那样说会显得他带兵无能，最主要是显得自己有罪——五个兄弟为了救自己全死了，能不有罪吗？他一时糊涂把抢救对象改成了樊刚和樊忠。实际上他当时也真以为，黄乃鹏、蓝华为、韦小帅、覃宝林、韦成念是为了救樊刚和樊忠才死的。樊刚和樊忠的擅自脱队是悲剧的源头。他在故事里说成是掉队。没有樊刚和樊忠的可耻行为，另五个人就不会死，尽管他们两个最后也死得壮烈，但是功不抵罪。为了一袋古铜钱，把命丢掉了，并且搭上了另外五条命，而且是在仗已经打完班师回国的路上，太不值得，太冤了。罪魁祸首就是樊刚和樊忠。所以六年前，樊家宁迁坟的时候，只迁回黄乃鹏、蓝华为、韦小帅、覃宝林、韦成念五个，留下樊刚和樊忠不迁。钱是一个原因，对樊刚和樊忠的怨恨是一个原因。如今终于把樊刚和樊忠的遗骨迁回来，那是因为他们已得到樊家宁的宽恕。

是的，年轻人的罪过，经过了三十年时间之河的浸泡、冲洗和打磨，都应该得到宽恕。只有宽恕别人，才能救赎自己。

只见樊家宁从轮椅上，艰难地站了起来。他像军人一样，向已获得他尊敬的战友行礼。

他敬礼的动作和姿势，清新、爽朗和优雅，像雨后的一道彩虹。

三天后，这位没有白活的男人，也葬在了这里，安息在已经提前为他造好的墓穴。

他的坟墓圆满、坚固、明亮，像茫茫大海中的灯塔。

二十三、求婚

秋天一到,蓝必旺觉得可以向樊贞秀求婚了。

秋天是成熟的季节,秋天也是收获的季节,这是老生常谈的废话和实在话,就像万年历中自古标明的黄道吉日,灵不灵是一回事,但不信不行。

最主要或特殊的是,樊贞秀的父亲樊家宁去世已经有三个月了,蓝必旺觉得,她的哀痛和忧伤已经平复了,再加上他时不时的问候和安慰,她的心情一定好了起来。另外,蓝必旺建厂的资金没有着落,他索性搁置下来,等明年银行放贷了再说。这样,他就有了谈婚成家的时间。他的婚事也是父母亲最操心的,正好可以满足他们的愿望。他现在想做一名孝子了,因为他想当樊贞秀的丈夫,真心实意地想。

他准备好了戒指。尽管他负债一百多万,为救治樊家宁和完成樊家宁的心愿,已经花出去差不多了,但买戒指的钱还是够的,就是筹备婚礼都还够。

他决定把樊贞秀约到忻城的薰衣草庄园去,因为那里的数千亩薰衣草已经盛开。他要在花海中向她求婚,给爱的人一个永生难忘的浪漫记忆。

这晚,他给樊贞秀发短信:有一个美丽神奇的地方,你想不想去?

樊贞秀回信:想呀。但是我不去。

为什么?

我不相信美丽和神奇。

相信我吗?

相信你的善良。不相信你的诚实。

此话怎讲?

你自己知道。

我不知道。

樊贞秀再也不回复了。

蓝必旺心想坏了,到底出了什么事?他必须立刻去找她,当面跟她谈。

他直接去了樊贞秀的家。

樊贞秀在家。她母亲走后,父亲走后,家就是她睡觉的地方。她准备睡觉了,蓝必旺来了。

“你来做什么?”樊贞秀说,她的态度平淡,接近冷淡。

“我来问问,我什么地方做得不对,请你指出来,我加以改正。”蓝必旺说,用诙谐的口气。

“你所有的地方,都做得非常地道,非常高明,非常伟大!”

蓝必旺当然听懂这是樊贞秀对他非常不满,“说嘛,我究竟什么地方做得不对?”

“你是个骗子！我是个傻子!”樊贞秀说,她杏眼圆睁,看得出是真生气了。

蓝必旺一听,心想可能是医药费的实情被她觉察或者了解了,含蓄说:“哦,你是指叔叔费用的事吧？一个疗程是比两万多,但是也不多多少。”

“究竟多少?”

“五万。”

“五万?”

“是。两个疗程,也就十万。”

“那你为什么要贷款一百万？而且是高利贷!”樊贞秀说。

蓝必旺愣怔,“谁告诉你的?”

“蓝景照。”

蓝必旺一听,知道瞒不住了,解释说:“你放心,我有能力还这笔钱。”

樊贞秀说:“我想要你回答的是,你为什么要骗我?”

“我骗你也是真心的!”蓝必旺说,“有一句话说得好,只有骗子才是真心的,因为他真心骗你。”

“你走吧。我真心地想让你走,现在。”

“我不走。”

“我要嫁人了。”

“你是该嫁人了。但是必须嫁给我。”

“你不是有女朋友了吗?”

蓝必旺愣怔:“我什么时候有女朋友?”

“那天剧组来我们村要拍电影的那个女人不是吗?我什么都晓得!”

“哦,那个是前女友。早分手了。”

“没有我也不嫁给你!”

蓝必旺不以为意,他当机立断,掏出戒指盒子,打开,单膝下跪,将戒指呈上。

“我有戒指了,你看!”

蓝必旺看着樊贞秀伸出左手,在中指,他看到一枚戒指闪现着火焰般冷艳、璀璨夺目的光彩,那是极品钻戒才能发射出的光芒,像是卡地亚的牌子,他的养母苏莲戴有一枚。

“我已经和别人订婚了。”樊贞秀补充说,像是在一个已经心绞痛的人身上,再来一记重拳。

“和谁?”

“一个丧偶的富有男人,”樊贞秀说,她直言不讳,像是豁出去了。

“为什么?”

“我愿意。”

“你是为了钱嫁人的吗?”

“那我也愿意。”

“我借的贷款不用你还!”

“你怎么还?”

“明年银行给我放贷后,我就能还。”

“明年银行要是不贷给你呢?”

“他们说能。今年是暂时不能。”

“就算银行贷款给你,你拿去还了高利贷。然后呢?你拿什么建你的钢琴厂?”

“车到山前必有路,天无绝人之路。我总会有办法。”

樊贞秀说:“我不能欠任何人。何况是你。”

“为了我,你就不该嫁给别人。”

“为了你,我只能嫁给别人。”

“我求求你,贞秀,把别人拒绝掉。我爱你。”

樊贞秀摇摇头,“我拒绝不掉。正因为我爱你。”她眼睛有泪水了,说明已经心软,“你必须成功,我相信你能成功。但只有我这么做,才能保证你成功。就像你那么做,我爸爸才能完成心愿一样。”

“贞秀……”

“我决心已定,你不要再坏我的心情。”樊贞秀打断说,“这是命运的安排。”

说到命运，蓝必旺哑巴了。他最相信的，就是命运。命运已经将他从天堂打到谷底，现在还要再来一次吗？上一次是因为出身，这一次是因为爱情。难道命运一定要将他在血水里泡三遍，盐水里煮三遍，碱水里浸三遍，人就彻底干净或浴火重生了吗？就像蝉虫，一定要在泥土里孵化十七年，才能化蛹成蝉，享受人世间的快乐却不过一个夏天。可话又说回来，难道因为生命短暂，蝉虫就不会在黑暗的泥土中孵化十七年吗？不是的，必须要经过十七年，因为它是蝉虫。那好吧，我接受命运的所有安排，因为我是蓝必旺。

蓝必旺思考这些的时候，已经在回家的路上。在漆黑的夜里，回家的路根本看不见。他是凭着感觉和摸索走的，竟然也走对了，没有遇到障碍，也没有摔跤，就像有神灵牵引他一样。难道这也是命运吗？

二十四、雪

也是秋天，深秋的一个黄道吉日。

樊贞秀出嫁了。

上岭村金风玉露，层林尽染。这个悲戚、沉闷的村庄，还是有爽快和美丽的时候。所有的门庭打开，所有的人涌出来，拥抱一年中最后的美好时光，像冬眠动物冬眠之前，享受暖阳和储存热量一样。

接亲的人欢天喜地，送亲的人也欢天喜地。他们笑脸相迎，投怀送抱，像两支本不相干却奇妙交集在一起的队伍。

要是有音乐辅助就完美了。轻松、抒情的音乐，可以使人们更加兴奋，给姻缘带来吉祥。

有呀，可以有。

音乐响起来。那是十分清脆、舒缓的琴声，从不远的蓝家传了过来，像潺潺的溪流一样。

蓝必旺在弹钢琴，他的钢琴。他双手十指在琴盘上灵动，被触及的黑白琴键上下沉浮，像精灵在跳舞。那舒畅的声音就是从他的手指流淌出来。他的手真好看，手掌宽厚，手指修长，最明显的是白白净净。他在弹琴之前一定洗过手，剪过指甲。他是闭着眼睛在弹琴，面部亲切和安详。没有几人知道他弹的曲目是《秋日私语》，但所有人都觉得好听，都得到满足。

在琴声的祝福中，天上突然飞来一架飞机。

闪亮的飞机在上岭上空盘旋，像一只威猛的老鹰。

这是罗光灯的私人飞机。他在飞机上。这个富得流油的男人购买的飞机一到，首飞便想起上岭。他说去上岭看看吧，从空中看上岭到底是什么样子。

于是就来了。

随同来的有蓝木村、韦努、周文婷、李楚等。这都是罗光灯的心腹，不可能不来。

难得一来的是王××，罗光灯梦寐以求的这位女明星，还是经不起五千万元酬金的邀约，动摇了。她来到南宁，坐上了罗光灯的私人飞机，任由飞机带到什么地方都行。

此刻飞机飞临一个村庄的上空，并在此盘旋。从空中看下去，村庄如一幅画。画面上，山浪峰涛，层层叠叠。碧水如镜，倒影翩翩。炊烟袅袅，缥缈莫测。

这是什么地方？王××说。

这是上岭。飞机上有三个上岭人不约而同地说。

上岭是什么地方？

我们的家乡。

罗光灯忽然想起什么，说：“既然回上岭来了，我们总要表示表示呀！”

蓝木村说：“飞机下不去呀，降落不了。”

罗光灯说：“降落不了，不会投下去呀？！”

“投什么？”

“有钱吗？”罗光灯说。

“有！”韦努说，他走过来，把嘴附在罗光灯的耳朵边，“不过是给王××准备的钱。五千万。”

“先投了再说。不是投，是撒！”罗光灯说。

“全撒呀？”

“全撒！”

五千万现金在飞机上拆解，先堆成一座山，然后由三个上岭人不约而同将其推翻。大量的钞票从飞机的投放口抛出。

上岭的天空钞票纷飞，像下大雪。

后记：献给上岭村男人的一曲悲歌，或一杯甜酒

《蝉声唱》完成了，我跨时两年的小说，在秋风萧瑟中休止键盘，像一台揪心的戏剧落下帷幕。

失去父亲的悲伤，仍淤积在我的心房。他是在我未完成这部小说时去世的。他的骨灰至今仍寄存在青龙岗。在他未入土为安之前，我的哀思也无处安放。他的魂灵或许已到达天堂，或许还在我身边。怎样都可以，总之父亲在我心中是永久的存在。如今我越是看不见他，他的音容在我心目中却愈加清晰。

小说还是要写，就像生活还要继续。

更何况我的这部小说，父亲差点是全程的见证者。事实上初稿完成的时候，他还活着。可是我还要改，改了还要再改。父亲没有等我改完这部小说就走了。他走时像是很安详，或许是因为他和所有的子女都见了最后一面，也或许是因为医院给他使用了镇定的药。谁知道他有没有痛苦呢？父亲一生都是坚强和达观的人，即使大半辈子都是病魔缠身，但我从没见他喊痛。这个上岭村的男人，是上岭村最伟大的男人。

《蝉声唱》正是献给上岭村的男人的，是献给上岭村男人的一曲悲歌，或一杯甜酒。虽然故事里没有我的父亲，甚至真实的上岭村的男人也没有在故事里。唯一真名实姓在故事里的樊家宁，他的故事大半是虚构的。但是这部小说的后记，我必须讲真实和真正的上岭村的男人。他们其实也是小说的一部分。不讲他们，这部小说的意义达不到最大。

我要讲三个男人。

第一个男人是樊家宁。他是我的本家，扯远一点我可以叫他堂哥。我读高一的时候，他读高二。那年月高中是两年制。樊家宁高中毕业不久就当兵去了。那是 1978 年 12 月，樊家宁应征入伍，是我们上岭村唯独的一个。我们菁盛乡跟他一起入伍的还有两个人，一个叫罗梦迂，另一个我记不住姓名了。他们三个人入伍的欢送会，我去了。他们胸前的大红花，戴在各自往日穿的衣服上。我插在敲锣打鼓的人群中，羡慕的眼光看着他们，因为看上去他们的确很光荣。在那个年代，只有政审和身体都合格的人才能有那样的荣光。那时候我还想，如果一年后我报名参军，政审一定是存疑的，因为我父亲和母亲的原因（什么原因我后面会提到）。所以他们能参军，我羡慕是有道理的。我以欢喜和凝重两种心情送走他们，回学校继续念书。那年的雪居然下到山下的学校里来，被我们触摸。而往年的雪都停留在山顶上，白白的一片，让我们观望而已。那时我并不觉得这是什么不好的兆头，恰恰相反，我觉得来年我一定能考上一所学校，至少是技工学校。

之后不久的一天，我在家，忽然望见河对岸的公路，驶过几辆解放牌的汽车。车上站满了人，所有人都兴奋地呼叫。后来我知道那是隔壁金钗乡支前的民兵。

再不久，战争爆发了。我天天看着报纸，都是胜利的消息和英雄的事迹。我记得最深的一位英雄，他叫岩龙，是个普通的战士，却是神枪手。他一下子干掉了几十个敌人。但是有一天，他胸前挂着一副缴获的望远镜，被敌人以为是指挥官，不幸中弹牺牲。我开始为我的堂哥樊家宁担心。

过了些天，乡里通知学校师生去参加追悼会。在乡政府的操场，我看到的两张遗像，并不是我的堂哥樊家宁，而是另两个与他一同参军的我菁盛乡中学的校友。他们的遗像还是穿着便服，说明他们连军装照还来不及拍就上了战场。我还记得名字的罗梦迁，给我印象最深的是他有一副好嗓子，他的歌喉我认为后来的刘欢、孙楠也比不上。但是他牺牲了，不到二十岁。

又过了些天，几辆解放牌汽车又从我家河对岸的公路驶过。是支前的隔壁金钗乡民兵回来了，他们悄无声息，人数也比去的时候少了。我继续担心我的堂哥樊家宁。

又过了一段时间，我的堂哥樊家宁活着回来了。他只是负了伤，臀部被弹片削去了一块，复员后被安排在乡供销社，当工人。他上班时我见过他一面，他在卖酒。我上前和他打招呼，他没有理我。他对待其他人话也很少，非说不可才说的样子。我估摸他还在被战争的硝烟笼罩着。我问他至亲的人，他在战场上都经历了什么？他们说他什么都没告诉，只知道他在的部队是战地救护运输队，他是专门收尸的。我顿时毛骨悚然，再不敢去见他。

后来我考上了大学。大学毕业我先分回菁盛乡中学工作。我在菁盛乡工作的一年，只远远见过他一次。他踉踉跄跄，像是喝醉的样子。但是我听说他结婚了，生了孩子。

后来我调走了，十多年没有回乡，也没有回上岭村。我每年都回上岭村是2007年以后的事情。我每次回上岭村，也没有见樊家宁，因为他在另外一个屯，而且那个屯在高山的弄场里，我不上去，他不下来。我只是知道他下岗了，妻子还和他离了婚。就在2014年，我回上岭过清明节的时候，才知道他不在了。他从山上下来，就在我们上岭村的码头，跳河死了。

我难受了好几年。一直到现在，每次回上岭过河，我就会想起他，仿佛看见他在码头边的石崖上站立然后往下跳，河水迸溅出巨大的浪花，像是一颗炸弹在爆炸。他的生命和命运就终结或沉没在那波浪滚滚的河水里。我真想写这个男人的生命和命运。

《蝉声唱》写作的初衷、动机或灵感，的确和樊家宁有关或来自他。我把他单独构思了很久，迟迟没有开始写。我觉得光写他一个人还不够，或者说光写人的苦难还不够，我还得在小说中倾注足够的温情。

就在2016年，我的叔叔樊宝明去世了。我十分悲伤，他是我二十年来去世的至亲的人。二十年前去世的我至亲的人是我的外婆，再往前是我的爷爷。他们的去世也让我悲伤，但过了那么多年，我的悲伤已变成了思念。如今叔叔去世，悲伤再次袭击了我，让我猝不及防。

叔叔樊宝明是我要讲的第二个上岭村的男人。

我在叔叔去世的当晚，在殡仪馆，用手机写了一段文字，复制如下：

叔叔，在这个夜深人静的时刻，在望州路308号——所有活着的人惧怕来的地方。安灵厅6，我静静地守着您，怀念您。几天后，我还是在这里，送您起飞，去往没有疾病、倾轧、贫困、欺凌的天国。您在人世遭受的疾病、倾轧、贫困、欺凌的折磨，终于摆脱给源源不断步您后尘的人，像辛劳一辈子的牛，卸掉了沉重的轭。

您是我的恩人，叔叔。在我十五岁那年高考落榜后，在我在建筑工地卸水泥搬砖五个月后，您找到了我，把我带来南宁，在您服务的高校高考补习班补习。

在和您居住的半年里，您比我父亲严厉，却比我父亲更疼我。我第一次吃苹果、雪梨，是您买给我的，虽然一周只有一个。没有高考补习那半年，我肯定考不上大学。没有您，我肯定是另外一种我不愿意的命运。

您是我们家族的骄傲，叔叔。您不用作弊、不走后门考上大学，是我们家族第一代也是您那一代唯一的大学生。大学毕业直接留校，官至人事处长。但您大儿子至今是农民，小儿子依然下岗。他们现在正守在您身边，无怨无悔地披麻戴孝。

您不仅是我们家族唯一的共产党员，也是我见识的对党最忠心的人。在您的告别会上，我希望能看到您所在的单位党委送的花圈。

八十四岁的叔叔，您现在已经确定比您八十八岁哥哥先行来到望州路308号。你们两兄弟从小失去母亲，相依为命。如今您先走一步，我们还没敢把消息告诉您哥哥——我的父亲，因为我们不知道他是否承受得了失去您的打击。如果我们决定欺骗他，请您原谅，叔叔。

夜更深更静了，望州路308号阴沉闷热，我却不感到害怕。您众多的亲人在守着你，他们大多来自上岭，那是您出生的地方，也将是您永生的地方。“一个士兵不战死沙场，便要回到故乡。”您不是士兵，您是孺子牛，更要回到家乡！上岭青青的草地和洁净的河流，等待您的归去。

叔叔火化后，我们将他的骨灰接回了上岭安葬。他的坟就在我们祖屋后面的半山腰上。从那里往下望，可以望见祖屋、田地和田地里亲人的坟墓，还可以望见长长的河流和河流两岸青翠的竹林。人们见了都说,那是上岭村最好的风水。我信。

安葬好叔叔回到南宁,我蒙在鼓里的父亲像是有兄弟间的感应,忽然问:你叔叔怎么样?我很惊愕,差点忍不住把叔叔去世的消息告诉了他。但我最终没有。接下来父亲的举动变得奇异——他常拿起座机的话筒然后拨号,但他是不会打电话的,怎么都不通。我母亲问他干什么,他说我给宝明打电话。母亲说宝明这个时间休息了,不要打扰他。后来父亲要求我送他去师院看望叔叔,我又骗他说叔叔已经接回上岭疗养了,那里信号不好,也打不了电话。叔叔去世后,叔叔的子女常来看望我父亲,父亲开口必问叔叔的情况,得到的答案跟我说的一样。父亲似乎相信了他的弟弟仍然健在,沉寂下来。

在叔叔去世半年后,父亲的身体忽然衰弱得十分厉害。他像一台不停使用了八十多年的机器,已经无法正常地生活。开始还能用拐杖走一走,很快拐杖也不起作用了,只能躺在床上或坐在轮椅上。然后是部分失忆和意识模糊,常常把看望他的这人误认为那人。但是父亲对上岭的记忆却非常清楚,一提起上岭的人,许多人四十年六十年都没再见过面,他却还记得,并说出他们的往事。

父亲卧床不起后的2017年夏天,我开始写作这部小说。对生命的无常和时间的流逝,让我有了紧迫感。最主要的是,我的构思成熟了,就像井里已经蓄满了水或油,我要让它流出来或喷出来。

在我写作的过程中，父亲的病情日益严重，频频住院。病情稍微稳定，再把他接出来，居家照顾。

在父亲生命接近尾声的时光，姐姐时常从防城港过来，悉心照顾他。我在美国的哥哥、嫂子和侄子也轮流回来看望他。我们兄姐弟自小因为分散读书、工作，聚少离多，因为照顾和看望父亲，这居然是我们共同在一起时间最长、较亲密的日子。有哥姐的照顾和关怀，使我的写作得以断断续续地进行。

接着我该讲上岭村的第三个男人了。实际上我已经在讲了，他就是我的父亲樊宝宗。

关于我的父亲，这个给我生命和这个人世间最爱我我也最爱的男人，在1996年，我曾经写过一篇以他的姓名命题的文章，复制如下：

樊宝宗

现在，我请求尊敬的编辑，不要删改文章的题目，因为这是以我父亲的名字命名的。我的父亲今年七十岁，他桃李芬芳，但他的名字却从来没上过报纸。他不像他的儿子，年纪不及父亲的一半，就有了许多的虚荣。这些年来，我写过许多的人物，但父亲的名字却从未出现在我的任何文章里。如今回头一想，我真是很傻。我的父亲当了一辈子的教师，教过的学生成千上万，而他的名声却远远小过他的学生、他的儿子，更小过他的奉献和价值。对比我写过的诸多人物，我其实早应该或最应该以父亲为题写一篇文章，为父亲扬名，尽管我的父亲早已越过功名利禄的欲望和年龄。

父亲的一生厚重、高尚，如他教过的书，又普通渺小如一支粉笔，或如他儿子的名字。

就像我是父亲的亲生骨肉一样，我的名字是父亲所赐。我先后有过两个名字。樊益平——这是我父亲为我起的第一个名字，它像一份零乱芜杂的自留地，为我耕用，直到我中学毕业。

1980年的那场高考，是父亲为我填报的志愿。在填写志愿之前，他首先修改我的名字。凡一平——父亲在为儿子修改名字的时候，是多有勇气啊！他居然敢于把祖宗的“樊”姓给革了。而在这之前，他已把我哥哥的名字改为凡平。从“樊”到“凡”，父亲用心深长，而寓意、愿望又显而易见。而河池师范专科学校，我父亲的选择，成为我至今感念不忘的母校。那年，我十六岁，我还理解不了父亲，然而我的血液决定我无法像很多人一样鄙视教师的职业。我进了这所学校，是这所学校焕发了我的真情。我从未如此强烈地感受着教师的荣辱在我心灵的回旋喷薄。

我正式用父亲亲手为我修改的新名开始发表作品。我记得当我把在《诗刊》发表的处女作《一个小学教师之死》寄给父亲时，我附信中说：爸爸，我正在理解你为什么叫我作凡一平。

从此“凡一平”一直被我使用着，它像一盏普通的灯放出的光，为我照明。这些年以来，不知有多少人煽动我，把名字给改了，改换一个稀奇古怪的名字，没准能在文坛出大名，我说，我不改，因为我的名字是我父亲给我的。

此刻，我写这篇短文的时候，父亲就在我的身边。但是他看不见我写的东西，因为他弱视严重得几近失明——父亲弱视到无法批改学生的作业才离开山村小学的。他告别煤油灯和手电筒，被我接来南宁居住。然而不论城市的灯火如何灿烂，都不会使父亲的眼睛感到刺激或受到影响。他看不清书和电视。时常有亲友来访，他屡屡将我误看成他人，与我握手。现在，就算我把他的名字写得再大，他也看不见。也正因为如此，我才敢将父亲的名字登报。

1996 年

以后的 2009 年，我又写了一首关于父亲的诗，准确地说，是关于我家族的一组诗，整组诗是这样写的：

家族（组诗）

我家族的每一个人
都是一首诗
如果不是诗
就是我的春天

——题记

樊光耀

我没见过哪个男人能像我的祖父
没有女人也可以活得下去
他是红水河上的船夫　美男子
不信你们看看我的父亲和叔父
他们年轻时候的照片
帅得我不认识
1928—1932 年间
两颗星星呱呱坠地
把承载他们的草屋

照耀得一穷二白

然后祖母扔下她和祖父共同创造的作品

去了天堂

三十二岁的祖父

直到八十一岁去世的那天

没有一丝绯闻

多么可怜的男人

打着光棍

抚养两个小男人

不让他们上山砍柴　下河打鱼

却送他们上学读书

这在七十年前的上岭村

蠢得出奇　绝无仅有

连祖父也不知道

他在当年就拥有了两只股票

每年都在涨　涨到如今

已经非常非常宝贵了

祖父同样不知道

他用来卷烟剩下的半本书

传到我这个孙子的手上

像一双翅膀　或千里眼

我在想象的世界里飞翔

放眼人生

得益于这本书的开发和启蒙

那是半本《红岩》

祖父 你临死的前一天晚上

如果不误把煤油当酒喝了一瓶

就不会死

就会继续把那半本《红岩》当卷烟纸

撕到最后一页　那么

你的孙子就得不到你的遗产了

祖父又一次做了蠢事

上次是为儿子

然后为孙子

樊宝宗

一个陌生的男人

在我十四岁的时候见到我

他在大庭广众下惊呼

“长得很像樊宝宗,你是不是樊宝宗的儿子?”

我愤怒地捡起了一块石头　因为
他竟敢直呼我爸爸的名字
我心目中的父亲就像圣上
他的名字,儿子不能叫
我以为别人也不能叫
父亲是上岭小学的一名老师
他用粉笔写圣旨
也用红笔批奏折
他受人尊敬、拥戴　只不过
他的领土就上岭小学那么点大
他在那里当王　当到
双目几近失明　不能再当
身患疾病的父亲所吃过的药
有一吨还多
把一个家压扁了
但是没有垮
因为有一个女人撑着
那是我的母亲
从 1996 年开始　奇迹
像铁树开花
父亲不再是医院里的常客

现年八十一岁的父亲

乐呵呵地生活着

每天爬一次到两次七层楼

最关心天气预报

最担心的是我的肥胖

对我生病的母亲俯首帖耳

反过来悉心照顾她

他们的婚姻已经镀上了金子

让许多人难以望其项背

潘丽琨

我发现我身上的基因

母亲的要多一些

这个进入樊氏家族的女人

浑身是艺术的细胞

我确定这一点的时候

母亲已近八十岁了

她开始写小说、散文

使用我淘汰的 IBM 电脑

每天可以敲三千字

至今已发表中篇小说一部

短篇若干

因为年近八十而被作家东西誉为

80后作家

她文笔优美　描写生动

以至于东西怀疑我所有的作品

出自母亲之手

母亲特别珍惜她所得的稿费

因为她穷了一辈子

有一次我和朋友打牌输了

母亲的稿费在我的口袋里蠢蠢欲动

过后母亲语重心长　说

儿啊,别打那么多牌了,我怕我写不及呀

这故事是东西编的　但的确是

母亲的心愿

通过母亲的作品　我才揭开

母亲和父亲结合的秘密

她是地主的女儿

唯一享受的好处是读书读到中专

那是在解放前

解放后的母亲

像在石头缝中求存的草

母亲这根草

嫁接到雇农的父亲家里

得到保护

母亲在樊家　没有享福

她像丫鬟一样为樊家服务

伺候我长年患病的父亲

抚育姓樊的儿女

母亲写得一手好字的手

腐蚀在水深火热的年代里

但是母亲爱丈夫

更爱她的儿女

她的爱静寂深远

像一条大河

2009年11月3日

这组诗里的“樊光耀”是我爷爷，“潘丽琨”是我的母亲。说到我的母亲，她和我父亲的结合，在诗里已有表述。因为母亲的成分高，当年嫁给父亲是最好的选择。也因为父亲娶了个成分高的妻子,在他正值大好前程的年纪,一直不被重用,甚至被批斗。1969 年,父亲母亲被下放回到上岭村,在上岭小学当着拿生产队工分的教师。因为母亲成分的关系,我们哥姐弟在上学期间的待遇也有别于他人。1977 年,我哥哥考上武汉大学的录取通知书到了乡里,还被乡党委书记扣押,差点误了升学的机会。我在中学时强烈申请加入红卫兵都不被批准,乃至我读大学时也是班里唯一没有获准加入共青团的人。或许因为歉疚,母亲对她的儿女和丈夫照顾得特别好,尤其体现在照顾从三十岁就开始患慢性病的丈夫上。

我现在清楚记得小时候父亲每每被送往医院的情景。他被人从另一教学点抬下山来,常常是在深夜,那时我从睡梦中惊醒,父亲哮喘的声音灌满家门。这时候母亲便去找摆渡的船工。父亲需要渡河,才能被送往公社的医院。船工终于被母亲请来,父亲被抬到河边,上了船。凄凉的夜晚,风吹水紧,我站在漆黑的岸边,望着明明灭灭的星零船火,谛听飘摇的桨声,将我父亲送到对岸……

父亲被母亲照顾了整整六十年,直到他今年九十岁去世。

2018 年 11 月 1 日 10 时 29 分,这注定是我们全家悲伤的时刻。在医院 ICU 病床上,父亲停止了呼吸。在他停止呼吸之前的半小时,我们兄姐弟集中在床边,告诉父亲他的弟弟、我们的叔叔已经先他两年去世的消息。父亲一定是听见了,他的喉结狠狠地蠕动了一下，又蠕动了一下。那时刻我的眼泪哗哗直流，正如我此刻写这段文字的时候。父亲，对不起！

在父亲去世的那张床上，我们哥姐弟为父亲擦身、穿上衣裳、鞋袜，为他盖上寿被。父亲干干净净地走了，正如他干干净净地在人间。

父亲重病的晚期，已气弱不能大声说话。为了晚间他需要方便的时候人能听见，我们给他一个铃铛，拴在他的手上。父亲不断地摇着铃铛，有时候真的是为了方便。更多时候是想摇就摇，我在写作的时候听到铃声过去，什么事都没有，弄得我有些不耐烦。我现在知道，父亲是希望有人陪着他。可现在知道已经晚了。我再也听不到父亲摇曳的铃铛声，再也不能陪父亲了。

父亲被送往殡仪馆。我们在殡仪馆设了灵堂。父亲去世的消息传到上岭，上岭村的人们纷纷或从上岭或从异地前来吊唁，并与我们亲属一同守灵。在守灵的两天两夜，我看到上岭村人对父亲的尊重和敬爱，这让我没有料到。父亲离开上岭村二十八年，再也没有回去过。可居然还有那么多人没忘记他，怀念他。更让我没有料到的是告别会上，一下子又涌来了二百多人。他们是父亲的学生们，最小的起码都四十多岁了。当然还有我的朋友们，他们与其说是来慰问我，不如说是来悼念一个值得尊敬的小学教师。

父亲火化前后，我们殷勤甚至拼命地为他烧纸钱、烧别墅、麻将、扑克牌，因为这是他生前最缺的东西，所以我们希望他死后拥有。父亲一辈子的收入，都花在了治病上，交给了医院。父亲这下好了，烧给他的钱足够花了，随便花，因为天堂没有病痛，也就没有医院。

还有，父亲生前最爱戴的一块手表，是我在北欧给他买的，他非常喜欢，即使眼睛看不见也要戴着。父亲心跳停止了，这块表还在走。当手表放进骨灰盒的时候，表还是在走。

父亲去世的时间比金庸晚了一天。他追赶金庸并不晚，一定能赶上。尽管他不认识金庸，金庸也不认得他。但愿父亲在天堂能加入金庸的江湖，因为父亲一生侠义、仁厚、忠良，金庸一定会收留他。

父亲和叔叔，这两兄弟，终于在天堂相会，继续做兄弟了。

几天前，我画了一幅画，画的是两只仙鹤，在山峦上空飞向天堂。那是上岭的山峦。父亲和叔叔两兄弟曾在那里相依为命，如今也从那里如鹤杳去。